क्या कहें जब स्वयं से बात करें

क्या कहें जब स्वयं से बात करें

आपकी क्षमताओं को विकसित कर
सफल बनाने वाली नई तकनीकें!

शैड हेल्मसटेटर, पीएच.डी.

MANJUL
मंजुल पब्लिशिंग हाउस

MANJUL

मंजुल पब्लिशिंग हाउस

कॉरपोरेट एवं संपादकीय कार्यालय

• द्वितीय तल, उषा प्रीत कॉम्प्लेक्स, 42 मालवीय नगर, भोपाल-462003

विक्रय एवं विपणन कार्यालय

• सी-16, सेक्टर 3, नोएडा, उत्तर प्रदेश - 201301, इंडिया

वेबसाइट : www.manjulindia.com

वितरण केन्द्र

अहमदाबाद, बेंगलुरू, भोपाल, कोलकाता, चेन्नई,
हैदराबाद, मुम्बई, नई दिल्ली, पुणे

शैड हेल्मसटेटर, पीएच.डी. द्वारा लिखित मूल अंग्रेजी पुस्तक
वॉट टु से वेन यू टॉक टु यॉर सेल्फ़ का हिन्दी अनुवाद

What to say when you talk to yourself
by Shad Helmstetter – Hindi Edition

यह हिन्दी संस्करण 2013 में पहली बार प्रकाशित
9वीं आवृत्ति 2022

ISBN 978-81-8322-337-9

हिन्दी अनुवाद : डॉ. सुधीर दीक्षित

मुद्रण व जिल्दसाज़ी : मणिपाल टेक्नोलॉजीज़ लिमिटेड, मणिपाल

यह पुस्तक, सप्रेम, मेरे माता-पिता, नोरा और
फ्रेड हेल्म्सटेटर को समर्पित है।
माँ ने मुझे दृढ़ता और निरंतर परिश्रम का
पाठ पढ़ाया और पिताजी ने सिखाया
कि किसी भी कार्य को करने का
एक बेहतर तरीक़ा हमेशा मौजूद रहता है।

अनुक्रमणिका

अध्याय एक

बेहतर तरीक़े की तलाश

जो कुछ भी है, वह आप हैं,
आपके विचार, आपका जीवन, आपके साकार होते स्वप्न।
आप जो भी बनने का चयन करते हैं, वह बन जाते हैं।
आप उतने ही असीम हैं, जितनी यह अंतहीन सृष्टि।

हममें से अधिकतर लोगों का जीवन बेहतरीन होना चाहिए।

हम सबने सुन रखा है कि जीवन हमें ढेर सारी नियामतें देता है और हमारे पास अपने सपने साकार करने तथा प्रतिदिन हँसी-ख़ुशी के साथ सफल जीवन जीने के अंतहीन अवसर होते हैं। हममें से अधिकतर लोग कम से कम एक सफल नौकरी या करियर, एक अच्छा पारिवारिक जीवन और पर्याप्त आर्थिक सुरक्षा चाहते हैं या उसकी आवश्यकता अनुभव करते हैं। हम यह बात अच्छी तरह जानते हैं कि हमें अपना उचित हिस्सा मिलना चाहिए और इसे प्राप्त करने का हमें पूरा अधिकार है।

ऐसा क्यों है कि कुछ लोग अधिक ख़ुश, अधिक उत्पादक और अधिक संतुष्ट रहते हैं? किस चीज़ से फ़र्क़ पड़ता है? क्या यह भाग्य है? कोई प्रारब्ध, जो किसी रहस्यमय ढंग से हमारी क़िस्मत को तय करता है और हमें हमारे जीवन को संचालित करने की ज़्यादा आज़ादी नहीं देता?

क्या हमारे जीवन की बागडोर हमारे हाथों में है? और यदि हम

अपने जीवन की बागडोर को नियंत्रित कर सकते हैं या हमें ऐसा *करना चाहिए*, तो गड़बड़ कहाँ हो जाती है? वह क्या है जो हमें रोके रखता है? यदि हम सचमुच बेहतर प्रदर्शन करना चाहते हैं, अपने मनचाहे ढंग से रहना चाहते हैं और जीवन के प्रत्येक क्षेत्र में प्रतिदिन अधिक प्रसन्न व सफल होना चाहते हैं, *तो वह कौन सी दीवार है, जो हमारे रास्ते में बाधा बनकर खड़ी हुई है?*

व्यावहारिक संभावनाओं से भरा असीमित जीवन

आप एक ऐसे जीवन की कल्पना करें, जो रोज़मर्रा की बाधाओं और अवरोधों, मुश्किलों और झंझटों के सामने घुटने न टेकता हो। एक ऐसे जीवन की कल्पना करें, जिसका प्रत्येक दिन उपलब्धि की स्फूर्ति और आत्म-संतुष्टि की समृद्धि से भरा रहता हो। मुझे इस प्रकार का जीवन काफ़ी समय तक किसी अव्यावहारिक स्वप्न जैसा लगता था- एक कार्डबोर्ड बॉक्स की भांति, जो दिवास्वप्नों और हसरतों से भरा हो। आशाओं, वादों, अपेक्षाओं और उपलब्धियों से भरपूर ऐसा जीवन किसी ऐसे व्यक्ति का लगता था, जो किसी पुस्तक के पन्नों में ही जीता था।

जब मैं बहुत छोटा था, तो मेरी कल्पना ऊँची उड़ानें भरती थी। हम क्या *नहीं* कर सकते, यह तो मैंने बहुत बाद में सीखा। इससे पहले ही मैं वह करने के सपने देखता था, जो मैं जानता हूँ कि हम *कर सकते हैं*। मुझे याद है, बचपन में गरमी के मौसम में, मैं रात की ठंडी, नम घास पर पीठ के बल लेट जाता था और मेरा मन ऊपर आसमान में छितरे झिलमिलाते तारों की गहराइयों में डूब जाता था। मैं हाथ बढ़ाकर उन तारों को छू सकता था। मैं किसी भी सपने की कल्पना कर सकता था और उसे साकार होते देख सकता था।

लेकिन बाद में मेरे सपने ओझल हो गए और उनका स्थान कुछ अधिक व्यावहारिक विचारों ने ले लिया। तारों से भरे आकाश, ओस में भीगी घास और काल्पनिक साम्राज्य के शाही सपनों ने अधिक तार्किक आवश्यकताओं के सामने सिर झुका दिया। जब मैं अपनी शिक्षा के प्रति गंभीर हुआ, तो मैंने यह सीखना शुरू किया कि हम क्या *नहीं* कर सकते। समय के साथ-साथ मैं मानव-जाति की दूरगामी संभावनाओं या अवसरों

की अपेक्षा नियमों और मानवीय सीमाओं के अध्ययन पर अधिक केंद्रित होता चला गया।

मैंने "होना चाहिए", "होना ही चाहिए" और "*नहीं* हो सकता"- ये सब शब्द सीख लिए। मुझे बताया गया कि बादलों में विचरण करना बुरी बात होती है और ज़मीन पर पैर रखना अच्छी बात होती है। इसलिए मैंने अपने मस्तिष्क को सृष्टि के जादुई रोमांच से अलग कर लिया और अस्तित्व व स्वीकृति से जुड़े व्यावहारिक मसलों को सीखने में जुट गया। समय-समय पर मेरे मन में यह शंका उठती रहती थी कि जो आँखों को दिखाई देता है, उससे अधिक भी बहुत कुछ है- बस मैं अभी उसे देख नहीं पा रहा था।

बरसों बीत गए, एक दिन मुझे लगा कि ठहरकर दोबारा तारों को देखने का समय आ चुका है। मैंने ऐसा करने का निर्णय ले लिया। उस छोटे से निर्णय ने मेरी और मेरे जीवन की दिशा बदल दी।

जब मैंने दोबारा आकाश के तारों में डूबने का निर्णय लिया, तब तक मैं बीस साल लंबी साहसिक यात्रा कर चुका था। मैं खेतिहर ग्रामीण परिवेश से निकलकर न्यूयॉर्क के मैडिसन एवेन्यू की अट्टालिकाओं वाले दफ़्तरों में पहुँच चुका था। मैं गेहूँ के खेतों वाले शांत देहात से सूट-बूट वाले वकीलों और मार्केटर्स के साथ मोल-भाव करने वाली टेबल तक पहुँच गया था। यह लंबी साहसिक यात्रा मुझे बर्फ़ से ढके मिडवेस्टर्न कॉलेज कैंपस और पाश्चात्य विश्वविद्यालयों के ताड़ वृक्षों की लंबी क़तार वाली सड़कों पर ले गई।

उस दौरान मैं दोबारा उसी प्रकार सोचने और स्वप्न देखने लगा, जैसे बरसों पहले बचपन में किया करता था। यदि हम *कर सकें*, तो क्या होगा? मैं हैरान हुआ। यदि हम पता लगा सकें कि हमें कौन सी चीज़ रोक रही है और हम उसे वहाँ से हटा सकें, तो क्या होगा? यदि कोई उत्तर हो और किसी दूसरे ने सही जगह पर उसकी तलाश न की हो, तो क्या होगा? यदि हममें से कोई भी, किसी भी वक़्त हाथ बढ़ाकर *तारों को छू सकता हो*, तो क्या होगा?

मैंने अपनी खोज का पहला भाग "मानव व्यवहार" के अध्ययन से

आरंभ किया। यह एक ऐसी चीज़ है, जिसमें हो सकता है कि आपको डिग्री मिल जाए, लेकिन इसकी समझ फिर भी न आ सके। यह एक ऐसी चीज़ है, जिसे युवाओं के मुक़ाबले अधिक उम्र वाले लोग ज़्यादा जानते हैं। मेरे प्रोफ़ेसरों के पास ढेर सारी शैक्षणिक डिग्रियाँ थीं, लेकिन मुझे संदेह था कि मेरी जान-पहचान के कुछ उम्रदराज़ या अधिक समझदार लोग मानव व्यवहार के बारे में मेरे प्रोफ़ेसरों से अधिक जानते थे और वह भी उस समय, जब यह विषय पाठ्यक्रम में सम्मिलित नहीं था।

इसके बाद मैंने प्रेरक मार्केटिंग का अध्ययन किया। इसमें यह सिखाया जाता है कि लोगों से उनकी इच्छा के विरुद्ध काम कैसे करवाया जाए। जब मैंने अपना कोर्स पूरा किया, तो मेरा मत यह था कि आप किसी से उसकी इच्छा के विरुद्ध कोई काम तब तक नहीं करा सकते, जब तक कि आप उस पर दबाव न डालें। मैं समझ गया कि स्वतंत्र संसार के अधिकतर हिस्सों में "दबाव" को विज्ञापन कहा जाता है।

समय के साथ मैंने स्वयं को शैक्षणिक मनोविज्ञान के गलियारों में चहलक़दमी करते हुए पाया। यह एक अच्छा क्षेत्र है और इसका सम्मान किया जाना चाहिए। अनेक लोगों का जीवन इस वजह से बेहतर हुआ कि किसी ने उनकी परवाह की और समय निकालकर उनकी बातें सुनीं।

अंततः मैंने अपनी यात्रा आरंभ कर दी। मैं गणित, व्यवसाय, धर्म और मनोविज्ञान के अध्ययन में जुट गया। लेकिन कहीं पर भी मुझे इस प्रश्न का कोई ठोस समाधान नहीं मिला कि साधारण मनुष्य ज़मीन पर पैर जमाए रखने के बावजूद आसमान के तारे कैसे छू सकता है? मैं जानता था कि कोई न कोई बेहतर तरीक़ा अवश्य होगा। कोई ऐसी चीज़, जो स्पष्ट हो। कोई ऐसी चीज़, जिसे अब तक नज़रअंदाज़ किया गया था। मुझे विश्वास था कि भविष्य पर विजय पाने की शुरुआत अवश्य ही इंसान के "स्वरूप" के प्रबंधन से ही होनी चाहिए। और यदि हम इसे हासिल कर लें, तो कम से कम उस हिस्से का प्रबंधन कर सकते हैं और उस पर विजय पा सकते हैं, जिसे हम "जीवन" कहते हैं।

मानव मन की अंदरूनी क्रियाओं का अध्ययन करते हुए मैं जवाब भी तलाश करने लगा। वे "समाधान", जिन्हें दूसरे अवश्य ही खोज चुके होंगे। मुझे दर्जनों जवाब मिले, लेकिन समाधान केवल एक ही मिला।

अध्याय दो

"जवाब"

निश्चित ही कोई न कोई जवाब हमेशा मौजूद रहता है। किसी भी बुकस्टोर में हमें ढेर सारी सेल्फ़-हेल्प पुस्तकें मिल जाएँगी, जिनमें अनगिनत "जवाब" दिए रहते हैं। यदि सेल्फ़-हेल्प की बेस्टसेलर्स के बैककवर पर विश्वास किया जाए, तो हमें सही पुस्तक पढ़नी चाहिए और उसके तुरंत बाद हम अपनी मनचाही चीज़ पा लेंगे, बेहतर जीवन जीने लगेंगे और वह सफलता प्राप्त कर लेंगे, जिसकी हम सभी को तलाश है।

"सफलता" के साहित्य का बीस से भी अधिक वर्षों तक अध्ययन करने के बाद मैंने एक अचूक, लेकिन अधूरा वादा खोजा है – अपनी सफलता का वादा, जो सामने वाले मोड़ पर खड़ा हमारी प्रतीक्षा कर रहा है।

मैंने सीखा कि मुझे सम्मोहित किया जा सकता है, परिष्कृत किया जा सकता है और मेरा जन्म दोबारा हो सकता है- केवल धार्मिक अर्थ में ही नहीं। मैं जानता हूँ कि मैं ऐसी अध्ययन-गोष्ठियों में भाग ले सकता हूँ, जहाँ मुझे "जवाब" मिल जाएगा। मैं लक्ष्य तय करना सीख सकता हूँ और "सचमुच सफल" हो सकता हूँ। मैं अपने दिन को व्यवस्थित करना तथा अपनी प्राथमिकताओं को तय करना सीख सकता हूँ और अपने सपनों से कहीं अधिक प्राप्त कर सकता हूँ। मैं "सकारात्मक सोच" सीख सकता हूँ, अधिक रचनात्मक बन सकता हूँ, दूसरों से बेहतर संबंध बना सकता हूँ और "एकाग्र" हो सकता हूँ। मैंने सीखा कि सफलता मेरी

मुट्ठी में है। मुझे तो उपलब्धि और महानता से भरे अपने भाग्य को स्वीकार करना है। मैंने बुद्धिमत्ता के शब्द पढ़े, जिनसे मैंने सीखा कि मैं जिस भी चीज़ को बदलना चाहूँ, उसे बदल सकता हूँ।

यद्यपि मैं सफलता का विद्यार्थी रहा हूँ, तथापि मुझमें संदेह की प्रवृत्ति भी रही है। मैंने कई वर्षों तक सफलता के बारे में पढ़ा, अध्ययन किया और सुना और मैं इस बात पर हैरान हुआ कि यदि सफलता की इतनी सारी "कुंजियाँ" हैं, तो वे कारगर क्यों नहीं हो रहीं? सेल्फ़-हेल्प बेस्टसेलर्स से इतने सारे शेल्फ़ क्यों भरे हुए हैं? मुझे लगा कि यदि वे पुस्तकें वाक़ई वैसा काम करतीं, जैसा उन्हें करना चाहिए था, तो हमें एक भी नई पुस्तक की आवश्यकता नहीं होती। जीवन को और बेहतर बनाने के लिए क्या करना चाहिए - जब इस प्रश्न के इतने सारे जवाब हैं - तो फिर लोग इन विचारों को कारगर क्यों नहीं कर पा रहे हैं? और यदि वे कभी कारगर रहे हैं, तो फिर किस कारण से काम करना बंद कर देते हैं?

क्या आप कभी किसी "प्रेरक रैली" या मीटिंग में गए हैं और आपने किसी का विचारोत्तेजक व प्रेरक भाषण सुना है? उसका प्रभाव क्यों स्थिर नहीं रहा? क्या आप कभी कुछ बदलने या प्राप्त करने के लिए प्रेरित हुए हैं और उसके बाद रुक गए हैं? वह प्रेरणा कहाँ चली गई?

समस्या पुस्तकों के साथ नहीं है। समस्या सेमिनार्स या प्रेरणादायी व्याख्यानों के साथ भी नहीं है। बहुत से सेल्फ़-हेल्प विचार और तकनीकें अच्छी हैं। उन्हें काम करना *चाहिए* और वे कर भी *सकती* हैं। लेकिन वे काम नहीं करतीं या यूँ कहें कि लंबे समय तक काम नहीं करतीं। इस एक बुनियादी बात को सबने नज़रअंदाज़ कर दिया है- *हमारा मस्तिष्क इस प्रकार काम नहीं करता।*

मानव मस्तिष्क बेहद शक्तिशाली पर्सनल कंप्यूटर कंट्रोल सेंटर है और यह हममें से प्रत्येक के पास है। आप इससे जो भी तार्किक कार्य कराना चाहें, यह बिना सवाल-जवाब किए उन्हें कर सकता है। लेकिन इसके लिए आपको इससे काम लेने का तरीक़ा आना चाहिए। यदि आप इसके साथ सही तरीक़े से पेश आते हैं और सावधानीपूर्वक सही निर्देश देते हैं, तो यह आपके लिए सही तरीक़े से काम करेगा। लेकिन यदि आप

अपने मानसिक कंप्यूटर को ग़लत निर्देश देंगे, तो यह उनके अनुसार काम करने लगेगा। तब यह उस नकारात्मक प्रोग्रामिंग के अनुरूप काम करेगा, जो आप और बाक़ी दुनिया अनजाने में ही कर रही है।

1,48,000 बार "ना"!

हममें से अधिकांश को किस प्रकार की नकारात्मक प्रोग्रामिंग मिली है, इसका एक उदाहरण देखें। यदि हम सामान्य, तार्किक रूप से सकारात्मक घरों में पले-बढ़े हैं, तो जीवन के शुरुआती 18 वर्षों में हमें *1,48,000 बार "ना"* कहा गया है या यह बताया गया है कि हम फ़लाँ काम नहीं कर सकते। यदि आप थोड़े अधिक ख़ुशनसीब हों, तो आपसे 1,00,000 बार या फिर केवल 50,000 बार "ना" कहा गया होगा। चाहे जितनी बार हो, यह "ना" ज़रूरत से अधिक नकारात्मक प्रोग्रामिंग है और हममें से किसी को भी इसकी कोई आवश्यकता नहीं है।

दूसरी ओर, आपके जीवन के शुरुआती 18 वर्षों में आपसे कितनी बार कहा गया था कि आप कितना कुछ कर *सकते* हैं या जीवन में क्या-क्या प्राप्त कर *सकते* हैं? कुछ हज़ार बार? सैकड़ों बार? मैं देश-भर में व्याख्यान देता हूँ और लोगों ने मुझे बताया है कि उनकी याददाश्त में उन्हें तीन-चार बार से अधिक यह नहीं बताया गया कि वे जीवन में क्या-क्या हासिल कर सकते हैं। संख्या चाहे जो भी हो, हममें से अधिकतर लोगों को इतने अधिक "ना" और इतने कम "हाँ" सुनने को मिले हैं कि उनमें कोई संतुलन नहीं बैठता। "विश्वास" जताने वाले शब्द कभी-कभार ही बोले जाते हैं और वे "नहीं कर सकते" की दैनिक ख़ुराक़ से बहुत कम होते हैं।

यह नकारात्मक प्रोग्रामिंग हम सभी को मिली है और अब भी मिल रही है। रोचक बात यह है कि यह प्रोग्रामिंग किसी ने जान-बूझकर नहीं की है। यह तो बिना किसी इरादे के हुई है। हमारे माता-पिता से - जो हमारी रक्षा करना चाहते थे - हमारे भाई-बहनों से, हमारे शिक्षकों से, हमारे सहपाठियों से, हमारे सहकर्मियों से, हमारे जीवनसाथी से, सभी तरह के विज्ञापनों से, सुबह के अख़बार और टीवी न्यूज़ से मिली है।

अग्रणी व्यवहारवादी शोधकर्ताओं ने बताया है कि हम जो भी सोचते हैं, उसका *77 प्रतिशत* नकारात्मक या हानिकारक होता है, जो हमारे विरुद्ध कार्य करता है। वहीं दूसरी ओर, चिकित्सकीय शोधकर्ताओं का कहना है कि अपनी 75 प्रतिशत बीमारियों को मनुष्य स्वयं प्रेरित करता है। इसमें हैरानी की कोई बात नहीं है। यदि शोधकर्ताओं की बात सही है, तो इससे क्या निष्कर्ष निकलता है? यही कि हमारी 75 प्रतिशत या इससे अधिक प्रोग्रामिंग ग़लत है। कुछ समय पहले तक कोई भी मानव मस्तिष्क को अच्छी तरह नहीं समझ सका था। तब हमें पता ही नहीं था कि यह कैसे काम करता है। फलस्वरूप, हम यह भी नहीं जानते थे कि हम क्या कर रहे हैं। हम यह भी नहीं जानते थे कि "संयोगवश" हुई यह प्रोग्रामिंग हम पर कितना प्रभाव डाल रही थी और "लोग" ग़लत तरीक़े से हमारी प्रोग्रामिंग कर रहे थे। वास्तव में, हमारे आस-पास की प्रत्येक वस्तु और व्यक्ति हमारी प्रोग्रामिंग करता है, हालाँकि न तो हमें यह बात पता होती है और न ही उसे।

दुर्भाग्य से, हमारी जो प्रोग्रामिंग हुई, उसमें से अधिकतर ग़लत क़िस्म की थी, लेकिन हमने उसे दिल से लगा लिया। साल दर साल, शब्द दर शब्द, हमारे जीवन की पटकथाएँ अंकित होती चली गईं। अमिट रूप से परत दर परत हमारी आत्मछवि बनती चली गई और समय के साथ हम स्वयं भी इस प्रक्रिया में शामिल हो गए। हम विश्वास करने लगे कि दूसरे हमें जो बता रहे थे - और जो हम स्वयं को बता रहे थे - वह सब सच है। चाहे कितनी ही मासूमियत या अप्रत्यक्ष तरीक़े से बताया जाए, हम वही शब्द और विचार बार-बार सुनते रहे। सैकड़ों बार, यहाँ तक कि हज़ारों बार हमें बताया गया या हमने स्वयं को बताया कि 'हम नहीं कर सकते' या 'हासिल नहीं कर सकते।' *दोहराने से कोई भी तर्क विश्वसनीय बन जाता है।* अंततः हमें उस पर यक़ीन हो गया, जो दूसरों ने हमें बताया था या जो हमने स्वयं को बताया था, उसके आधार पर हमने अपने मस्तिष्क में जो तस्वीर बनाई और हम उसी के अनुसार जीने लगे।

हम अपने बारे में जिस पर सबसे अधिक विश्वास करते थे, समय के साथ हम वही बन गए और ऐसा करते समय हमने एक दीवार बना

ली, जो हममें से अधिकतर लोगों के सामने अदृश्य रूप से खड़ी रहती है। जब तक हमारी पुरानी प्रोग्रामिंग की शक्ति बनी रहती है, तब तक यह अदृश्य दीवार हमारे और हमारे असीमित भविष्य के बीच खड़ी रहती है। जब तक हम अपनी नकारात्मक प्रोग्रामिंग को मिटा न दें या इसके स्थान पर सकारात्मक प्रोग्रामिंग न रख दें, तब तक यह स्थाई रूप से हमारे साथ रहेगी और जीवन में आने वाली प्रत्येक चीज़ को प्रभावित करेगी तथा उसे दिशा देगी।

सौभाग्य से इसे बदला जा सकता है।

आपके अपने विचारों का अंतिम परिणाम

बचपन में मैंने बाइबल का यह वाक्य सुना था, "इंसान जैसा सोचता है, वह वैसा ही होता है।" मुझे याद है, यह सुनकर मैंने अपना सिर हिलाया था और सोचा था कि यह नहीं हो सकता। जो हम सोचते हैं, वह *बनना* कैसे संभव हो सकता है? आख़िरकार, क्या हमारा भौतिक स्वरूप और हमारे निजी विचार भिन्न नहीं हैं? मुझे या अधिकतर लोगों को तब यह समझ नहीं थी कि बाइबल का यह वाक्य मेरे दिमाग़ में सत्य की कील ठोक रहा है। बहरहाल, बरसों बाद आधुनिक युग के न्यूरोसाइंटिस्ट्स ने मानव मन के रहस्य खोलने के लिए शोध किया और उनके निष्कर्षों को देखकर मैं समझ गया कि बाइबल का वह वाक्य कितना सही - *वैज्ञानिक रूप से* सही - है।

पिछले दो दशकों में हमने मानव मन की कार्यविधि के बारे में जितना सीखा है, उतना उससे पहले कभी नहीं सीखा था। अब हम जान चुके हैं कि एक अविश्वसनीय रूप से जटिल दैहिक तंत्र - शरीर, मस्तिष्क और "मन" के संयुक्त प्रयास - के द्वारा हम अपने विचारों के जीवंत परिणाम बन जाते हैं। वैज्ञानिक खोज के द्वारा हमने अपनी "मानसिक प्रोग्रामिंग" और किसी कार्य में सफलता या असफलता के बीच के संबंध को प्रमाणित कर दिया है, चाहे हमारा लक्ष्य कितना भी महत्वपूर्ण हो अथवा दिन के किसी सामान्य कार्य जितना छोटा हो।

क्या आपने कभी इस बात पर विचार किया है कि आप जो भी

करते हैं (आप कैसे कार्य करते हैं, आप कितने सफल होते हैं) वह उस कंडीशनिंग या प्रोग्रामिंग पर निर्भर होता है, जो आपको दूसरों से मिली है और जो आपने बाद में स्वयं को दी है? अपनी कंडीशनिंग से प्रभावित हुए बिना कोई भी कार्य करना लगभग असंभव है, चाहे वह कितना ही महत्वहीन क्यों न हो। आप जो भी क़दम उठाते हैं, जो भी करते या कहते हैं, वह सब आपकी कंडीशनिंग और प्रोग्रामिंग के द्वारा ही प्रभावित होता है।

इसका निष्कर्ष यह है कि यदि आपका कार्य आपकी पुरानी प्रोग्रामिंग से प्रभावित होता है, तो उसके अंतिम परिणाम भी उतने ही प्रभावित होते हैं। संक्षेप में, आप *किसी चीज़* में कितने सफल होंगे, यह हमेशा उन शब्दों और विश्वासों से जुड़ा है, जो आपने अपने बारे में अवचेतन मन में भर रखे हैं। वहाँ क्या भरा है, इसका निर्णय - हममें से अधिकतर लोगों के मामले में - किसी अन्य ने ही किया है।

एक पल के लिए सोचें कि यदि आप किसी दूसरे व्यक्ति की जगह होते- जिसकी प्रोग्रामिंग आपसे भिन्न होती, तो आप कल कौन सा कार्य अलग तरीक़े से करते या आप अलग तरीक़े से क्या-क्या करते? यदि आप बिलकुल अलग, अधिक सकारात्मक मानसिकता वाले विश्वासों और भावनाओं के साथ पले-बढ़े होते, जिनकी बदौलत आपको प्रत्येक मामले में यह विश्वास रहता कि आत्मविश्वास, उत्साह और उपलब्धि की प्रचुरता है, तो कल क्या होता?

भविष्य में क्या हो सकता है?

यदि आपके पास बिलकुल सटीक नया मानसिक प्रोग्राम होता, तो क्या आप अपनी आजीविका के लिए वही करते, जो इस समय कर रहे हैं? क्या आप अपनी नौकरी बिलकुल इसी ढंग से करते? आपके व्यक्तिगत जीवन की स्थिति कैसी है? क्या आप उसमें किसी चीज़ को बदलते या बेहतर बनाते? आप इस समय जिन लक्ष्यों तक पहुँचे हैं, क्या उनसे अधिक तक पहुँचते? क्या आपके पास बैंक में वर्तमान की तुलना में अधिक पैसा होता या आपकी अधिक आर्थिक सुरक्षा होती? आपका

रोज़मर्रा का जीवन कैसा होता? क्या यह कम कुंठाजनक और अधिक पुरस्कारदायक होता? और भिन्न तैयारी या कंडीशनिंग होने पर भविष्य में क्या होता? क्या आपका भविष्य वही होता, जो आज है या यह उससे कहीं बेहतर होता?

यदि बचपन से ही आपको आत्मविश्वास की एक अतिरिक्त ख़ुराक़ दी जाती, तो आपके संकल्प की मात्रा दोगुनी हो जाती, जिसके फलस्वरूप विश्वास की मात्रा दोगुनी हो जाती। क्या आप कल्पना कर सकते हैं कि आप कौन से कार्य अधिक आसानी से पूरे कर सकते थे, किन समस्याओं से आसानी से उबर सकते थे या किन लक्ष्यों तक पहुँच सकते थे? वास्तव में, सफलता इंसान पर निर्भर करती है। महत्वपूर्ण क़लम नहीं, लेखक है। महत्वपूर्ण राह नहीं, राहगीर है।

तो फिर ऐसा क्यों है कि कुछ लोग लगभग प्रत्येक कार्य को दूसरों के मुक़ाबले अधिक आसानी से पूरा कर लेते हैं, अपने लक्ष्यों तक शीघ्र पहुँच जाते हैं और ज़िंदगी को अधिक पूर्णता से जीते हैं? क्या यह हो सकता है कि शेष लोगों की तुलना में "अधिक भाग्यशाली" नज़र आने वाले लोगों को वास्तव में बेहतर प्रोग्रामिंग मिली हो या शायद उन्होंने यह सीख लिया हो कि पुरानी नकारात्मक प्रोग्रामिंग को मिटाकर उसके स्थान पर बेहतर प्रोग्रामिंग कैसे करनी है?

मानव व्यवहार को प्रभावित करने वाले दर्शनों, सिद्धांतों और आज़माई हुई विधियों की जाँच के बाद मुझे एक छोटा सा, सरल तथ्य पता चला, जिससे मुझे सदमा लगा : *आप जिसके बारे में सबसे अधिक सोचते हैं, आप वही बन जाएँगे; किसी भी चीज़ में, चाहे वह छोटी हो या बड़ी, आपकी सफलता आपकी प्रोग्रामिंग पर निर्भर करेगी अर्थात आप दूसरों से क्या ग्रहण करते हैं और आत्म-चर्चा करते समय क्या कहते हैं।*

यह केवल सफलता का सिद्धांत नहीं है, यह तो एक सरल, लेकिन शक्तिशाली तथ्य है। भाग्य या इच्छा का इससे कुछ भी लेना-देना नहीं है। इससे कोई फ़र्क़ नहीं पड़ता कि आप *चेतन रूप से* इसे स्वीकार करते हैं या नहीं। *आप अपने मस्तिष्क को जो भी सबसे अधिक बार बताते हैं, यह उसी पर चुपचाप विश्वास कर लेता है* और *अपने बारे में* आप उसे

जो *बताते* हैं, वह उसे ही साकार कर देता है। वास्तव में, उसके पास कोई दूसरा विकल्प ही नहीं बचता।

जिस समय मैंने पहली बार पहचाना कि यह सरल तथ्य व्यक्तिगत परिस्थितियों और प्रदर्शन में क्रांतिकारी परिवर्तन की ओर ले जा सकता है, उस समय हममें से अधिकतर लोग सोचते थे कि हमें मानव मस्तिष्क के बारे में बहुत कम जानकारी है। तब तक चिकित्सकीय शोधकर्ता और वैज्ञानिक मस्तिष्क की भूलभुलैया को आज जितना खोज या जान नहीं पाए थे। तब हमें मस्तिष्क के जटिल विद्युत-रासायनिक रहस्यों की बहुत कम समझ थी। आज भी मस्तिष्क अपने रहस्य उजागर करना आरंभ ही कर रहा है। प्रतिदिन प्रगति हो रही है और शोधकर्ताओं ने नई खोजों के अंतहीन नाटक की उम्मीद करना सीख लिया है।

"हम जो सोचते हैं, वह बन जाते हैं," इस प्राचीन सच्चाई को दोबारा खोजने पर मैं रोमांचित हो उठा था और इसके पीछे एक कारण था। लाखों धार्मिक लोग एक या दूसरे धर्म के द्वारा इसी "सच्चाई" को व्यक्त कर रहे थे। उनकी नज़रों में यह अवश्यंभावी था कि वैज्ञानिक शोध एक दिन उनके इस दावे को सही साबित कर देगा कि हम अपने मन के द्वारा अपने जीवन की लगभग प्रत्येक चीज़ को नियंत्रित करते हैं, जिसमें हमारा स्वास्थ्य, करियर, व्यक्तिगत संबंध और भविष्य शामिल है।

इस प्रक्रिया की *कार्यविधि* की वैज्ञानिक समझ से मेरी रुचि जाग्रत हो गई। मैंने सोचा कि यदि हम मन की कार्यविधि को इतनी अच्छी तरह समझ लें कि हम वास्तव में यह सीख सकें कि अपनी पुरानी प्रोग्रामिंग को हटाकर उसके स्थान पर एक निश्चित, शब्द दर शब्द नया प्रोग्राम कैसे रखना है, तो क्या हो? और यदि हम इसके साथ-साथ अपनी परिस्थिति व व्यवहार को तेज़ी से प्रभावित कर सकें और बेहतर बना सकें, तो क्या हो? बरसों तक चलने वाले कठोर अध्ययन या प्रशिक्षण द्वारा नहीं, अपितु आसानी और सरलता से जिस समय भी हम चाहें, ऐसा कर सकते हैं।

हमारा मस्तिष्क यह कार्य आसानी से कर सकता है। हमारी अधिकांश पुस्तकों और प्रेरक व्याख्यानों में हमारे अपने पर्सनल कंप्यूटर (मानव मस्तिष्क) के इस सरल कार्य की समझ का ज़िक्र तक नहीं मिलता।

लेकिन यदि हम अपनी मानसिक मशीन को अच्छी तरह समझ लें, तो हम इसमें यह छोटा सा, लेकिन अत्यावश्यक परिवर्तन कर सकते हैं कि हम दूसरों से प्रोग्रामिंग कैसे ग्रहण करते हैं और इससे भी अधिक महत्वपूर्ण बात यह है कि आत्म-चर्चा करते समय हम क्या कहते हैं।

अध्याय तीन

क्या कारगर है और क्या नहीं

किसी भी महत्वपूर्ण नई चीज़ को खोजना रोमांचक होता है। बचपन में हम सभी सोने के बिस्किट और बेशक़ीमती हीरे-जवाहरात से भरे संदूक खोजने के सपने देखा करते थे। वास्तव में, हमारे मस्तिष्क के भीतर एक भाग ऐसा होता है, जो ख़ज़ाने ही खोजता रहता है। लेकिन मेरी रुचि हीरे-जवाहरात और सोने की तलाश में नहीं थी। मैं तो उस महत्वपूर्ण *कुंजी* की तलाश कर रहा था, जो लोगों को बेहतर जीवन की ओर ले जाने वाले दरवाज़े का ताला खोल दे।

मैं किसी ऐसी चीज़ की तलाश में था, जो मुझसे पहले आने वाले इतने सारे लोगों की पुस्तकों, संदेशों और समाधानों में छूट गई थी। यदि बेहतर जीवन, अधिक ख़ुशी और व्यक्तिगत संतुष्टि के अंतिम समाधान पहले ही खोजे जा चुके हैं, तो कोई अत्यावश्यक, *अति महत्वपूर्ण बात छूट गई थी*। कोई ऐसी बात, जो सफलता प्राप्त करने की समूची प्रक्रिया के लिए इतनी महत्वपूर्ण और इतनी अनिवार्य है कि इसके बिना अन्य समाधान, कम से कम लंबे समय तक तो काम नहीं करेंगे।

मैं पहचानने लगा कि यह “खोया हुआ घटक” सफलता और आत्मपूर्णता के अन्य सभी तत्वों को पहली बार एक साथ जोड़ने वाला औज़ार साबित हो सकता है।

अपने चारों ओर एक नज़र डालते ही मैं समझ गया कि मेरा अनुमान सही था- लाखों लोगों ने सफलता के बेस्टसेलिंग “समाधान” आज़माए हैं, लेकिन मुट्ठी भर ही *स्थाई* परिवर्तन कर सके हैं। अधिकतर

लोग कुछ समय तक इस दिशा में परिश्रम करते थे, लेकिन कुछ समय बाद ही पुराने ढर्रे पर लौट आते थे। नए आत्मविश्वास के पहले रोमांच के बाद उनके सपने रोज़मर्रा के जीवन की हक़ीक़त से दबकर रह जाते थे।

चूँकि पुरानी प्रोग्रामिंग आदतों को नियंत्रित करती है, इसलिए पुरानी आदतें एक बार फिर कमान थाम लेती हैं। संसार को जीतने और बड़े परिवर्तन करने का लक्ष्य (जो पुस्तक में इतना अच्छा लग रहा था) फिर किसी समय के लिए छोड़ दिया जाता है। मैं इस मामले में अधिक आशावादी बनना पसंद करूँगा, लेकिन आप ही बताएँ, आप ऐसे कितने लोगों को जानते हैं, जिनका जीवन प्रत्येक दिन, प्रत्येक साल सचमुच "पूर्ण" है, यानी "सफलतापूर्वक सफल" है? यह प्रमाणित हो चुका है कि प्रतिदिन पूर्ण और पुरस्कारदायक जीवन जीना असंभव नहीं है, परंतु यह बहुत कम दिखाई देता है।

यद्यपि हमें बताया जाता है कि हममें से कोई भी बहुत सफल जीवन जी सकता है और हमें इस बारे में विशेष निर्देश भी दिए जाते हैं कि यह काम कैसे करें, इसके बावजूद हममें से बहुत कम इसे कर पाते हैं। यह सिलसिला शायद कुछ हफ़्तों या महीनों से अधिक नहीं चलता। हम वापस "पुराने" ढर्रे पर लौट आते हैं, पहले जैसे ही हो जाते हैं, जीवन को पहले की तरह ही जीने लगते हैं, शायद थोड़ा-बहुत आगे बढ़ते भी हैं, लेकिन मन ही मन हैरान होते हैं कि हम उतना अच्छा प्रदर्शन क्यों नहीं कर रहे हैं, जितना हमें करना चाहिए।

बेस्टसेलिंग पुस्तकों से मिले सबसे अच्छे विचार भी, जिन्हें देखकर लगता था कि वे शर्तिया काम करेंगे, केवल कुछ समय तक ही कारगर सिद्ध होते हैं। धीरे-धीरे उनका महत्व कम हो जाता है। जो रोमांचक विचार, विस्फोटक खोजें और मानसिक प्रेरणाएँ अत्यंत लाभकारी दिखाई देती थीं, वे केवल एक बार पढ़कर छोड़ी गई पुस्तकों में परिवर्तित हो जाती हैं, जिन्हें हम बाद में किसी शेल्फ़ पर रखकर भूल जाते हैं।

मैंने सोचा, क्या ऐसा हो सकता है कि मैं जिस खोए हुए घटक को खोज रहा हूँ, उसका हमारी व्यक्तिगत प्रोग्रामिंग से कोई संबंध हो? इस उत्तर का पता लगाने और यह सीखने के लिए कि क्या कारगर *होता* है, मैंने पहले यह जानने का निर्णय लिया कि क्या कारगर *नहीं* है और *क्यों*?

समझदारी भरे समाधान के मार्ग पर

मैंने जो भी सेल्फ़-हेल्प अवधारणाएँ खोजी हैं, उनमें सबसे समझदारी भरी अवधारणा है- अपनी अधिक सफल "नई तस्वीर" से मस्तिष्क की "प्रोग्रामिंग"। यह पता लगाने वाला मैं पहला व्यवहारिक शोधकर्ता या लेखक नहीं हूँ। कई अन्य लोग भी इस निष्कर्ष पर पहुँचे हैं कि आप *एक ढंग से या दूसरे ढंग से* अपने मस्तिष्क में जो भी रखते हैं, वही आपको *एक तरीक़े से या दूसरे तरीक़े से* वापस मिलेगा।

हालाँकि आत्म-विकास के क्षेत्र में काम करने वाला प्रत्येक लेखक समान निष्कर्षों पर नहीं पहुँचा, केवल इसलिए क्योंकि अलग-अलग लेखक समस्या को अलग-अलग दृष्टिकोण से देख रहे थे, लेकिन ऐसे भी लोग हैं, जिन्होंने पुस्तकें लिखकर करोड़ों लोगों को स्थाई तौर पर नहीं, तो कम से कम कुछ समय के लिए ही सही, बेहतर जीवन का मार्ग दिखाया है। जब वे दूसरों को ख़ुशी और अधिक समृद्ध जीवन की ओर ले जा रहे थे, तब मैं सफलता के महान दर्शन करने में व्यस्त था। समय के साथ मैं यह विश्लेषण करने लगा कि सफलता के सिद्धांतों में से केवल कुछ ही क्यों काम करते हैं, शेष क्यों नहीं करते?

मैंने सफलता के दर्शन का अध्ययन किया, निर्देशों की लंबी सूची का विश्लेषण किया- उदाहरणार्थ, अधिक धन कैसे कमाया जाए, बेहतर मैनेजर कैसे बना जाए, वज़न कम कैसे किया जाए, हताशा से कैसे उबरा जाए, बेहतर नौकरी कैसे पाई जाए, लक्ष्य कैसे तय किए जाएँ, दूसरों के साथ कैसा व्यवहार करें, समय का प्रबंधन कैसे करें या आमतौर पर "अधिक सफल कैसे हों।" इसके बाद मैंने सफलता की तकनीकों को आज़माकर देखा और दर्जनों लोगों से बातचीत की, जिन्होंने यही किया था। मैंने सफलता के उद्योग के कई नेताओं से लंबी चर्चा की- उन निगमों से, जो सफलता बेचने का कारोबार करते हैं।

मैंने उन ग्राहकों से बातचीत की, जिन्होंने गोष्ठियों में भाग लिया था, पुस्तकें ख़रीदी थीं या कैसेट्स सुने थे। क्या "कारगर" है और क्या नहीं, यह जानने के लिए मैंने स्वयं को सफलता के संसार में डुबो दिया और उस रोमांचक क्षेत्र के हर पहलू की अंदर से बाहर तक जाँच की। मैंने उद्योग के नेताओं से बातचीत की। मैंने उनकी विधियों, तंत्रों और

"समाधानों" की जाँच की।

अवलोकन, तकनीकों के अभ्यास और लोगों से मिले परिणामों का विश्लेषण करते हुए उन वर्षों के दौरान मैं अपने आप से यह सवाल पूछता रहा कि जब इतने सारे *अच्छे* समाधान मौजूद हैं, तो हमारे जीवन में *स्थाई* परिवर्तन क्यों नहीं हो रहा है? उदाहरण के तौर पर, ऐसा क्यों है कि इतने सारे लोग "सकारात्मक सोच" जैसे महत्वपूर्ण विषय पर पुस्तक पढ़ने के बाद अलग तरह से सोचने का निर्णय तो लेते हैं, लेकिन छह महीने बाद ही दोबारा उसी प्रकार सोचने लग जाते हैं, जैसा कि पुस्तक को पढ़ने से पहले सोचा करते थे? अंततः मैं "आत्म-सुधार" के बारे में इन निष्कर्षों पर पहुँचा :

1. अधिकतर लेखक सही मार्ग दिखाते हैं। अधिकतर मामलों में वे ईमानदार और परवाह करने वाले होते हैं, जो प्रत्येक के लिए सर्वश्रेष्ठ पर ही विश्वास करते हैं।
2. यदि आप उनकी सलाह पर आचरण करते हैं, तो अधिकतर मामलों में आपको सहायता मिलेगी।
3. यदि आप उनकी सलाह पर आचरण करना छोड़ देते हैं, तो निश्चित रूप से सहायता मिलना बंद हो जाएगी। मैंने "सफलता के सिद्धांतों" का अध्ययन किया, उनमें से कुछ अधिक लंबे समय तक (लगातार प्रयास किए बिना) कारगर होते हैं। बहरहाल, एक बार पढ़ी गई चीज़ स्थाई नहीं होती; कोई भी सेल्फ़-हेल्प योजना या कार्यक्रम अपने आप या सतत सशक्तिकरण के बिना कारगर नहीं बना रह सकता।

"कैसे" के तीस साल

मैं जिन "सेल्फ़-हेल्प" अवधारणाओं की बात कर रहा हूँ, हो सकता है कि आप उनके बारे में जानते हों। यह भी हो सकता है कि आप न जानते हों। बहरहाल, यदि आपने पिछले बीस-तीस वर्षों के दौरान सेल्फ़-हेल्प साहित्य पढ़ने में अधिक समय नहीं बिताया है, तो मैं आपको इसके सबसे लोकप्रिय संदेशों का सार बता देता हूँ। सफलता का साहित्य

कहता है कि यदि आप अधिक सफल होना चाहते हैं, तो :

आपको अपने आप पर विश्वास करना चाहिए।
आपको अपनी प्राथमिकताएँ सही रखनी चाहिए।
आपको ज़िम्मेदारी लेनी चाहिए।
आपको अपना भविष्य स्वयं बनाना चाहिए।
आपको मनचाही चीज़ों पर ध्यान केंद्रित करना चाहिए।
आपको अपने लक्ष्यों के परिणाम को स्पष्टतः देखना चाहिए।
आपको अपने भाग्य की बागडोर किसी दूसरे को नहीं सौंपनी चाहिए।
आपको रचनात्मक बनना चाहिए।
आपको बड़ा सोचना चाहिए।
आपको अपने तनाव को नियंत्रित करना चाहिए।
आपको महत्वाकांक्षी और निश्चयात्मक होना चाहिए।
आपको सकारात्मक ढंग से सोचना चाहिए।
आपको अपनी दिशा स्वयं चुननी चाहिए।
आपको स्पष्ट लक्ष्य तय करने चाहिए
और उनकी समीक्षा करते रहना चाहिए।
आपको अपने मस्तिष्क को बेहतर बनाने,
परिणामों की समीक्षा करने और आवश्यक चीज़ें पढ़ने में
प्रतिदिन कुछ समय देना चाहिए।
आपको सहनशील होना चाहिए।
आपको हर कार्य प्रेमपूर्वक करना चाहिए।
आपको घृणा नहीं करनी चाहिए।
आपमें साहस होना चाहिए।
आपको जान लेना चाहिए कि जीवन के बारे में
आपकी अधिकतर मान्यताएँ भ्रम के सिवा कुछ नहीं हैं।
आपको ईमानदार होना चाहिए।
आपको कड़ा परिश्रम करना चाहिए।
आपको विश्वास करना चाहिए कि धन अच्छा है
और यह आपके पास अवश्य आएगा।
आपमें आस्था होनी चाहिए।
यदि आप कोई कार्य करते हैं, तो उसे प्रसन्नतापूर्वक करना चाहिए।

आपको मज़बूत बनना चाहिए।
आपको प्रेम प्रदर्शित करना चाहिए।
आपको अपने समय का प्रबंध करना चाहिए।
आपको सही पोशाक पहननी चाहिए।
आपको दूसरों को राज़ी करना आना चाहिए।
आपको अवकाश लेना चाहिए।
आपको किसी "अधिक ऊँची शक्ति" में विश्वास करना चाहिए।
आपको सही भोजन करना चाहिए।
आपको समझदारी से जीना चाहिए।
आपको ऐसे लोगों की मदद लेनी चाहिए,
जो आपके लक्ष्यों के प्रति सहानुभूति रखते हैं।
आपको दूसरों की सहायता करनी चाहिए।
आपको प्रेरक बने रहना चाहिए।
आपको ध्यान करना चाहिए।
आपको आशावादी बनना चाहिए।
आपको दूसरों पर विश्वास करना चाहिए
और विश्वास के योग्य बनना चाहिए।
आपको यह जान लेना चाहिए कि
सफलता का अर्थ केवल धन नहीं है।
आपको दयालु होना चाहिए।
आपको "बड़ी तस्वीर" देखनी चाहिए।
आपको विवरणों का ध्यान रखना चाहिए।
आपको व्यवस्थित बनना चाहिए।
आपको टालमटोल नहीं करनी चाहिए।
आपको नियंत्रण में रहना चाहिए।
आपको स्वस्थ एवं सक्रिय रहना चाहिए।
आपको प्रत्येक समस्या को "अवसर" के रूप में देखना चाहिए।
आपको अपने पद संबंधी प्रत्येक कार्य को सीखना चाहिए।
आपको सफलता से घबराना नहीं चाहिए।
आपको दूसरों के प्रति उदार होना चाहिए।
आपको ईश्वर में विश्वास करना चाहिए।

आप जिसे भी संभव मानते हों,
उससे थोड़े ऊँचे का प्रयास करना चाहिए।
आपको अपने दूरगामी लक्ष्य तय करने चाहिए।
आपको कर्म करना चाहिए।
आपको कभी हार नहीं माननी चाहिए।

मुझे बताया गया था कि यदि आप यह सब कर लेते हैं, तो आप "सफल" हो जाएँगे।

हालाँकि मैं संदेहवादी था, लेकिन मुझे सहमत होना ही पड़ा। यदि आप आत्म-सहायता या आत्म-सुधार के उपलब्ध सभी सर्वश्रेष्ठ संदेशों को मिला लें, तो यह स्पष्ट है कि वे हमें "सफलता की" अधिकतर "कुंजियाँ" प्रदान कर देंगे।

यदि यह सच है - और मैं मानता हूँ कि ऐसा है - तो फिर ग़लत क्या है? यदि सिद्धांत, और कई मामलों में तो विस्तृत निर्देश भी, हमारे सामने इतनी स्पष्टता से बता दिए गए हैं, तो फिर हमें अधिक पुस्तकों, अधिक समाधानों और अधिक याद दिलाने वाली चीज़ों की आवश्यकता क्यों है?

अनुमान है कि हाल के एक वर्ष में एक अरब डॉलर से अधिक की सेल्फ़-हेल्प सामग्री केवल अमेरिका में ही बिकी! इस सबके बावजूद खोई हुई कड़ी कौन सी है? खोई हुई कुंजी कौन सी है? वह क्या चीज़ है, जो इस पहेली को हल करेगी और हममें से प्रत्येक को स्थाई व्यक्तिगत सफलता और संतुष्टि प्रदान करेगी?

खोए हुए अंश

क्या कारगर है और क्या नहीं, इसके विश्लेषण पर मुझे तीन ऐसे अंश मिले, जो लगभग *सारे* साहित्य से नदारद थे :

1. पहला खोया अंश है *स्थायित्व*। सभी "बाहरी" समाधान *अस्थाई* होते हैं। सबसे अच्छे विचार भी केवल कुछ समय तक ही कार्य करते हैं। सतत ध्यान तथा प्रयास के बिना सफलता की सबसे रोमांचक महत्वपूर्ण खोजें भी अंततः हमारे "अच्छे विचारों"

और "अच्छे इरादों" की सूची में जुड़कर रह जाती हैं। बहुत कम ऐसे स्वचलित तरीक़े बताए गए हैं, जो लंबे समय तक अपने आप काम करते हैं। मुझे आज तक कोई ऐसी पुस्तक नहीं मिली, जो शेल्फ़ से नीचे कूदे और हर सुबह आपका कंधा थपथपाकर कहे, "अरे! मेरी याद है? याद है मैंने तुम्हें क्या सिखाया था? तुम इसे क्यों नहीं कर रहे हो?"

2. सफलता के अधिकतर साहित्य का दूसरा खोया हुआ अंश है - *मानव मस्तिष्क की मनोदैहिक प्रक्रियाओं का ज्ञान, जो वास्तविक मन-मस्तिष्क की प्रक्रियाओं के बारे में हमारी जानकारी पर आधारित है*। मानव मस्तिष्क किस प्रकार प्रोग्रामिंग को स्वीकार करके उस पर प्रतिक्रिया करता है, यह हमें किस प्रकार दिशा देता है या नियंत्रित करता है, इसकी वास्तविक प्रक्रिया को समझे बिना सफलता की कोई भी ऐसी योजना बनाना मुश्किल एवं असंभव होगा, जो कारगर हो और अनंत समय तक काम करती रहे।

   समझ लें कि यह मस्तिष्क ही है, जो जहाज़ को चलाता है। यदि आप किसी भी प्रकार का स्थाई परिवर्तन करना चाहते हैं, तो आपको नियमों का अनुसरण करना पड़ेगा। यदि आप कोई परिवर्तन करना चाहते हैं और उसे स्थाई बनाना चाहते हैं, तो आपको उसी प्रकार कार्य करना होगा, जिस प्रकार मस्तिष्क कार्य करता है।

3. तीसरा खोया हुआ अंश सबसे महत्वपूर्ण है। यह है - अवचेतन मन को दिए जाने वाले नए शब्द दर शब्द दिशानिर्देश, यानी एक नई प्रोग्रामिंग- मस्तिष्क का नियंत्रण केंद्र। इसका अर्थ है एक विशेष "प्रोग्रामिंग शब्दावली", जिसमें चुनिंदा लाभकारी शब्द होते हैं, जिनका प्रयोग कोई भी और किसी भी समय कर सकता है। ऐसे शब्द, जो पुरानी नकारात्मक प्रोग्रामिंग को मिटा तथा हटा सकते हैं और आपको सकारात्मक एवं उपयोगी नई दिशाओं में ले जा सकते हैं।

इन तीनों खोए हुए अंशों को सम्मिलित करने वाला एकमात्र समाधान है - आत्म-चर्चा।

एक पल के लिए उन चीज़ों के बारे में सोचें, जिन्हें आप अपने जीवन में प्राप्त करना चाहेंगे या अपने जीवन में उन अधिक छोटी चीज़ों के बारे में सोचें, जिन्हें आप इस समय बदलना चाहेंगे। आपका लक्ष्य अधिक आमदनी पैदा करना हो सकता है या फिर बेहतर पारिवारिक जीवन प्राप्त करना, अपनी योग्यताओं को बेहतर बनाना, स्कूल में बेहतर प्रदर्शन करना, ऑफ़िस या कामकाज में बेहतर करना- कुछ भी हो सकता है।

परिवर्तन करने के लिए आप चाहे जो साधन चुनें, जब तक उसके पहले आप अपनी पुरानी "प्रोग्रामिंग" (बरसों की कंडीशनिंग के चलते आप पुराने ढंग से काम करते रहते हैं) को बदलना शुरू नहीं करते, तब तक संभावित परिणाम यह होगा कि आप जो हासिल करना चाहते हैं, वह लंबे समय तक कारगर सिद्ध नहीं होगा।

अध्याय चार

नई खोज

पिछले कुछ दशकों में न्यूरोसाइंटिस्ट्स ने यह पता लगा लिया है कि मानव मस्तिष्क के बारे में हमारे अधिकांश अनुमान सच हैं - हमारा मस्तिष्क काफ़ी हद तक एक पर्सनल कंप्यूटर की तरह कार्य करता है। स्पष्ट है कि मामला इतना आसान नहीं है। अंतर यह है कि अधिकतर मामलों में मस्तिष्क हमारे बनाए सबसे शक्तिशाली कंप्यूटरों से कई गुना अधिक शक्तिशाली है। मस्तिष्क का वज़न लगभग डेढ़ किलो या तीन पाउंड ही होता है और यह डेस्कटॉप कंप्यूटर की अपेक्षा भूरी फूलगोभी जैसा दिखता है। मस्तिष्क कुछ महत्वपूर्ण मायनों में मानव-निर्मित कंप्यूटर की तरह ही कार्य करता है, जिसे वास्तव में मस्तिष्क की कार्यप्राणाली के आधार पर ही बनाया गया है।

ग़ैर-तकनीकी भाषा में कहा जाए, तो कंप्यूटर के तीन बुनियादी भाग होते हैं- एक स्क्रीन, एक की-बोर्ड या टच स्क्रीन और एक हार्ड ड्राइव या प्रोग्राम डिस्क। कंप्यूटर में क्या प्रोग्रामिंग की जा रही है, यह देखने के लिए हम स्क्रीन का प्रयोग करते हैं। स्क्रीन पर ही परिणाम भी दिखाई देते हैं, यानी वह जानकारी, जो हम चाहते हैं कि कंप्यूटर हमारे लिए संग्रह करे।

की-बोर्ड या *टच स्क्रीन* वह है, जिसके द्वारा हम कंप्यूटर को निर्देश और जानकारी देते हैं तथा *हार्ड ड्राइव* वह यंत्र है, जिसमें हम जानकारी दर्ज और संग्रह करते हैं। हम इस पर जो भी जानकारी दर्ज करते हैं, वह हमेशा-हमेशा के लिए दर्ज रहती है, जब तक कि कोई पुरानी जानकारी को मिटाकर इसे ख़ाली न कर दे।

मानव मस्तिष्क के भी यही बुनियादी हिस्से होते हैं।

कंप्यूटर की स्क्रीन का अर्थ है- हमारा हुलिया और कार्य, जो हम अपने आस-पास के संसार के सामने 'दिखाते' हैं।

इंसान की पाँच इंद्रियाँ इस कंप्यूटर का की-बोर्ड हैं। हम जो भी सुनते हैं, देखते हैं, स्वाद लेते हैं, स्पर्श करते हैं या सूँघते हैं और जो भी अपने आप से कहते हैं- हमारे की-बोर्ड, यानी पाँचों इंद्रियों के द्वारा मस्तिष्क में उसकी "प्रोग्रामिंग" हो जाती है।

की-बोर्ड द्वारा भेजे गए प्रोग्राम और जानकारी दर्ज करने के लिए पर्सनल कंप्यूटर एक हार्ड ड्राइव या किसी अन्य मेमोरी डिवाइस का प्रयोग करता है। मानव कंप्यूटर की हार्ड ड्राइव है *हमारा अवचेतन मन*। हमारा प्रत्येक अनुभव हमारे अवचेतन मन में दर्ज हो जाता है- प्रोग्राम हो जाता है।

कंप्यूटर से समानता के संदर्भ में यह समझना सबसे महत्वपूर्ण है कि आपके व्यक्तिगत "मानसिक" कंप्यूटर में की जाने वाली प्रत्येक प्रोग्रामिंग *चिरस्थाई* होती है, यानी अब तक आपकी जो भी प्रोग्रामिंग की गई है, वह सबसे शक्तिशाली मानव निर्मित कंप्यूटर पर टाइप किए गए "प्रोग्राम" जितनी ही महत्वपूर्ण और स्थाई है।

नियंत्रण केंद्र

मानव मस्तिष्क की प्रोग्रामिंग हमें कैसे और क्यों इतनी अधिक प्रभावित करती है, इस जटिल प्रक्रिया को सरलता से समझने के लिए मस्तिष्क के केंद्रीय नियंत्रण कक्ष पर एक त्वरित, काल्पनिक निगाह डालते हैं। यह मस्तिष्क का वह हिस्सा है, जहाँ सारे संकेत प्राप्त किए जाते हैं और जहाँ से सारे आदेश प्रेषित किए जाते हैं। यही मस्तिष्क का वह हिस्सा है, जो अच्छा अनुभव करवाता है, कड़ा परिश्रम करता है और कार्य पूरे करवाता है या जब उतनी अच्छी तरह निर्देशित न हो, तो यह हमें धीमा कर देता है, परिणाम को लेकर डर पैदा कर देता है और हमें चलते-चलते रोक देता है।

अब मस्तिष्क के नियंत्रण कक्ष में खड़े होने की कल्पना करें। सामने एक दीवार की कल्पना करें, जिस पर लाइट के लाखों स्विच लगे हों।

एक खंड के स्विच हमारी मनोदशा को नियंत्रित करते हैं। दूसरे खंड के स्विच हमारे स्वास्थ्य को नियंत्रित करते हैं। किसी अन्य खंड के स्विच हमारी भावनाओं को नियंत्रित करते हैं। एक अन्य खंड के स्विच हमारे नियोजन कार्यों को, एक अन्य के स्विच हमारी आशाओं व स्वप्नों को नियंत्रित करने का कार्य करते हैं। एक और खंड इस बात के लिए ज़िम्मेदार होता है कि हम कैसे कार्य करते हैं, हिलते हैं, बैठते हैं, खड़े होते हैं, चलते हैं, दिखते हैं, बोलते हैं या प्रतिक्रिया करते हैं। हमारी प्रत्येक चीज़- हमारी स्मरणशक्ति, हमारा विवेक, हमारा दृष्टिकोण, हमारे डर, हमारी रचनात्मकता, तर्क शक्ति और मनोबल- सब कुछ हमारे मानसिक नियंत्रण कक्ष के स्विच द्वारा नियंत्रित होता है।

जब भी कोई सूचना नियंत्रण कक्ष तक भेजी जाती है, तो उचित स्विच के खंड को उचित निर्देश भेजे जाते हैं। पल-भर में ही उनमें से कुछ स्विच बंद हो जाते हैं और कुछ चालू हो जाते हैं।

मस्तिष्क के भीतर अरबों-खरबों न्यूरॉन्स तथा न्यूरोट्रांसमीटर्स कहे जाने वाले इलेक्ट्रोकेमिकल स्विच का नेटवर्क मस्तिष्क के प्रत्येक हिस्से को संदेश भेजता है और स्विच के सही खंड को चुनता है, जिसका परिणाम यह होता है कि हमारे कुछ हिस्सों के स्विच "चालू" हो जाते हैं और कुछ "बंद" हो जाते हैं।

मस्तिष्क के बेहद छोटे रसायन प्राप्त करने वाले केंद्र लगभग न महसूस होने वाले इलेक्ट्रोकेमिकल संकेतों पर प्रतिक्रिया करते हैं। ये संकेत हमारे मस्तिष्क, केंद्रीय तंत्रिका तंत्र और शरीर को बेहद छोटे, लेकिन बहुत शक्तिशाली रासायनिक तत्वों के द्वारा मिलते हैं, जो हमारे प्रत्येक कार्य को नियंत्रित या प्रभावित करते हैं।

हमारी सही देखभाल करना हमारे मस्तिष्क की ज़िम्मेदारी है। इस ज़िम्मेदारी को निभाने के लिए यह लगातार हमारी आवश्यकताओं की निगरानी करता है और आवश्यक क़दम उठाने के लिए हमारे तंत्रों के विभिन्न हिस्सों को निर्देशित भी करता है। मस्तिष्क हमारे मन व शरीर

के सभी अवचेतन इलेक्ट्रिकल/रासायनिक मानसिक और शारीरिक संकेतों पर स्वतः प्रतिक्रिया करता है, जिनका मूल उद्देश्य हमें जीवित रखना होता है।

जैव रासायनिक विद्युत आवेग, जिन्हें "विचार" कहा जाता है

लेकिन मस्तिष्क एक अन्य प्रकार के आदेश पर भी प्रतिक्रिया करता है, जो लगभग स्वचलित होती है। यह असाधारण रूप से अप्रतिरोध्य विद्युत आवेग होता है, जो मस्तिष्क के स्विच को चालू या बंद कर देता है। हमें निर्देशित और नियंत्रित करने वाले इन विद्युत आवेगों व विशेष मानसिक आदेशों को *विचार* कहा जाता है।

हम जो भी विचार करते हैं, अपने आप से चेतन या अचेतन रूप से जो भी कहते हैं, वह विद्युत आवेगों में बदल जाता है। ये आवेग हमारे मस्तिष्क के नियंत्रण केंद्र को निर्देशित करते हैं कि यह विद्युत *और रासायनिक रूप से* प्रतिदिन, प्रतिपल हमारी प्रत्येक गतिविधि, प्रत्येक भावना एवं प्रत्येक कार्य को प्रभावित व नियंत्रित करे।

आपने अपने मस्तिष्क में जिन "विचारों" की भी प्रोग्रामिंग की है या दूसरों को ऐसा करने की अनुमति दी है, वे आपकी प्रत्येक चीज़ को प्रभावित, निर्देशित या नियंत्रित कर रहे हैं। जिस दिन हम पैदा होते हैं, उसी दिन से हमें ढेर सारी प्रोग्रामिंग मिलने लगती है। केवल एक वर्ष में ही चारों ओर के संसार से हमें जो भिन्न-भिन्न जानकारियाँ मिलती हैं, उन्हें गिनने के लिए एक विशालकाय कंप्यूटर की आवश्यकता होगी। कुछ प्रोग्रामिंग बहुत स्पष्ट होती है, लेकिन अधिकतर प्रोग्रामिंग के बारे में तो हमें जानकारी ही नहीं होती।

स्पष्ट प्रोग्राम्स वे टिप्पणियाँ, प्रश्न और कथन हैं, जो हमसे सीधे कहे जाते हैं। अभिभावक और दूसरे वयस्क हमें बताते हैं कि हम क्या कर सकते हैं और क्या नहीं। हमें यह भी बताया जाता है कि हम किसमें माहिर हैं और किसमें नहीं। यह भी कि हम कैसे दिखते हैं। हमें बताया जाता है कि किस चीज़ की अपेक्षा रखनी है, किस पर विश्वास करना है, कैसे कार्य करना है और क्या करना या नहीं करना है। बच्चे दूसरों

पर निर्भर रहते हैं, इसलिए जीवित रहने के लिए दूसरों की कही बात को सुनना और मानना महत्वपूर्ण होता है और यहीं से हम दूसरों की कही बातों को स्वीकार करना और उन पर विश्वास करना भी सीख लेते हैं।

अध्याय पाँच

हम विश्वास करना सीखते हैं

हमारे आस-पास के लोग बचपन में हमें जो बताते हैं, उसका हम पर बहुत ही महत्वपूर्ण प्रभाव होता है। इसी से हमारे विश्वास की नींव बनती है। इसी से अपने आस-पास होने वाली अधिकांश चीज़ों और अपने बारे में हमारे विश्वास तय होते हैं।

मुझे अब भी वह समय याद है, जब मैं ग्रेड स्कूल में पढ़ता था। उस समय मैं यही चाहता था कि कोई वाद्य यंत्र बजाकर स्कूल के बैंड का सदस्य बन जाऊँ। अपनी क्लास के दस-बारह अन्य विद्यार्थियों के साथ मैंने बैंड में शामिल होने का परीक्षण देने का निर्णय लिया। मुझे एकदम अपरिचित वाद्य यंत्र देकर बैंड इंस्ट्रक्टर, क्लास टीचर तथा अन्य विद्यार्थियों के सामने बजाने के लिए कहा गया। इसके बाद मुझे वहाँ से भेज दिया गया।

मैं जानता था कि मैंने अच्छी तरह नहीं बजाया था। जब लगभग एक घंटे बाद सभी विद्यार्थियों का प्रदर्शन पूरा हो गया, तब मैंने बैंड डायरेक्टर की बात सुनी। वे क्लास टीचर से कह रहे थे कि मुझे बैंड में शामिल नहीं किया जा सकता; क्योंकि मुझमें संगीत की कोई योग्यता ही नहीं है। यही नहीं, उन्होंने यह भी कहा कि मैं कभी कोई वाद्य यंत्र नहीं बजा पाऊँगा। बारह वर्ष के जिस लड़के के दिल में वाद्य यंत्र बजाने की प्रेरणा थी, उसके लिए यह कितनी अविश्वसनीय प्रोग्रामिंग थी!

यह प्रोग्रामिंग कारगर रही। मैंने किसी दूसरे की बात सुनी कि मुझमें संगीत की कोई योग्यता नहीं है और मैंने उस पर विश्वास भी कर

लिया। मैंने इसे तथ्य के रूप में स्वीकार कर लिया कि मुझमें संगीत की कोई प्रतिभा नहीं है और कभी होगी भी नहीं। ख़ैर! बरसों बाद मुझमें इतना साहस आया कि मैं पियानो किराए पर लूँ, कुछ नोट्स सीखूँ और उन्हें बजाऊँ। वह भी तब, जब आस-पास यह बताने वाला कोई न हो कि मैं संगीत नहीं बजा सकता। उस पुरानी प्रोग्रामिंग को मिटाने में मुझे बरसों लग गए, हालाँकि शुरुआत से ही यह सरासर झूठी प्रोग्रामिंग थी। हताशा भरे लगभग बीस वर्षों के बाद मुझे पता चला कि हमारे स्कूल बैंड के डायरेक्टर की बात ग़लत थी और मैंने उस बात पर विश्वास कर लिया था।

यहाँ इसका विपरीत उदाहरण भी प्रस्तुत है। छह साल का माइकल अक्सर दोपहर में पड़ोस में रहने वाले एक बुज़ुर्ग व्यक्ति से मिलने जाता था। एक रात वह सीढ़ियों के ऊपर खड़ा था और सोने जा रहा था। उसे बाहर कुछ दिखाई तो नहीं दे रहा था, लेकिन सुनाई अवश्य दे रहा था। उसी समय वह बुज़ुर्ग पड़ोसी वहाँ आकर रुका। उसने उसकी माँ को बताया कि माइकल बहुत रचनात्मक बालक है और आगे चलकर बड़े रचनात्मक कार्य करेगा। छोटे माइकल ने उसकी यह बात सुन ली।

दशकों बाद माइक वैंस अमेरिका के सबसे शीर्षस्थ रचनात्मक प्रशिक्षकों में से एक बन चुके हैं और संसार-भर के प्रमुख निगमों तथा संस्थानों को व्यक्तिगत परामर्श देते हैं। छोटे से माइकल ने अपने बारे में एक छोटा सा सकारात्मक "प्रोग्राम" केवल संयोग से सुन लिया था और उसने उस पर विश्वास कर लिया।

दुर्भाग्य से, हमारी प्रोग्रामिंग प्रायः इतनी अधिक लाभकारी नहीं होती। क्या आप कल्पना कर सकते हैं कि कोई बच्चा इन मासूम, लेकिन घातक शब्दों को कितनी बार सुनता है, "तुम कुछ नहीं बन सकोगे," या बताया जाता है कि "वह खेल", "वह करियर," "वह जीवनसाथी" या "वह सपना" उसके लिए *सही* नहीं है? आप कल्पना कर सकते हैं कि यह सुनने पर हमारे उत्सुक और खुले युवा मन को क्या एहसास होता होगा या हम क्या विश्वास करते होंगे।

दूसरों से मिलने वाली अचेतन प्रोग्रामिंग

हमारी कुछ प्रोग्रामिंग स्पष्ट होती है। यह साफ़ दिखती है, हमारा ध्यान खींचती है और हमसे प्रतिक्रिया चाहती है, लेकिन हमारी अधिकतर प्रोग्रामिंग इतनी स्पष्ट नहीं होती। अधिकांश तो बहुत सूक्ष्म होती है।

हममें से प्रत्येक व्यक्ति को प्रतिदिन संकेतों, निर्देशों, नियंत्रणों, प्रेरणाओं और अपेक्षाओं की अनंत धारा प्राप्त होती है। हमारे आस-पास की प्रत्येक चीज़ संकेत करती है, माँग करती है या हमें राज़ी करती है। वयस्क होने के बाद भी हम उन प्रभावों की बाढ़ से घिरे रहते हैं, जिनमें से अधिकतर के बारे में हम अनजान होते हैं। हमारे जहाज़ के असंख्य कप्तान हैं, जो हमें अपनी अलग दिशा में, अपने अलग उद्देश्यों से निर्देशित करना चाहते हैं, जबकि प्रायः उन्हें यह पता भी नहीं होता कि उनके कारण हमारा जहाज़ भटक रहा है।

जब तक आप और मैं दूसरों को *अपनी* प्रोग्रामिंग करने देते हैं, तब तक बिना किसी शंका के हम अनियंत्रित हैं, किसी अनजान भाग्य के ग़ुलाम हैं और अच्छी तरह यह नहीं पहचानते कि हमारा भविष्य दाँव पर लगा हुआ है।

समस्या की जड़ खोजने के लिए इतने सारे मनोचिकित्सक अपने रोगियों को बचपन में क्यों ले जाते हैं? वास्तव में, हमारे मन के विश्वासों की शुरुआत वहीं हुई थी। डर, सदमा या अपनी पहचान की पकड़ सबसे पहले वहीं आरंभ हुई थी। उन शुरुआती वर्षों से हममें से प्रत्येक ने अपनी एक संयुक्त तस्वीर बना ली। इससे कोई अंतर नहीं पड़ता कि हमारी बनाई तस्वीरें वास्तविक थीं या नहीं, परंतु हमारे अनुभव, सच के रूप में स्वीकार की गई दूसरों की कही बातें और स्वयं को बताई बातें उस मानसिक प्रोग्रामिंग की बुनियाद बन गईं, जो आज हमें निर्देशित करता है।

बेशक अतीत की सारी प्रोग्रामिंग ग़लत नहीं होती। उसमें से कुछ बहुत अच्छी भी होती है। हममें से अधिकतर को दूसरों का प्रेम-प्यार मिला है और हममें से अधिकतर को समय-समय पर सकारात्मक आत्मविश्वास का अनुभव भी हो चुका होता है। हमारे अभिभावकों ने

हमारी आशंकाओं को प्रोत्साहन देकर संतुलित भी किया है। हमारे ऐसे शिक्षक-प्रशिक्षक एवं मित्र रहे होंगे, जिंहोंने हमसे सर्वश्रेष्ठ की आशा की। जीवन में हम सभी को समय-समय पर कुछ सफलताएँ अवश्य मिली होंगी।

लेकिन सर्वश्रेष्ठ रूप में भी हमारे जीवन के प्रोग्राम्स का केवल एक हिस्सा ही हमारे *पक्ष में* काम कर रहा है। कल्पना करें कि आप क्या कर सकते हैं? काश! आप अपने अवचेतन मन के विपरीत काम करने वाले प्रोग्राम्स - एक लगभग अचेतन, स्वचलित *नया* प्रोग्राम, जो आपके लिए लाभकारी हो - के पार जा सकें और बाधाओं को हटा सकें और आगे आने वाले जीवन का दर्शन कर सकें।

एक महिला ने अपना वज़न 120 पाउंड कम कर लिया। एक बार मैंने उससे पूछा कि वज़न कम करने के लक्ष्य में सफल होने पर उसे कैसा अनुभव हुआ। उसका उत्तर था, "मुझे ऐसा अनुभव होता है, जैसे मेरे 120 पाउंड चले गए हैं।" मैं उसकी ख़ुशी समझ सकता था। जब आप किसी हेल्थ स्पा या जिमनेशियम में जाएँ, तो वेटलिफ़्टिंग सेक्शन में जाकर 120 पाउंड वज़न उठाने की कोशिश करें! कल्पना करें कि एक दिन के लिए हम आत्म-शंका और अविश्वास के सारे अतिरिक्त वज़न को हटा रहे हैं, जिसे हम अपने साथ ढोते रहते हैं। सोचें कि इसके बाद आप कितनी तेज़ी से भाग सकते हैं! सोचें कि यदि बुरी आदतें, पुरानी कंडीशनिंग और आत्म-शंका की बेड़ियाँ अचानक दूर चली जाएँ, तो आप कल से ही क्या कर सकते हैं!

जैसा आपने अंदाज़ा लगा लिया होगा, मैं आपको यह बताने के लिए यहाँ तक नहीं लाया हूँ कि इस प्रकार की स्वतंत्रता पाना हमारे लिए असंभव है या हमारी पहुँच से परे है। न केवल आप स्वयं के लिए ऐसी स्वतंत्रता हासिल कर सकते हैं, बल्कि हम यहाँ कुछ ऐसे व्यावहारिक साधन भी बताएँगे, जिनके द्वारा आत्म-निर्देशित मस्तिष्क की स्वतंत्रता आपके जीवन के प्रत्येक दिन का स्थाई हिस्सा बन जाएगी।

सारे आवश्यक उपकरण आपके पास पहले से मौजूद हैं। आप हर उस चीज़ के साथ पैदा हुए हैं, जिसकी आवश्यकता आपको असाधारण और सार्थक जीवन जीने के लिए है। इससे कोई फ़र्क़ नहीं पड़ता कि आपने अतीत में क्या सोचा या किया है। यदि आप चुनाव करें, तो आज

के बाद बहुत सारे लाभ पाने के लिए कुछ परिवर्तन कर सकते हैं।

आपका व्यक्तिगत ऑन–बोर्ड कंप्यूटर

हम इस बारे में पहले ही बात कर चुके हैं कि हममें से प्रत्येक को जितनी प्रोग्रामिंग मिली है, उसमें से कितनी ग़लत है। शायद हमारे अवचेतन मन में जो भी चीज़ दर्ज और एकत्रित होती है, उसका 75 प्रतिशत हमारे लिए हानिकारक होता है और हमारे विरुद्ध काम करता है। संक्षेप में हमारी प्रोग्रामिंग इस प्रकार की होती है कि हम सफल *न* हो सकें!

चलिए, मान लेते हैं कि मैं आज शाम आपको फ़ोन करके बताता हूँ कि मैंने अभी-अभी यूरोप जाने के लिए एक जेट एयरलाइन को चार्टर किया है और मैं आपको तथा आपके परिवार या मित्रों को अपने साथ चलने के लिए आमंत्रित कर रहा हूँ। हम सभी दो सप्ताह की छुट्टियाँ मनाने के लिए यूरोप की ओर उड़ान भरने वाले हैं। इसमें आपका एक भी पैसा ख़र्च नहीं होगा!

लेकिन मान लें कि हवाई जहाज़ पर चढ़ते समय आप नैविगेटर और पायलट की बातचीत सुन लेते हैं। नैविगेटर पाइलट को बता रहा है कि विमान को उड़ाने वाले ऑन–बोर्ड कंप्यूटर की *प्रोग्रामिंग ग़लत* है। इसकी प्रोग्रामिंग इस प्रकार निर्धारित की गई है कि विमान को नियंत्रित करने हेतु दिए गए 75 प्रतिशत निर्देश इसे ग़लत दिशा में ले जाएँगे!

यदि आपको यह पता चल जाए कि विमान के ऑन–बोर्ड कंप्यूटर की प्रोग्रामिंग ग़लत है, तो आप क्या करेंगे? आप विमान से *उतर* जाएँगे! आप निश्चित रूप से किसी ख़राब कंप्यूटर प्रोग्राम वाले विमान में नहीं बैठना चाहेंगे। आप जान जाएँगे कि विमान दो में से एक काम करेगा (अटलांटिक के ऊपर उड़ते हुए यह कोई अच्छा विचार नहीं है) या तो वह ग़लत जगह उतर जाएगा या *दुर्घटनाग्रस्त* हो जाएगा!

हममें से अधिकांश लोगों के पास ठीक इसी प्रकार का प्रोग्राम होता है। कोई हैरानी नहीं कि चीज़ें काम नहीं करतीं! कोई आश्चर्य नहीं कि हम सपने देखते हैं, आशा करते हैं, कोशिश करते हैं, जूझते हैं, काम चलाते हैं, लक्ष्य से पीछे रह जाते हैं या असफल हो जाते हैं! कोई आश्चर्य

नहीं कि हम जीवन से अधिक पाना चाहते हैं, अधिक समस्याओं को सुलझाना चाहते हैं या कुछ लक्ष्यों तक पहुँचना चाहते हैं, लेकिन इसमें सक्षम नहीं होते। हमारे पास *ग़लत* प्रोग्राम है! *हम अपने लक्ष्यों को प्राप्त करने की कोशिश तो कर रहे हैं, लेकिन हमारे कंप्यूटर की पूर्व प्रोग्रामिंग हमें रोक रही है!*

क्या आप किसी बुरे प्रोग्राम के साथ जीवन जीना चाहते हैं? क्या आप अपना शेष जीवन सचमुच किसी ऐसे प्रोग्राम के सहारे गुज़ारना चाहते हैं, जिसे आप नहीं चाहते? आपको ऐसा करने की कोई आवश्यकता नहीं है। आप स्वयं को मिली किसी भी परिस्थिति को हटा सकते हैं। आप अपने जीवन के किसी भी हिस्से की प्रोग्रामिंग को मिटा सकते हैं। इससे रत्ती-भर भी फ़र्क़ नहीं पड़ता कि आप अतीत में कौन, कहाँ, क्या, क्यों या कैसे रहे हैं। इससे कोई फ़र्क़ नहीं पड़ता कि आपने अपने बारे में क्या विश्वास किया या दूसरों ने आपके बारे में क्या विश्वास किया। इससे भी कोई फ़र्क़ नहीं पड़ता कि जीवन ने कैसी परिस्थितियाँ उछालकर आपकी झोली में डाल दीं। अब आप स्वयं को नियंत्रित कर सकते हैं। अब आपकी बारी है।

आप दोबारा *प्रोग्रामिंग* कर सकते हैं। आप पुरानी नकारात्मक, हानिकारक, अपने विरुद्ध काम करने वाली प्रोग्रामिंग को मिटा सकते हैं और उसकी जगह एक स्वस्थ, नई, सकारात्मक व *उपयोगी* प्रोग्रामिंग कर सकते हैं। यह आसान है। *मिटा दें और बदल दें।* आपको तो केवल एक चीज़ सीखनी है- स्वयं से चर्चा।

नए निर्देश

यदि हम अपनी प्रोग्रामिंग बदलकर अपने दृष्टिकोण और व्यवहार को बदल लें, तो हममें से अधिकतर लोगों को जीवन से जूझने की आवश्यकता नहीं है, जिसमें हमारी पुरानी, नकारात्मक प्रोग्रामिंग हमें नीचे घसीटे या पीछे रोके रखे। यदि हम अपने मन को विशिष्ट, उत्पादक नई दिशाएँ देना सीख लें, तो हमारे पास अवसर है कि हम चीज़ों को कारगर बना दें और कारगर बनाए रखें।

जब मैंने यह जान लिया कि हम अपनी प्रोग्रामिंग को बदलकर अपना जीवन बदल सकते हैं, तो मैंने पहली बार उन 1,48,000 नकारात्मक बातों, शंकाओं और विध्वंसक अविश्वासों की दीवार (जो हममें से प्रत्येक ने अपने सामने बना ली है) में एक दरार देखी। मुझे विश्वास हो गया कि जो हमें पीछे रोक रहा है और पराजित कर रहा है, उसे भी पराजित किया जा सकता है। मुझे यह एहसास होने लगा कि एक रोमांचकारी नया भविष्य प्रत्येक उस व्यक्ति को मिल सकता है, जो दीवार के पीछे खड़ा हुआ है और उसे पार करने की प्रतीक्षा कर रहा है।

उस दीवार को तोड़ने का निर्णय लेना कितना रोमांचक है! हममें से कोई भी यह कार्य कर सकता है। एक बार जब हम उस दीवार की वास्तविकता को पहचान लेते हैं, तो उसके बाद हम उसके पार भी जा सकते हैं।

अध्याय छह

दीवार

हम सभी लोग पूरे समय स्वयं से चर्चा करते रहते हैं। हमारी आत्म-चर्चा में कहे हुए शब्द भी हो सकते हैं और अनकहे भी। इस प्रकार की चर्चा भावनाओं, आभासों या शारीरिक प्रतिक्रियाओं का रूप भी ले सकती है, जैसे आश्चर्यचकित या भयभीत होते समय महसूस होने वाली पेट की गुड़गुड़ या रोमांच अथवा प्रसंनता के साथ आने वाला तीव्र प्रवाह। हम सोचने वाली ऐसी मशीनें हैं, जो कभी बंद नहीं होतीं। बचपन से ही हम अपने आस-पास होने वाली प्रत्येक चीज़ को देख रहे हैं, सुन रहे हैं, परख रहे हैं, क्रमबद्ध कर रहे हैं, उसका विश्लेषण व मूल्यांकन कर रहे हैं, सूची बना रहे हैं और उनका संग्रह कर रहे हैं।

हमारी अधिकांश आत्म-चर्चा अचेतन होती है। हमें उसकी भनक तक नहीं लगती। कई बार यह आत्म-चर्चा भावनाओं के रूप में आती है, जिन्हें पूरी तरह शब्दों में व्यक्त नहीं किया जा सकता। अन्य समय पर यह छोटी कौंध या विचारों की ऐसी लपटों के रूप में आती है, जो कभी पूरी तरह आग नहीं पकड़ पातीं, पूरी तरह चमक नहीं पातीं या इतने लंबे समय तक नहीं जल पातीं कि पूर्णतः स्पष्ट और समझ में आने योग्य विचारों में बदल जाएँ।

हमारे सभी विचार, हमारे मन की सारी तस्वीरें हमेशा किसी दूसरी ऐसी चीज़ से बँधी रहती हैं, जिसे हम पहले से ही जानते हैं। यदि आपको कोई नया विचार या नई तस्वीर दी जाए, जिसके बारे में आपने पहले कभी न तो सोचा हो, न उसकी कल्पना की हो, तो आपका मस्तिष्क उस

नई जानकारी को बाँधने के लिए तुरंत मन में मौजूद कोई दूसरी चीज़ खोज लेगा, ताकि यह अर्थपूर्ण हो जाए और आपको उसे समझने में सहायता मिले।

आप जो भी नया विचार सोचते हैं, उसके लिए कुछ पुराने विचार अवश्य होने चाहिए, जहाँ यह जाकर चिपक जाए। एक ऐसी जगह, जहाँ यह अच्छी तरह फ़िट हो जाए। जब आपको कुछ नया बताया जाता है, तो आपका दिमाग़ क्षण-भर में करोड़ों मानसिक फ़ाइलिंग कैबिनेट्स की पड़ताल करेगा, जिनमें आपके द्वारा प्रत्येक विचार एकत्रित या प्रत्येक अनुभूति दर्ज होती है। क्षण के उसी हिस्से में, आपकी मानसिक फ़ाइलों में पहले से संग्रहित जानकारी के आधार पर मस्तिष्क आपको तुरंत बता देगा कि इस नए विचार के बारे में कैसा महसूस करना चाहिए, इसे कहाँ फ़ाइल करना चाहिए और क्या आपको इसे स्वीकार करना चाहिए, इस पर विश्वास करना चाहिए, इसे रखना चाहिए और इसका प्रयोग करना चाहिए या इसे नापसंद कर देना चाहिए, इस पर अविश्वास करना चाहिए और इसे बाहर फेंक देना चाहिए।

किसी चीज़ के बारे में हम जितना अधिक विश्वास करते हैं, उससे मिलते-जुलते विचारों को हम उतना ही अधिक स्वीकार करेंगे। हमारे मानसिक फ़ाइलिंग कैबिनेट्स में किसी पहलू के बारे में बताने वाली जितनी अधिक फ़ाइलें होती हैं, हम उन नए विचारों को उतना ही अधिक आकर्षित व स्वीकार करेंगे, जो हमारी फ़ाइलों में पहले से ही दर्ज बातों का समर्थन करें और उन्हें सही प्रमाणित करें। आप अपने बारे में एक निश्चित ढंग से जितना अधिक सोचते हैं, *ठीक उसी तरीक़े से* अपने बारे में उतना ही अधिक सोचेंगे! आप एक निश्चित ढंग से *किसी भी चीज़* के बारे में जितना अधिक सोचते हैं, आप उतना ही अधिक विश्वास करेंगे कि वास्तव में, *वही* सही है। इसलिए मस्तिष्क इस प्रकार कार्य करता है; क्योंकि यह हमेशा आपके सोचे हुए *नए* विचार को आपके किसी पुराने विश्वास से बाँधने का प्रयास करता है।

इसे जानने के बाद यह समझना आसान हो जाता है कि बूढ़े कुत्ते को नई तरकीब सिखाना, अपने मन को बदलना अथवा जिन विचारों में हम पूरी तरह फँसे हुए हैं, उनसे बाहर निकलना क्यों कठिन होता है।

इससे हमें यह भी पता चलता है कि आप किसी चीज़ पर जितने लंबे समय तक विश्वास करते हैं, उस विश्वास को बदलना उतना ही अधिक मुश्किल क्यों हो जाता है। *कोई विचार आपके मन में जितने अधिक समय से है, यह उतना ही "अधिक सच" है।*

हमारे मानसिक नियंत्रण केंद्रों में हम उन फ़ाइलों को लबालब भर लेते हैं, जो उस बात का समर्थन करती हैं, जो हमने अपने आप को सबसे अधिक बताई हैं। हम हर उस चीज़ को बाहर फेंक देते हैं, जो हमारे विश्वास से मेल नहीं खाती। इस बीच हम व्यस्त रहते हैं तथा उस चीज़ से अनजान बने रहते हैं, जो हमारे जीवन पर प्रभाव डाल सकती थी, वह चीज़, जिसे *सच्चाई* कहा जाता है।

नकारात्मक आत्म–चर्चा की स्वयं की बनाई दीवार

स्थाई आत्म-सुधार के अधिक व्यावहारिक मार्ग पर समाधान खोजने की अपनी बरसों लंबी यात्रा में मैंने ध्यान दिया कि यद्यपि अधिकतर आत्म-चर्चा अचेतन होती है या उस पर ग़ौर नहीं किया जाता, लेकिन कुछ आत्म-चर्चा बहुत स्पष्ट भी होती है और स्वयं को पराजित करने वाली होती है। हालाँकि मैंने कुछ लोगों को सृजनात्मक और लाभकारी आत्म-चर्चा करते भी सुना है, लेकिन अधिकतर लोग विपरीत क़िस्म की आत्म-चर्चा में संलग्न थे, यानी वैसी आत्म-चर्चा, जो हानिकारक और स्वयं को पराजित करने वाली थी।

जब भी मैं इस प्रकार की "नकारात्मक" आत्म-चर्चा का कोई उदाहरण सुनता था, तो उसे लिख लेता था। समय के साथ मेरी सूची में आत्म-चर्चा के सैकड़ों कथन आ गए, जिन्हें लोग प्रतिदिन कहते हैं। नकारात्मक आत्म-चर्चा करने वाले अधिकतर लोगों को तो यह पता ही नहीं होता है कि वे क्या कह रहे हैं और उनमें से बहुत कम लोग *नकारात्मक* प्रोग्रामिंग की शक्ति के बारे में जानते हैं, जो वे अपने आप को दे रहे होते हैं।

आप अपने आप को *स्वयं के बारे में* जो भी बताते हैं, वह प्रत्येक बात आपके अवचेतन मन के लिए एक निर्देश बन जाती है। यदि ऐसा

है, तो अपने बारे में कोई नकारात्मक टिप्पणी करते समय आप अपने अवचेतन मन को निर्देश दे रहे हैं कि यह आपको वैसा ही नकारात्मक व्यक्ति बना दे, जैसा आप इसे बता रहे हैं!

यहाँ *नकारात्मक* आत्म-चर्चा के कुछ उदाहरण दिए जा रहे हैं, जिनका अक्सर प्रयोग किया जाता है। उन्हें पढ़ते समय देखें कि क्या आप किसी ऐसे व्यक्ति को जानते हैं, जो इस प्रकार की बात करता है या कहीं आप भी तो इनमें से कोई बात स्वयं से नहीं कहते हैं:

मैं नाम याद नहीं रख पाता!
यह एक और बुरा दिन होने वाला है!
इससे कोई लाभ नहीं होगा!
मैं जानता हूँ कि यह काम नहीं करेगा।
मेरे साथ कभी कोई चीज़ सही नहीं होती।
यह मेरी बदक़िस्मती है।
मैं बहुत फूहड़ हूँ।
मुझमें ज़रा भी योग्यता नहीं है।
मैं ज़रा भी रचनात्मक नहीं हूँ।
मैं जो भी खाती हूँ, उससे मेरी कमर की चर्बी बढ़ जाती है।
मुझे नहीं लगता कि मैं स्वयं को व्यवस्थित रख सकती हूँ।
आज मेरा दिन ही नहीं है!
मैं अपनी मनचाही चीज़ें ख़रीदने के पैसे कभी नहीं जुटा सकती।
मैं पहले से ही जानती हूँ कि मैं इसे पसंद नहीं करूँगी।
चाहे मैं कुछ भी कर लूँ, अपना वज़न कम नहीं कर पाती।
मेरे पास कभी पर्याप्त समय नहीं रहता।
मुझमें पर्याप्त धैर्य नहीं है।
इस बात से मैं सचमुच पगला जाता हूँ!
एक और बुरा सोमवार!
मैं कोई बात कब सीखूँगा!
इसके बारे में सोचने-भर से ही मैं बीमार हो जाता हूँ।
कई बार में स्वयं से घृणा करता हूँ।
मैं बिल्कुल अच्छा नहीं हूँ!

मैं बहुत शर्मीला हूँ।
मुझे कभी पता नहीं रहता कि क्या कहना है।
मेरी क़िस्मत ही ऐसी है कि मेरे सफल होने का कोई अवसर नहीं है!
मैं सिगरेट छोड़ना चाहता हूँ, लेकिन छोड़ नहीं पाता।
मेरे लिए चीज़ें सही ढंग से काम नहीं कर रही हैं।
मुझमें अब उतनी ऊर्जा नहीं है, जितनी पहले हुआ करती थी।
मैं सचमुच बेडौल हो गई हूँ।
महीने के अंत में मेरे पास कभी पैसा नहीं बचता।
मैं प्रयास भी क्यों करूँ- यह वैसे भी कारगर नहीं होगा!
मैं उस चीज़ में कभी अच्छा नहीं रहा।
मेरी डेस्क हमेशा अस्त-व्यस्त दिखती है!
मेरी केवल एक ही तरह की क़िस्मत है- बुरी क़िस्मत!
मैं कभी किसी चीज़ में नहीं जीत पाता!
मुझे ऐसा महसूस होता है, जैसे मैं अधिक उम्र का हो चुका हूँ।
कोई न कोई मुझे हमेशा हरा देता है!
कोई भी मुझे पसंद नहीं करता।
मुझे कभी अवसर नहीं मिलता!
ऐसा लगता है, जैसे मैं हमेशा ही दिवालिया रहूँगा!
मैं जिस भी चीज़ को छूता हूँ, वह मिट्टी हो जाती है।
कोई भी मेरी योग्यता के अनुसार मुझे पैसे नहीं देना चाहता।
मैं कई बार सोचता हूँ कि काश मैं कभी पैदा ही नहीं होता!
मैं गणित में बिल्कुल भी अच्छा नहीं हूँ।
मेरा वज़न कम हो जाता है, लेकिन यह तुरंत ही दोबारा बढ़ जाता है।
मैं बहुत हताश हो जाता हूँ!
मैं कोई भी काम नहीं कर सकता!
मेरे साथ कुछ भी सही नहीं होता!
मैं कोई सेल्समैन नहीं हूँ।
यह असंभव है!
कोई उपाय ही नहीं है!
श्रोतासमूह के सामने मेरी बोलती बंद हो जाती है।
मैं सुबह एक कप कॉफ़ी के बिना कुछ नहीं कर सकता।

मैं आज यह नहीं कर सकता।
मैं कभी इसे सही तरीक़े से नहीं कर सकूँगा!
मैं अब और सहन नहीं कर सकता!
मुझे अपनी नौकरी से नफ़रत है।
मुझे हर साल इस समय सर्दी हो जाती है।
मैं इसके लिए बना ही नहीं हूँ।
वास्तव में, मैं अपनी सहनशीलता खो चुका हूँ।
आजकल आप किसी पर भरोसा नहीं कर सकते!
मैं इसे सँभाल नहीं सकता!
मैं समय पर कहीं नहीं पहुँच पाता।
शब्दों के मामले में मैं हमेशा बुरा रहा हूँ।
काश! मैं अधिक बुद्धिमान होता।
काश! मैं अधिक लंबा होता।
काश! मेरे पास अधिक समय होता।
काश! मेरे पास अधिक धन होता।
...इत्यादि, इत्यादि।

कल्पना करें कि आप पर्सनल कंप्यूटर के की-बोर्ड पर इनमें से कोई निर्देश टाइप कर रहे हैं और समझें कि आपका कंप्यूटर वही करेगा, जिसके लिए आप इसे प्रोग्राम करेंगे।

हम अपने पर्सनल कंप्यूटर्स के साथ यही तो करते हैं। कोई आश्चर्य नहीं कि चीज़ें गड़बड़ा जाती हैं। कोई आश्चर्य नहीं कि चीज़ें सही ढंग से नहीं सुलझ पातीं। यदि आपके पर्सनल कंप्यूटर (वह जो आपका विमान उड़ाता है) में ग़लत जानकारी की प्रोग्रामिंग की गई हो, *तो आप संभवतः उतने सफल नहीं हो सकते, जितने आप होना चाहते हैं*- आप वहाँ नहीं पहुँच सकते, जहाँ आप पहुँचना चाहते हैं!

परिणामों के साथ जीना

एक दिन मैं अपने एक मित्र के साथ लंच कर रहा था, जो एक प्रेरक वक्ता और लेखक है। हम लास वेगास के एक बड़े कन्वेंशन होटल की कॉफ़ी शॉप में बैठे थे। लंच की प्रतीक्षा करते समय हम नकारात्मक

आत्म-चर्चा पर बातें कर रहे थे। हमारी बातों का सार यह था कि हम स्वयं से जो कहते हैं, अंततः वह साकार हो जाता है। हमारी बातचीत के दौरान उसी का एक आदर्श उदाहरण घट गया।

जब वेट्रेस दोनों हाथों में भोजन की प्लेट्स लेकर मेज़ के पास आई, तो उसका पैर फिसल गया और उसके एक हाथ का गरम भोजन हमारे सामने टेबल व फ़र्श पर गिर गया। फिर वह ज़ोर से चीख़ी, "ओह! मैं बहुत ही *फूहड़* हूँ!"

मेरे मित्र और मैं सबसे सरल क़िस्म की नकारात्मक आत्म-चर्चा के साकार होने के चश्मदीद गवाह बन गए थे। मैं नहीं जानता कि इससे पहले उस वेट्रेस ने स्वयं को कितनी बार यह बताया था कि वह फूहड़ है। लेकिन बेशक उसने स्वयं से यह इतनी अधिक बार कहा होगा कि उसे विश्वास हो गया था कि यह सच है और इसी कारण यह हो गया!

उदाहरण के रूप में, नाम याद न रख पाने की एक अन्य सामान्य समस्या को देखें। हो सकता है, आप पच्चीस वर्ष से स्वयं से कहते आ रहे हों, "मैं नाम याद नहीं रख सकता।" फिर एक शाम को आप किसी पार्टी में जाते हैं। आपका परिचय किसी ऐसे व्यक्ति से करवाया जाता है, जिसका नाम आप याद रखना चाहते हैं और आप स्वयं से कहते हैं, "मैं इस व्यक्ति का नाम याद रखने वाला हूँ।" दस सेकेन्ड बाद क्या होता है? आप नाम भूल जाते हैं! क्यों; क्योंकि पिछले पच्चीस सालों से आप स्वयं को बताते रहे हैं कि आप यही करेंगे। आपने अपनी *प्रोग्रामिंग* भूलने के लिए की है!

कुछ मिनट बाद आप पार्टी में अकेले खड़े रहते हैं और थोड़ी शर्म महसूस करते हुए उस व्यक्ति का नाम याद करने के लिए मन ही मन वर्णमाला के सारे अक्षरों को टटोलते हैं और जब आप भुलक्कड़ एवं मूर्ख महसूस कर रहे हैं, उस दौरान आपका अवचेतन मन बहुत गर्व महसूस कर रहा है और कह रहा है, *"देखा, मैंने वही किया, जो आपने मुझे करने को कहा था! मैंने वह नाम भुला दिया!"*

यदि आपकी आत्म-चर्चा (वे निर्देश जो आप अपने अवचेतन मन को देते हैं) यह काम कर सकती है, तो क्या आपको नहीं लगता कि यह

कोई दूसरा काम भी कर सकती है, जो आप इसे करने को कहेंगे? यदि आप किसी व्यक्ति की प्रोग्रामिंग इस प्रकार कर दें कि उसे प्रबल विश्वास हो जाए कि किसी चौराहे पर सामने से आने वाले वन-वे ट्रैफ़िक में ग़लत ढंग से मुड़ना सुरक्षित है, तो वह इसे कर देगा। *मानव मस्तिष्क आपके द्वारा कहे गए लगभग प्रत्येक कार्य को कर देगा, बशर्ते आप इसे पर्याप्त बार बताएँ और पर्याप्त प्रबलता से बताएँ!* यदि आप इसे अपने बारे में कोई ग़लत चीज़ बताते हैं, तो यह उसे स्वीकार कर लेगा और उस पर काम करने लगेगा!

अवचेतन मन भेद नहीं करता। हम फूहड़ हैं या शालीन, इन दोनों कथनों में इसे कोई अंतर दिखाई नहीं देता। हम ग़रीब हैं या अमीर, इन दोनों कथनों के मध्य का अंतर इसे समझ में नहीं आता। हम इसे जैसी भी प्रोग्रामिंग देते हैं, यह उसे चुपचाप स्वीकार कर लेता है।

हमारा आंतरिक प्रोग्रामिंग तंत्र हमारे द्वारा बताई गई किसी भी चीज़ के साथ समान उदासीनता का व्यवहार करता है। फलस्वरूप, जब हम यूँ ही कह देते हैं, "मैं चाहे जो कर लूँ, गुज़ारा करने के लिए पर्याप्त पैसे नहीं कमा पाता हूँ", तब हमारा अवचेतन मन कहता है, "ठीक है, आप मुझसे जो करने के लिए कह रहे हैं, वह मैं कर दूँगा। मैं यह सुनिश्चित करूँगा कि आप गुज़ारा न कर सकें।" बदले में, यह हमारे मानसिक और शारीरिक स्वरूपों पर शक्तिशाली नियंत्रण करेगा, ताकि हम वह परिणाम प्राप्त कर लें, जो इसे करने को कहा गया था।

हाल ही में मैं एक सज्जन से मिला, जिन्हें मैं अच्छा, लेकिन दुर्भाग्यशाली व्यक्ति मानता हूँ। बीस साल तक वैवाहिक जीवन व्यतीत करने, कई बच्चों का किशोरावस्था तक पालन-पोषण करने और एक लाभकारी कंपनी स्थापित करने के बाद उनके साथ एक हादसा हो गया। उनका अपनी पत्नी से तलाक़ हो गया, बच्चे पत्नी के साथ रहने चले गए और कंपनी साझेदारों के पास चली गई। इस व्यक्ति के बारे में आश्चर्य करने वाली बात यह थी कि वह हमेशा अपनी असफलता, पराजय और पतन के बारे में ही बातें किया करता था। भविष्य के बारे में भी जब वह बात करता था, तो यही बोलता रहता था कि आगे क्या समस्याएँ आने वाली हैं। उसकी गहराई, उसकी गर्मजोशी और उसके जैसी

क्षमताओं वाले किसी व्यक्ति को पूरी तरह उन असलफताओं में डूबे देखना दुःखद था, जो उसने बहुत पहले अपने दिमाग़ में बना ली थीं।

उस व्यक्ति के प्रकरण की तरह ही विद्युत रासायनिक शारीरिक नियंत्रणों की एक जटिल प्रक्रिया के द्वारा हमारा पर्सनल कंप्यूटर प्रत्येक उस चीज़ को प्रभावित करता है, जो हम अपने जीवन के प्रत्येक क्षेत्र में करते हैं। यह हमारी प्रत्येक चीज़ पर सीधा प्रभाव डालता है। घर पर हमारे किसी से कैसे संबंध हैं, इस पर भी और हम कितने पैसे कमा पाते हैं, इस पर भी।

हमारी व्यक्तिगत आर्थिक क्षमताओं या सीमाओं के बारे में हमारे आत्म-स्वीकृत विश्वास आम उदाहरण हैं। जब तब हम अपने आप पर थोपे गए उस प्रोग्राम को न बदल लें, जिसने हमें बताया कि हम पर्याप्त पैसे नहीं कमा सकते, तब तक हमारा अवचेतन मन सफलतापूर्वक वही कार्य करता रहेगा, जिसके लिए हमने इसकी प्रोग्रामिंग की है और यह हमें मनचाही आमदनी से कम पर ही स्थित रखेगा। यदि हमने इसकी सही प्रोग्रामिंग की होती, तो यही अवचेतन मन हमें ग़रीब या सामान्य रखने की अपेक्षा उतना ही प्रसन्न व अमीर बना देता।

अध्याय सात

इसे आगे बढ़ाना

हम अपने आस-पास के लोगों के प्रोग्राम्स सीख लेते हैं। स्पष्ट है, हम उसी प्रोग्रामिंग को आगे बढ़ाकर दूसरों तक भी पहुँचाते हैं। यदि हम अलग प्रोग्रामिंग न सीखें, तो क्या होगा? तब हम अंततः अपने बच्चों की भी वैसी ही प्रोग्रामिंग बनाएँगे। मैंने दर्जनों कथन और टिप्पणियाँ एकत्रित की हैं, जो प्रेमपूर्ण माता-पिता अपने बच्चों से कहते हैं। उन्हें ज़रा भी एहसास नहीं होता कि वे अपने बच्चे के मन में उसके बारे में एक ऐसा विश्वास गढ़ रहे हैं, जो प्रसन्नता और सफलता की अपेक्षा *असफलता* उत्पन्न करेगा।

आप इनमें से कुछ उदाहरणों को पहचान सकते हैं। संजीदा, प्रेमपूर्ण, परवाह करने वाले अभिभावकों और मित्रों ने बच्चों को यह बताया है :

"तुम उस कार्य में बिलकुल अच्छे नहीं हो", "तुम्हारा कमरा हमेशा गंदा रहता है", "क्या तुम कोई चीज़ सही नहीं कर सकते?" "तुम बिलकुल अपने पिता पर गए हो!" "तुम अपनी बहन (या भाई) जैसे क्यों नहीं बन सकते?" "तुम कभी चित्रकार या खिलाड़ी आदि नहीं बन पाओगे", "तुम प्रयास ही नहीं करते!" "तुम कभी मेरी बात नहीं सुनते", "मैं तुम्हें कोई चीज़ करने को कहती हूँ और तुम उसका ठीक उल्टा कर देते हो", "तुम कभी पढ़ाई नहीं करते", "तुम्हारे नंबर कितने ख़राब हैं", "तुम बहुत अधिक बोलते हो", "तुम हमेशा ग़लत प्रकार के मित्रों से घिरे रहते हो", "तुम्हें तो यह भी पता नहीं है कि घर कहाँ है", "तुम आलसी हो", "तुम्हें अपने सिवा किसी की परवाह नहीं है", "तुम समस्याएँ खड़ी

करने पर आमादा हो", "तुम कुछ सोचते ही नहीं हो" इत्यादि, इत्यादि। और जब आप इसे पढ़ रहे हैं, तो इसी दौरान कुछ बच्चों को विश्वासपूर्वक ये विनाशकारी शब्द बताए जा रहे हैं, *"तुम कुछ नहीं बन सकोगे।"*

मुझे शक है कि बंद दरवाज़ों के पीछे बच्चों और किशोरों से जो कहा जाता है, उसमें से कुछ मेरे उदाहरणों से भी अधिक शक्तिशाली हो सकते हैं, लेकिन इस प्रकार की प्रोग्रामिंग के साथ (भले ही यह अनजाने में और संयोगवश की जाए) क्या आप कल्पना कर सकते हैं कि कितनी बार छोटे, आसानी से प्रभावित होने वाले, नादान बच्चों को ऐसी बातें बताई जाती हैं, जो अंततः उनके विरुद्ध काम करती हैं, कितनी बार आप उनके पर्सनल कंप्यूटर में एक *बुरा* प्रोग्राम टाइप कर देते हैं?

हमारी अधिकतर बातें बच्चे को उचित प्रशिक्षण देने, उचित "परवरिश" करने के उद्देश्य से कही जाती हैं। लेकिन बच्चे की ग़लत प्रोग्रामिंग करने वाले शब्द बोलकर हम अनजाने में ही बच्चे की ऐसी पहचान गढ़ने में मदद करते हैं, जिससे विश्वास होता है कि हम जो भी कह रहे हैं, वह "सच" है- हम एक तस्वीर बनाते हैं कि बच्चा स्वयं को अंदर से कैसा देखे और अंततः वही बन जाए।

पल-भर के लिए उन सपनों के बारे में सोचें, जिन्हें आप जीवन में प्राप्त कर सकते थे। अपने भीतर की उन योग्यताओं और प्रतिभाओं के बारे में सोचें, जिन्हें विकसित करके आप स्थाई उपलब्धियाँ प्राप्त कर सकते थे, बशर्ते आपमें पर्याप्त आत्मविश्वास होता- यह विश्वास कि आप *कर सकते* हैं, यह नहीं कि आप *नहीं* कर सकते। यदि हमें जादू की छड़ी दे दी जाए, जिसे घुमाते ही हमारा कोई सपना पूरा हो जाए, तो हममें से अधिकतर लोग निश्चित रूप से अपने जीवन में कुछ परिवर्तन करना चाहेंगे।

हममें से अधिकतर लोगों के पास सपने होते हैं। हम सभी को अपने सपने साकार होते देखने का अधिकार है। यदि बुरी प्रोग्रामिंग की दीवार हमारे रास्ते में खड़ी न होती, तो हममें से प्रत्येक, प्रतिदिन, उन इच्छाओं को बेहतर तरीक़े से पूरा कर रहा होता, उपलब्धि की उन ऊँचाइयों तक पहुँच रहा होता, जिसके सपने हम देखते हैं।

हम सौभाग्यशाली हैं, जो ऐसे समय में जी रहे हैं, जब हमने यह समझना आरंभ किया ही है कि मस्तिष्क कहे जाने वाले अविश्वसनीय तंत्र के भीतर क्या होता है। अपने मस्तिष्क के विषय में अधिकाधिक रहस्यों का ताला खोलने पर हमने यह जाना है कि अपनी इच्छाओं के परिणाम के बारे में हमारा एक *व्यक्तिगत* वोट होता है।

हमने यह भी जाना है कि हम अपने मस्तिष्क में जो रखते हैं, वही हमें वापस मिलेगा। हमने यह भी सीखा है कि अवचेतन मन एक स्पंज की तरह होता है (आप इसे जो भी बताते हैं, यह उस पर विश्वास कर लेगा)। यह किसी झूठ पर भी विश्वास कर लेगा, बशर्ते आप उसे पर्याप्त बार और पर्याप्त शक्ति के साथ बताएँ। मस्तिष्क का प्रोग्रामिंग वाला भाग कोई नैतिक मूल्यांकन नहीं करता, यह तो बस आपकी बताई बात को चुपचाप स्वीकार कर लेता है। ऑफ़िस के डेस्कटॉप कंप्यूटर को इस बात की रत्ती-भर भी परवाह नहीं होती कि आप इसमें कौन सा प्रोग्राम डाल रहे हैं। यह इस बारे में कोई सवाल नहीं पूछता कि आप इसे सच्चाई बता रहे हैं या नहीं। यह तो बस आपके डाले हुए प्रोग्राम को स्वीकार कर लेता है और उस पर काम करने लगता है। इससे कोई फ़र्क़ नहीं पड़ता कि आपने अपने आप को पहले जो चीज़ें बताई हैं या अपने बारे में जो विश्वास किया है, वह सच है या नहीं। *मस्तिष्क को इसकी परवाह नहीं होती!*

कभी न सोने वाली मशीन

आपका अवचेतन मन यह सुनिश्चित करने के लिए इस समय दिन-रात काम कर रहा है कि आप हूबहू वैसे ही बन जाएँ, जैसा आपने स्वयं के बारे में *अवचेतन* में वर्णन किया है। यदि आपका प्रोग्राम इस प्रकार की तस्वीर देख रहा है कि आपको पर्याप्त आमदनी कमाने में मुश्किल आती है, तो समझ लीजिए कि आपका अवचेतन मन इसे साकार करने के लिए हर संभव प्रयत्न कर रहा है, जिससे यह सुनिश्चित हो जाए कि आपको अधिक पैसा कमाने में मुश्किल आए। यदि आप यह विश्वास करने के लिए अपनी कंडीशनिंग कर लेते हैं कि आप किसी भोजन पर लंबे समय तक आचरण नहीं कर सकते, तो जान लें कि आपका अवचेतन मन यह

सुनिश्चित कर देगा कि कोई डाइट आपके लिए कारगर नहीं होगी- कम से कम लंबे समय तक तो नहीं। आपका अवचेतन मन आपके लिए केवल वही कर सकता है, जो आप और दूसरे इसे करने को कहते हैं।

पिछले एक अध्याय में मैंने कहा था कि अपने जीवन के प्रारंभिक वर्षों में हममें से प्रत्येक से लाखों बार "ना" कहा जाता है या हमें यह बताया जाता है कि हम क्या *नहीं कर सकते*। इनमें से प्रत्येक "नहीं कर सकते" हमारे अवचेतन मन को दिया जाने वाला एक निर्देश होता है।

अपनी कंडीशनिंग के कारण हम भी इसका अनुसरण करने लगते हैं। जब हम स्वयं से ऐसे ही "नहीं कर सकते" कहते हैं, तो हम भी वैसी ही ग़लत प्रोग्रामिंग की आदत डाल लेते हैं, जैसी हमारे माता-पिता, मित्रों और आस-पास के दूसरे लोगों ने डाली थी। हममें से प्रत्येक का अवचेतन मन यह सुनिश्चित करने के लिए ही काम करता है कि हम वैसे ही बन जाएँ, जैसा बनने के लिए लाखों नकारात्मक निर्देशों ने प्रोग्रामिंग की है।

स्पष्ट है, उसके बाद भी हमने अपने आप को लगातार नए प्रोग्राम दिए हैं। मैंने आपको पहले जिन नकारात्मक प्रोग्राम्स के उदाहरण बताए हैं, वे वास्तव में, नकारात्मक आत्म-चर्चा के जंगल की कुछ पत्तियाँ हैं। वास्तव में, हमारी आम, आदतन, रोज़मर्रा की अधिकांश आत्म-चर्चा ऐसी होती है, जिस पर हम ध्यान नहीं देते। ऐसी बातें हम चुपचाप करते हैं, अक्सर बिना शब्दों के करते हैं। हमारी अधिकतर आत्म-चर्चा आत्म-शंका के मौन संकेतों से भरी होती है और छोटी-छोटी या बड़ी-बड़ी असफलताओं के अनकहे डर से भरी होती है। इसमें इस बात का एहसास होता है कि परिस्थितियाँ ठीक नहीं हैं।

जब हम अपने मित्रों से बात करते हैं, तो कई बार रोमांचकारी संभावनाओं की अपेक्षा समस्याओं के बारे में बातें करना हमें अधिक आसान लगता है। हमारी दैनिक चर्चा की पटकथाएँ देखकर ऐसा लगता है, मानो उन्हें अख़बार का पहला पन्ना तैयार करने वाले संपादकों ने लिखा हो। हम अपने गँलत ढंग से तैयार किए गए कार्यक्रमों के अनुसार अवचेतन मन के साथ अनिश्चितता की परछाईं भरे और अशांत करने वाले संसार में रहते हैं। हम विश्वास तो यही करते हैं कि हमें कुछ प्राप्त करना चाहिए, लेकिन हमें पता नहीं होता कि इतनी सारी कुंठा और

कोशिश के बावजूद हम कुछ प्राप्त क्यों नहीं कर पा रहे।

जब हममें से अधिकतर लोग बालिग़ हो जाते हैं, तो हम एक विशेष ढंग से सोचने के इतने आदी हो जाते हैं कि आत्म-चर्चा का हमारा पैटर्न हमारी आदत बन जाता है। ऐसा अवश्य होता है और अधिकतर लोगों के मामले में ऐसा ही होता है। हम जीवन को कैसे देखते हैं, हम अपने बारे में क्या विश्वास करते हैं, हम *किसी चीज़* को कैसे देखते हैं और उसके बारे में क्या करते हैं, यह हमारी पूर्व-मान्यताओं पर ही आधारित होता है।

हमने बार-बार, चेतन और अचेतन दोनों प्रकार से, अपने आप को बताया है कि क्या कारगर नहीं है। अतीत में हमने यही सीखा है कि *सबसे बुरे पर सबसे पहले और सबसे अच्छे पर सबसे अंत में विश्वास करें*। लेकिन अब हम यह सीख चुके हैं कि ऐसा होना आवश्यक नहीं है। आप इस बारे में बहुत कुछ कर सकते हैं और इसी समय कर सकते हैं। वास्तव में, यही इस बात की कुंजी है कि आप अपना प्रबंधन कैसे करते हैं और भविष्य में जीवन कैसे जीते हैं।

अध्याय आठ

आत्म–प्रबंधन की श्रृंखला

हम एक स्वाभाविक प्रक्रिया के अंतर्गत ही अपने जीवन का प्रबंधन या नियंत्रण करने में सफल अथवा असफल होते हैं। यह प्रक्रिया किसी सीढ़ी के समान श्रृंखलाबद्ध होती है। यदि हमें इस बात का आभास हो जाए कि वह सीढ़ी क्या है, तो हम अपनी संभावनाओं को बेहतर बना सकते हैं और अपनी प्रगति की गति को बढ़ा सकते हैं। लेकिन यदि हम यह नहीं जानते कि हमें सफलता या असफलता क्यों मिल रही है, तो हम संयोग पर ही निर्भर करते रह जाएँगे। यह क़िस्मत या भाग्य का मामला नहीं है। हम अपना जीवन जुए की टेबल पर नहीं खेल रहे हैं। यदि हम अपने जीवन को संयोग के भरोसे छोड़ देते हैं, तो हमारे असफल होने की अधिक आशंका है।

ऐसा इसलिए है, क्योंकि आत्म-प्रबंधन में सफलता हमेशा किसी दूसरी चीज़ का *परिणाम* होती है। हम जानते हैं कि कुछ दौर ऐसे होते हैं, जब कोई भी अच्छी चीज़ महज़ "संयोग" लगती है, लेकिन ऐसे लोग भी हैं, जो यह तर्क देते हैं कि कोई भी चीज़ संयोग से *नहीं* होती। हमारे जीवन में होने वाली प्रत्येक चीज़ इसलिए होती है; क्योंकि हम मानसिक रूप से इसका "निर्माण" करते हैं। आपके साथ जो भी होता है, उसमें से अधिकतर आपके ही *कारण* होता है। आपने ही कुछ ऐसा किया होता है।

आइए, आपकी व्यक्तिगत सफलताओं या असफलताओं की बात करें। चाहे आप अपनी छोटी-छोटी दैनिक सफलताओं की जाँच कर रहे हों या बड़ी-बड़ी मासिक या वार्षिक सफलताओं की, वे उपलब्धियाँ और

सफलताएँ महज़ संयोग नहीं थीं। वे किसी दूसरी चीज़ का परिणाम थीं।

यही आपके उन कार्यों के बारे में भी सही है, जिनमें आप उतने अच्छे परिणाम नहीं दे पाए। वे असफलताएँ भी किसी दूसरी चीज़ का परिणाम थीं। चाहे आप सफल हुए हों या असफल, अधिकांश मामलों में वह दूसरी चीज़ आप ही थे। आपने कुछ किया या नहीं किया, उसके ही कारण आप सफल या असफल हुए। हमेशा ऐसा ही होता है।

पाँच क़दम, जो हमारी सफलता या असफलता को तय करते हैं

1. व्यवहार

हमारा व्यवहार वह क़दम है, जो *सीधे-सीधे* हमारी सफलता या असफलता (हम क्या करते हैं या नहीं करते) को सर्वाधिक नियंत्रित करता है। व्यवहार का अर्थ है - हमारे *कार्य*। प्रतिदिन, प्रतिपल हम कैसे कार्य करते हैं, हम क्या करते हैं, उसी से यह तय होगा कि हम उस पल या उस दिन किए गए किसी कार्य में सफल होंगे या नहीं। सही कार्यों और सही श्रृंखला से चीज़ें हमेशा अच्छी ही बनेंगी, जबकि ग़लत कार्यों और ग़लत श्रृंखला से ऐसा नहीं होगा। अधिकतर मामलों में यदि आप सही कार्य करते हैं, तो आपको सही परिणाम ही मिलेगा।

इस क़दम में व्यवहार भी शामिल है। उदाहरण के तौर पर, यदि आप अपनी नौकरी को पसंद करते हैं, सही समय पर सही काम करते हैं और ऐसा ही करते रहते हैं, तो इस बात की पूरी-पूरी संभावना है कि आपकी नौकरी आपको अच्छा परिणाम देगी। दूसरी ओर, यदि आप अपनी नौकरी को पसंद नहीं करते और ऐसे हथकंडे अपनाते हैं, जो नौकरी में आपके विरुद्ध काम करते हैं, तो आपकी नौकरी आपको अच्छा परिणाम नहीं देगी।

एक और उदाहरण लेते हैं। यदि स्कूल में कोई विद्यार्थी पढ़ता-लिखता नहीं, लेक्चर पर कभी ध्यान नहीं देता और कक्षा में अनुपस्थित रहता है, तो क्या वह स्कूल में अच्छा प्रदर्शन कर सकेगा? कभी नहीं। यदि उस विद्यार्थी का व्यवहार यह जताता है, "मैं जहाँ हूँ, वहाँ रहना मुझे पसंद

नहीं है," तो उसके व्यवहार से अंततः एक समस्या खड़ी हो जाएगी। उसे अच्छे नंबर नहीं मिल पाएँगे और यदि कोई बदलाव नहीं हुआ, तो वह विद्यार्थी स्कूल में नहीं रह सकेगा।

यही आपके घरेलू जीवन के बारे में भी सत्य है। यदि आप अपने घरेलू जीवन की वर्तमान स्थिति को पसंद नहीं करते, तो क्या करेंगे? यदि आप अधिकतर लोगों जैसे हैं, तो एक या दूसरे ढंग से आपका व्यवहार व आपके कार्य आस-पास के लोगों को यह जता देंगे कि आप अपने वर्तमान जीवन से संतुष्ट नहीं हैं। परिणामस्वरूप, आपका घरेलू जीवन दुःखद होगा, आपको मतभेदों, वाद-विवादों से भरा दुखी जीवन जीना पड़ेगा।

दूसरी ओर, यदि आपके कार्य ऐसे हैं, जो आपके विरुद्ध नहीं, बल्कि आपके *पक्ष में* काम करते हैं, तो इस बात की अधिक संभावना है कि आपके आस-पास की चीज़ें भी आपके पक्ष में काम करेंगी।

लेकिन मामला इससे कहीं आगे तक जाता है। आप अपना प्रबंधन कैसे करते हैं, आप क्या करते हैं, आप कैसे कार्य करते हैं, प्रत्येक शब्द जो आप बोलते हैं, जो गतिविधि आप करते हैं, जो कार्य आप करते हैं या नहीं करते, उसी से तय होगा कि कोई चीज़ आपके जीवन में कितनी अच्छी तरह काम करती है। यह बताने के लिए हमें किसी भविष्यवक्ता की आवश्यकता नहीं है कि जब हम *अच्छे* काम करते हैं, तो हमेशा इस बात की संभावना होती है कि सब कुछ हमारे लिए अच्छा ही होगा, बजाय इसके कि हम *ग़लत* काम करें।

अब सवाल यह उठता है कि हम जो करते हैं, वह क्यों करते हैं? हम वह क्यों नहीं करते, जो हम जानते हैं कि हमें करना चाहिए और अक्सर हम वही क्यों कहते या करते हैं, जो हम जानते हैं कि हमें नहीं कहना या करना चाहिए? हम जो करते हैं, उसे करने के लिए हमें कौन बिबश करता है? हम जिस प्रकार व्यवहार करते हैं, उसके लिए हमें कौन विवश करता है? हमें ऐसा काम करने की आवश्यकता ही क्यों होती है, जो हमारे पक्ष में काम न करे? क्या हमें इससे बेहतर ढंग मालूम नहीं? ऐसा नहीं है। आमतौर पर हम सब जानते हैं कि क्या सही है और क्या ग़लत है।

हम अपनी स्वयं की सलाह पर इसलिए ध्यान नहीं देते; क्योंकि कोई दूसरी चीज़ हमारे कार्यों को प्रभावित करती है, हमें मार्गदर्शन देती है या हमें नियंत्रित करती है। जो चीज़ हमसे अपने सारे कार्य करवाती है, वह है- हमारी भावना।

2. भावनाएँ

हम चाहे जो करें, हमारा प्रत्येक कार्य हमारी भावनाओं से ही प्रभावित होता है। हम किसी चीज़ के बारे में कैसा *अनुभव* करते हैं, उसी से यह तय होगा कि हम कौन सा कार्य *करते* हैं और यह भी कि हम उसे कितनी अच्छी तरह करते हैं।

यदि हम किसी चीज़ के बारे में सकारात्मक अनुभव करते हैं, तो हमारा व्यवहार भी सकारात्मक होगा। हमारी भावनाएँ सीधे-सीधे हमारे कार्यों पर प्रभाव डालती हैं। क्या आपने कभी किसी ऐसे बच्चे को देखा है, जिसे कोई नापसंद चीज़ ज़बरदस्ती खिलाई जाती है? वह कैसी प्रतिक्रिया करता है? उनमें से कुछ बच्चों के चेहरे तो ऐसे दिखते हैं, मानो उसी समय उनकी जान निकलने वाली हो। लेकिन यदि उसी बच्चे के सामने उसकी प्रिय मिठाई रख दी जाए, तो उसकी प्रतिक्रिया क्या होगी? हो सकता है, तब उसके चेहरे के हाव-भाव ऐसे दिखें, मानो वह उस पर टूट पड़ेगा।

एक व्यंजन और दूसरे व्यंजन में क्या अंतर है? निश्चित ही एक भोजन दूसरे से बेहतर *नहीं* हो सकता। अंतर उस भोजन के बारे में उस बच्चे का एहसास है। जिस प्रकार बच्चे ने *अनुभव किया*, उसी से यह तय हुआ कि वह कैसा कार्य करे। *एक* मामले में वह उससे जूझा; उसे पसंद नहीं किया, परंतु दूसरे मामले में उसने इसे प्रसन्नतापूर्वक खा लिया।

मेरी एक मित्र है, जो हवाई जहाज़ में यात्रा करने से बहुत घबराती है। आमतौर पर वह संतुलित रहती है और उसका व्यवहार भी संयत रहता है। लेकिन हवाई यात्रा के डर का परिणाम यह होता है कि जब कभी उसे अपने परिवार से मिलने के लिए ईस्ट कोस्ट जाना होता है, तो वह मिडवेस्ट के अपने घर से कार से निकलती है और उसे अपने

परिवार तक पहुँचने में दो-तीन दिन लग जाते हैं, जबकि हवाई यात्रा में केवल दो-तीन घंटे का समय ही लगता है। यदि कभी उसे मजबूरी में हवाई यात्रा करनी पड़ती है, तो उसका स्वाभाविक संतुलन गड़बड़ा जाता है, उसके तनाव का स्तर तिगुना हो जाता है, उस पर चिंताएँ हावी हो जाती हैं और हवाई यात्रा आरंभ होने से पहले ही वह बीमार पड़ जाती है।

क्या ऐसा उड़ान के कारण होता है? नहीं। यह उड़ान के बारे में उसकी *भावनाएँ* हैं, जिनके चलते उस पर ऐसी प्रतिक्रिया होती है। इससे कोई फ़र्क़ नहीं पड़ता कि इंसान की भावनाएँ "तार्किक" हैं या नहीं। उस महिला की भावनाओं ने सीधे-सीधे उसके कार्यों को नियंत्रित किया और उसे प्रभावित कर दिया।

आप जो भी करते हैं, उसके बारे में आपकी भावनाएँ उस कार्य को प्रभावित करेंगी कि आप उसे कैसे करते हैं। ऐसा पसंद या नापसंद अथवा प्रसन्नता या डर जैसी भावनाओं के बारे में ही नहीं है। आपकी *सभी* भावनाएँ आपके कार्यों को प्रभावित करती हैं। आप अपनी नौकरी, जीवनसाथी, परिवार, धन, स्वास्थ्य, स्वरूप या सफलता के बारे में कैसा अनुभव करते हैं, उसी से यह तय होगा कि उस क्षेत्र में आपका व्यवहार कैसा होगा। यदि आपकी भावनाएँ सकारात्मक और उत्पादक हैं, तो आपके कार्य भी वैसे ही होंगे।

प्रश्न यह है कि आपमें भावनएँ *किस* कारण उत्पन्न होती हैं? क्या वे महज़ संयोगवश उत्पन्न होती हैं? आप जैसा अनुभव करते हैं, वह अनुभव किस चीज़ से उत्पन्न होता है? संयोग से? कभी नहीं। आपकी भावनाओं को उत्पन्न करने, नियंत्रित करने, तय करने अथवा उन्हें प्रभावित करने का काम आपका दृष्टिकोण करता है।

3. दृष्टिकोण

आप अपने दृष्टिकोण से ही जीवन को देखते हैं। कुछ लोगों का दृष्टिकोण अधिकतर चीज़ों के बारे में अच्छा होता है, जबकि कुछ का प्रत्येक चीज़ के बारे में बुरा। लेकिन ध्यान से देखने पर आप पाएँगे कि हममें से

अधिकांश लोगों का दृष्टिकोण मिश्रित होता है।

किसी चीज़ के बारे में हमारा दृष्टिकोण कैसा है, उससे इस बात पर प्रभाव पड़ेगा कि हम उसके बारे में कैसा अनुभव करते हैं और हमारे अनुभव करने के ढंग से यह तय होगा कि हम उस बारे में क्या करेंगे। उसी से यह तय होता है कि हम अच्छा प्रदर्शन कर पाएँगे या नहीं। इसका अर्थ यह है कि हमारा दृष्टिकोण हमारी सफलता में महत्वपूर्ण भूमिका निभाता है।

वास्तव में, जैसा हम देख सकते हैं, हमारा दृष्टिकोण भी उसी प्रकार की उपलब्धि के लिए *अनिवार्य* है! हम प्रायः "बुरे दृष्टिकोण" वाले लोगों के बारे में सुनते रहते हैं। यह शब्दावली प्रायः युवाओं के लिए प्रयुक्त होती है, ख़ासतौर पर किशोरों के लिए, जो अक्सर मुश्किल में पड़ जाते हैं, लेकिन इसे वयस्कों के मामले में भी सुना जाता है। इसका परिणाम यह होता है कि जब तक वह इंसान अपना दृष्टिकोण नहीं बदलता, वह सफल नहीं हो सकता।

मैं इस तथ्य से सहमत हूँ। यदि उसका दृष्टिकोण अच्छा नहीं है, जो उसे सामने मौजूद अवसर तक पहुँचाने के लिए प्रेरित करे, तो वह कभी सफल नहीं हो सकेगा। इससे भी महत्वपूर्ण तथ्य यह है कि कारगर भावनाएँ तभी आ सकती हैं, जब हमारा दृष्टिकोण सही हो।

लेकिन दृष्टिकोण आते कहाँ से हैं? क्या हम उनके साथ पैदा होते हैं या फिर वे कहीं से भी प्रकट हो जाते हैं?

हमारे दृष्टिकोण संयोग का परिणाम नहीं हैं। वे *यूँ ही* नहीं बन जाते। हमारे दृष्टिकोण को जो चीज़ पूरी तरह निर्मित, नियंत्रित या प्रभावित करती है, वह है हमारा विश्वास।

4. विश्वास

किसी चीज़ के बारे में हम क्या *विश्वास* करते हैं, उसी से हमारे दृष्टिकोण निर्मित होंगे, हमारी भावनाएँ तय होंगी, हमारे कार्यों को दिशा मिलेगी और प्रत्येक प्रकरण में हमें अच्छा या बुरा प्रदर्शन करने, अर्थात

सफल या असफल होने में सहायता मिलेगी। विश्वास में इतनी शक्ति होती है कि यह किसी चीज़ को वास्तविकता से बिल्कुल *अलग* दिखा सकता है! "विश्वास" के लिए यह आवश्यक नहीं है कि आप किसी चीज़ को जैसा मानते हों, वह वैसी ही हो। इसके लिए तो यह विश्वास करने की आवश्यकता होती है कि वह वैसी ही है।

विश्वास के लिए किसी चीज़ के सच होने की आवश्यकता नहीं होती। इसके लिए तो केवल *विश्वास करने की आवश्यकता होती है कि वह सच है!* विश्वास बहुत शक्तिशाली होता है। इसका अर्थ है कि हममें से प्रत्येक के मामले में अधिकांश वास्तविकता हमारे विश्वास की बुनियाद पर ही टिकी होती है, चाहे वह सच हो या न हो।

यह संभव है कि कल सुबह, किसी ग़ैर दोस्ताना देश की किसी कक्षा में एक छोटा लड़का या लड़की बैठे हों, जिन्हें सिखाया जा रहा हो कि हम उनके शत्रु हैं और बुरे हैं। यह भी संभव है कि कल सुबह हमारे देश की किसी कक्षा में एक छोटा लड़का या लड़की बैठे हों, जिन्हें यह विश्वास हो कि *दूसरा* देश बुरा है। इससे कोई फ़र्क़ नहीं पड़ता कि यह सच है या नहीं। फ़र्क़ इस बात से पड़ता है कि उनके मन में क्या विश्वास है। उनका यही विश्वास उनके दृष्टिकोण, उनकी भावनाओं और कार्यों को प्रभावित करेगा। एक दिन जब वे बड़े हो जाएँगे, तो एक-दूसरे पर गोली चला सकते हैं। उनमें से प्रत्येक की दृष्टि में यह सही काम होगा। यह वही होगा, जिस पर वह *विश्वास* करता है।

जब मैं छोटा था, तो चर्च की एक बेंच पर बैठकर मंच पर खड़े पादरी की बातें समझने की कोशिश कर रहा था। मुझे याद है, उन्होंने कहा था कि हम "विश्वास करें"। मैं नहीं जानता था कि ऐसा कैसे करें। मैंने सोचा कि कुछ लोग ख़ुशक़िस्मत होते हैं और कुछ नहीं। कुछ लोग स्वाभाविक रूप से विश्वास करने लग जाते हैं और कुछ नहीं कर पाते। तब मैं नहीं जानता था कि विश्वास कहाँ से उत्पन्न होता है और मैं यह भी नहीं जानता था कि मेरे जीवन में विश्वास की शक्ति कितनी कारगर सिद्ध हो सकती है या विश्वास इंसान के जीवन में कितनी शक्तिशाली भूमिका निभाता है।

विश्वास कितना महत्वपूर्ण हो सकता है, इसका उदाहरण देखने के लिए अपने बारे में किसी ऐसी चीज़ पर विश्वास करने की कल्पना करें, जो आपके विरुद्ध काम कर रही हो, लेकिन जो सच न हो।

मान लेते हैं कि आपको यह विश्वास था कि आपको आसानी से मित्र बनाने में मुश्किल आती है या दूसरों द्वारा आसानी व स्वाभाविक रूप से स्वीकार किए जाने में परेशानी होती है। आपको विश्वास था कि आप सामाजिक मेलजोल में उन लोगों से पीछे रहते हैं, जो अधिक लोकप्रिय दिखते थे। फलस्वरूप, आपने पाया कि आप सामाजिक कार्यक्रमों में पीछे खड़े रहते थे, संकोच करते थे और यह तय नहीं कर पाते थे कि क्या कहा जाए। अपने कामकाज में मुँह न खोलने के कारण आप अक्सर अवसर चूक जाते थे- भले ही आपका विचार उस विचार से बेहतर हो, जिसे किसी दूसरे व्यक्ति ने बताया था। आप जानते थे कि आप बुद्धिमान और विनोदपूर्ण बनना चाहते हैं, लेकिन आपको विश्वास था कि आप पैमानों पर खरे नहीं उतरते हैं।

आपका अपने बारे में जो भी विश्वास होता है, वही अंततः आपके कार्यों को प्रभावित करता है। इसलिए यदि आप विश्वास करते हैं कि आप सामाजिक रूप से उतने सफल नहीं हैं, जितने होना चाहते हैं, तो अपने बारे में आपका *विश्वास* सही साबित हो जाएगा, चाहे यह वास्तव में सही हो या न हो। वास्तव में, अधिकतर सामाजिक व्यवहार प्रोग्रामिंग के अनुसार ही होता है। चाहे वह सफल हो या असफल, प्रत्येक सामाजिक आकर्षण इस बात पर आधारित होता है कि हमारा अपने बारे में क्या विश्वास है। यदि आप स्वयं को ही यह बताते हैं कि आप *नहीं कर सकते*, तो इसका एकमात्र परिणाम क्या हो सकता है?

हम सभी के मन में अपने बारे में हज़ारों छोटे-बड़े विश्वास होते हैं। शायद उनमें से कुछ सच भी हो सकते हैं, लेकिन मुझे लगता है कि उनमें से अधिकतर सच नहीं होते। फिर भी, यदि आप उन पर विश्वास करते हैं, तो आपका मन इस प्रकार कार्य करेगा, मानो वे सच हों।

हमारे भीतर विश्वास कैसे उत्पन्न होता है? क्या हमारे विश्वास किसी दिन अचानक आसमान से टपक पड़ते हैं? क्या ये विश्वास हमें जन्म के समय ही थमा दिए जाते हैं, हमारी आनुवंशिकी के उन चिह्नों

की तरह, जो हमेशा बने रहते हैं? क्या हम उन्हें स्वयं उत्पन्न करते हैं? हम उन्हें कहाँ से प्राप्त करते हैं? हमारे विश्वास प्रकृति के संयोग नहीं हैं। हमारे विश्वास पूरी तरह हमारी प्रोग्रामिंग द्वारा निर्मित एवं निर्देशित होते हैं।

5. प्रोग्रामिंग

हम उसी पर विश्वास करते हैं, जिसके लिए हमारी *प्रोग्रामिंग* होती है। जिस दिन हम पैदा होते हैं, उसी दिन से हमारी प्रोग्रामिंग शुरू हो जाती है। इसी प्रोग्रामिंग ने अपने बारे में और हमारे आस-पास होने वाली अधिकांश चीज़ों के बारे में हमारे विश्वास को उत्पन्न किया है, उसे बलवान बनाया है और लगभग स्थाई बना दिया है। चाहे वह प्रोग्रामिंग सही हो या ग़लत, सच्ची हो या झूठी, इसका परिणाम हमारे विश्वास ही होते हैं।

यह सब कुछ हमारी प्रोग्रामिंग से शुरू होता है! हमने बाहरी संसार से जो स्वीकार किया है या स्वयं को जो ख़ुराक़ दी है, उसने कारण और परिणाम की एक स्वाभाविक प्रतिक्रिया आरंभ कर दी है, जो विफल नहीं हो सकती। उस प्रतिक्रिया की शृंखला हमें हमारे संसाधनों और हमारे भविष्य के सफल या असफल प्रबंधन की ओर ले जाती है।

हमारी प्रोग्रामिंग ही हमारे विश्वासों को तय करती है और इसके बाद शृंखलाबद्ध प्रतिक्रिया होती जाती है। हम जो विश्वास करते हैं, वह हमारे दृष्टिकोण को तय करता है, हमारी भावनाओं को प्रभावित करता है, हमारे व्यवहार का मार्गदर्शन करता है और हमारी सफलता अथवा असफलता का निर्धारण करता है :

1. *प्रोग्रामिंग से विश्वास बनता है।*
2. *विश्वास से दृष्टिकोण बनते हैं।*
3. *दृष्टिकोण से भावनाएँ बनती हैं।*
4. *भावनाओं द्वारा कार्य निर्धारित होते हैं।*
5. *कार्यों से नतीजे निर्धारित होते हैं।*

मस्तिष्क इसी प्रकार कार्य करता है। यदि आप अपना प्रबंधन करना चाहते हैं और अपने परिणामों को बदलना चाहते हैं, तो आप जब चाहें, यह कार्य आरंभ कर सकते हैं। पहले क़दम से आरंभ करें और अपनी प्रोग्रामिंग को बदल दें।

अध्याय नौ

आत्म-चर्चा के पाँच स्तर

आत्म-चर्चा क्या है और यह कैसे काम करती है? आत्म-चर्चा की आसान परिभाषा इस प्रकार दी जा सकती है- आत्म-चर्चा नई सकारात्मक दिशा में जाकर आपकी पुरानी नकारात्मक प्रोग्रामिंग को मिटाने अथवा निरस्त करने का स्तर है। आत्म-चर्चा सक्रिय इरादे के साथ जीवन जीने का व्यावहारिक ढंग है।

आत्म-चर्चा का प्रयोग करके हम अपने अवचेतन मन को नई दिशाएँ देते हैं। हम अलग ढंग से आत्म-चर्चा करते हैं। हम जीवन के जिन क्षेत्रों को बेहतर बनाना चाहते हैं, उनमें अधिक सहायक और कारगर शब्दों का सहारा लेते हैं। इन शब्दों से हम चेतन रूप से अपने आंतरिक नियंत्रण केंद्रों की दोबारा प्रोग्रामिंग करते हैं। आत्म-चर्चा के द्वारा हमारे मन में हमारी एक नई तस्वीर बनती है, ठीक वैसी ही, जैसी हम बनाना चाहते हैं।

हम चाहे जो भी बदलना चाहें, उसे बदलने का तरीक़ा है- आत्म-चर्चा। इसका प्रयोग प्रत्येक इंसान कर सकता है, भले ही हम अतीत में ऐसा न कर पाए हों। वास्तव में, आत्म-चर्चा हमें पुराने स्वरूप से निकलने का अवसर देती है। इसकी बदौलत हम एक भिन्न और बेहतर स्वरूप की ओर बढ़ते हैं- एक ऐसा स्वरूप, जो पुरानी प्रोग्रामिंग द्वारा नियंत्रित नहीं होता, बल्कि व्यक्तिगत चयन के द्वारा नियंत्रित होता है।

वास्तव में, आत्म-चर्चा कई प्रकार से की जा सकती है। आत्म-चर्चा के पाँच अलग-अलग स्तरों का प्रयोग किया जा सकता है। प्रत्येक स्तर

विशेष है और अन्य सबसे भिन्न है। इनमें से कुछ हमारे पक्ष में काम करते हैं और कुछ विपक्ष में। आप उनके बारे में जितना अधिक जान लेंगे, आत्म-चर्चा करने में उतने ही पारंगत हो जाएँगे।

आत्म–चर्चा का पहला स्तर

नकारात्मक स्वीकृति का स्तर

("मैं... नहीं कर सकता")

हम आत्म-चर्चा के पाँच स्तरों में सबसे निचले और सबसे कम लाभकारी स्तर से आरंभ करते हैं। स्तरों की सूची में पहला स्तर है- नकारात्मक स्वीकृति। यह आत्म-चर्चा का वह सबसे हानिकारक स्वरूप है, जिसका आप प्रयोग कर सकते हैं। ऐसी आत्म-चर्चा में आप अपने बारे में कोई बुरी या नकारात्मक बात कहते हैं या उसे स्वीकार कर लेते हैं।

हम पहले ही आत्म-चर्चा के दर्जनों वाक्यांशों के बारे में बात कर चुके हैं, जिनका प्रयोग आमतौर पर किया जाता है। वह सब पहले स्तर के उदाहरण हैं। इस स्तर को पहचानना आसान है। इसमें लगभग हमेशा इस प्रकार के शब्द होते हैं, "मैं नहीं कर सकता" या "काश मैं कर सकता!" या "काश मैं कर सकता, लेकिन मैं नहीं कर सकता!" इत्यादि। यह पहला साधन हमारे विरुद्ध कार्य करता है और दुर्भाग्य से हम इसी स्तर का सर्वाधिक प्रयोग करते हैं।

"मुझमें अब पहले जितनी ऊर्जा ही नहीं बची है," "मैं यह कभी नहीं कर सकता," "मेरा वज़न कम ही नहीं होता," "देखिए... मुझे नहीं पता कि...," "आज मेरा दिन ही नहीं है," और "मैं इसे नहीं कर सकता।" इस प्रकार के वाक्य सुने जा सकते हैं। ये सब शंकाओं, आशंकाओं, डर और झिझक के सूचक हैं। जब हम अपने आप से या किसी अन्य व्यक्ति से आत्म-चर्चा के पहले स्तर का कोई वाक्य कहते हैं, चाहे उसे ज़ोर से कहें या मन ही मन, तो हम उसकी प्रोग्रामिंग कर लेते हैं। याद रखें, अवचेतन मन हमारे निर्देशों को सुन रहा होता है और प्रतीक्षा कर रहा होता है। उसे इस बात की ज़रा भी परवाह नहीं होती कि आप उसे क्या बताते हैं, वह तो आपके बताए कार्य को कर डालता है।

आत्म-चर्चा के पहले स्तर में स्वयं से संबंधित सबसे छोटी आशंका से लेकर सबसे बुरे डर तक शामिल होते हैं। इस प्रकार हम स्वयं को यह आदेश देते हैं कि झिझकें और अपनी क्षमताओं पर सवाल करें। यदि हम अपने आप से सही स्तर की बातें करते, तो बहुत कुछ कर सकते थे। लेकिन पहले स्तर पर हम बहुत कम को ही स्वीकार करते हैं। बहादुरी से धूप सेंकने की अपेक्षा हम कायरता के अँधेरे में दुबक जाते हैं।

आत्म-चर्चा का पहला स्तर हमारे जीवन को कितना तहस-नहस करता है या किस हद तक ग़लत दिशाओं में ले जाता है, इसका अनुमान लगाना आसान नहीं है। यह बहुत खलबली मचाता है, अनेक बाधाएँ उत्पन्न करता है और आपको दुविधा में डाल देता है। यह आपके आत्मविश्वास को आत्म-शंका और अव्यवस्था में बदल देता है। यह आपके सर्वश्रेष्ठ इरादों को पंगु बना देता है और औसत जीवन से संतुष्ट बने रहने के लिए ललचाता है। यह "कामचलाऊ" दृष्टिकोण की नींव है। इसकी सूक्ष्म फुसफुसाहट आपको निष्क्रिय होकर ऐसे जीवन से संतुष्ट रहने को कहती है, जो आपके सपनों से बहुत कम होता है। यह एक मिथक जलपरी है, जो आपको लुभाकर अपनी ओर बुलाती है और आपकी आशाओं को निराशा व संतोष की चट्टानों पर पटक-पटककर ढेर कर देती है।

हर प्रकार की आत्म-चर्चा का प्रयोग जीवन-भर करने की कल्पना करें! ज़रा सोचें, यदि किसी इंसान को इस बारे में पता हो, तो वह ऐसी आत्म-चर्चा नहीं करेगा, जो असफलता के लिए उसकी प्रोग्रामिंग कर दे या जिसके कारण वह अपनी क्षमता से कम ही प्राप्त कर सके। हममें से अधिकतर लोग प्रायः ऐसा ही करते हैं।

इससे कोई फ़र्क़ नहीं पड़ता कि उस समय वे शब्द कितने हानिरहित दिखाई देते हैं। वे कितने ही हानिरहित अथवा स्वाभाविक लगें, वास्तव में, वे प्रत्येक उस चीज़ की रीढ़ होते हैं, जो हमारे विरुद्ध कार्य करती है और हमारी राह में बाधा बनकर खड़ी हो जाती है। यदि आप आत्म-चर्चा के पहले नकारात्मक स्तर "मैं नहीं कर सकता" से मुक्ति पा लेते हैं, तो विश्वास करें, आप अपने सबसे बड़े शत्रु से मुक्ति पा लेंगे।

आत्म–चर्चा का दूसरा स्तर
पहचानने और परिवर्तन करने की आवश्यकता
("मुझे ज़रूरत है... मुझे करना चाहिए...")

यह स्तर थोड़ा भ्रामक है। ऊपर से तो ऐसा लगता है, जैसे यह हमारे पक्ष में काम करेगा, लेकिन वास्तव में, यह हमारे विरुद्ध काम करता है। आत्म-चर्चा के इस स्तर में हम स्वयं को या दूसरों को यह बताते हैं कि हमने यह पहचान लिया है कि हमें अपने आप को बदलने की आवश्यकता है।

दूसरे स्तर की आत्म–चर्चा की पहचान किन शब्दों से होती है? इस तरह के शब्दों से, जैसे "मुझे ज़रूरत है..." या "मुझे करना चाहिए..."। ऐसी बातें हमारे विरुद्ध काम क्यों करती हैं? क्योंकि यह समस्या को पहचान तो लेती हैं, लेकिन समाधान नहीं बतातीं। जब आप स्वयं से या किसी दूसरे से कहते हैं, "मुझे सचमुच अधिक व्यवस्थित होने की ज़रूरत है," तो आप वास्तव में यह कह रहे होते हैं, "मुझे सचमुच अधिक व्यवस्थित होने की ज़रूरत है... लेकिन मैं नहीं हो सकता!" जब आप इस वाक्य को पूरा करते हैं, तब आपको वास्तविकता पता चलती है कि इसका अंत हमेशा अचेतन रूप से एक अनकहे कथन पर होता है, जो नकारात्मक आत्म–चर्चा का पहला साधन है।

"मुझे समय पर ऑफ़िस पहुँचना चाहिए।" "मुझे वज़न थोड़ा कम करना चाहिए।" "मुझे इस बारे में कुछ करना चाहिए।" "मुझे अपने बच्चों के साथ सचमुच अधिक समय बिताना चाहिए।" "मैं जानता हूँ कि मुझे ज़्यादा पढ़ाई करनी चाहिए।" जब भी आप स्वयं को दूसरे प्रकार की आत्म–चर्चा करते देखें, तो पल–भर के लिए रुकें और वाक्य को पूरा कर दें। तब आपको समझ में आ जाएगा कि आप अपने अवचेतन मन को क्या निर्देश दे रहे हैं।

तब आपकी आत्म–चर्चा इस प्रकार की होती है, "मैं सचमुच अधिक पैसे कमाना पसंद करूँगा... लेकिन मैं ऐसा कर नहीं सका! काश मैं कर सकता... लेकिन मैं नहीं कर सका! मैं जानता हूँ कि मुझे उस चीज़ की परवाह करनी चाहिए, लेकिन मैं ऐसा नहीं कर रहा हूँ। मुझे घर पर और ज़्यादा फ़ोन करना चाहिए... लेकिन मैं करता नहीं हूँ। मैं चाहता हूँ कि

चीज़ें बेहतर ढंग से हों, लेकिन वे होती नहीं हैं!"

हम अपने आप को ऐसे निर्देश जाने-अनजाने देते रहते हैं। ये लगते तो हानिरहित हैं, लेकिन वास्तव में बेहद कारगर प्रोग्राम्स होते हैं, जिनसे हम संसार के सबसे शक्तिशाली नियंत्रण केंद्र की प्रोग्रामिंग कर देते हैं। सपनों और सफलता को जन्म देने की अपेक्षा दूसरे स्तर की आत्म-चर्चा अपराधबोध, निराशा और अपनी काल्पनिक अक्षमताओं को स्वीकार कर लेती है। क्या यह अच्छी प्रोग्रामिंग है? नहीं, बिल्कुल नहीं। क्या इससे हमें सफल होने में सहायता मिल सकेगी? नहीं, इससे कोई सहायता नहीं मिलेगी।

आत्म-चर्चा का तीसरा स्तर

परिवर्तन का निर्णय लेना

("मैं कभी भी... मैं अब नहीं...")

आत्म-चर्चा का तीसरा स्तर ही वास्तव में, वह पहला सकारात्मक स्तर है, जो आपके *पक्ष में* काम करता है। इस स्तर के द्वारा आप परिवर्तन की आवश्यकता को पहचान लेते हैं, उस बारे में कुछ करने का निर्णय भी ले लेते हैं और सबसे बड़ी बात, आप अपना निर्णय "वर्तमान काल" में व्यक्त करते हैं, मानो सचमुच परिवर्तन हो गया है।

तीसरे स्तर को इन शब्दों से पहचाना जा सकता है, "मैं कभी भी... या मैं अब नहीं...।" इस स्तर के मिलने पर आप कहते हैं, *"मैं अब धूम्रपान नहीं करता", "अब मुझे ऑफ़िस के लोगों के साथ व्यवहार संबंधी कोई समस्या नहीं आती।" "मैं कभी आवश्यकता से अधिक नहीं खाता।" "मैं ट्रैफ़िक में कभी विचलित नहीं होता।" "मैं अब किसी मनचाही चीज़ को नहीं टालता।"*

जब आप यहाँ तक पहुँच जाते हैं, तो आप पुराने नकारात्मक "नहीं कर सकता" को स्वयं पीछे छोड़ देते हैं। तब आप इसे एक सकारात्मक एवं नये अंदाज़ में व्यक्त करने लगते हैं, जिससे आपके अवचेतन मन को यह आदेश मिलता है- जागो, आगे बढ़ो और परिवर्तन कर डालो।

आत्म–चर्चा का चौथा स्तर
आपका बेहतर स्वरूप
("मैं... हूँ")

यह आत्म-चर्चा की सबसे प्रभावशाली बातें हैं, जिनका उपयोग हम कर सकते हैं। हम अपने आप से जो बातें करते हैं, उनमें चौथे स्तर की आत्म-चर्चा का प्रयोग सबसे कम होता है। यद्यपि हमें सबसे अधिक आवश्यकता उन्हीं की होती है। यहीं पर आप अपनी बिल्कुल नई *तस्वीर* बनाते हैं। यह तस्वीर ठीक वैसी ही होती है, जैसा कि आप सचमुच बनना चाहते हैं। आप वह तस्वीर अपने अवचेतन मन को सौंपकर कहते हैं, "तुम मेरे इस 'स्वरूप' को साकार करो। उस दुष्ट प्रोग्रामिंग को भूल जाओ, जो मैंने तुम्हें अतीत में दी थी। यह तुम्हारा नया प्रोग्राम है। आओ, अब इसके अनुसार काम करते हैं।"

आत्म-चर्चा के चौथे स्तर की पहचान इन शब्दों से होती है, "मैं... हूँ।" "मैं व्यवस्थित हूँ और अपने जीवन के नियंत्रण में हूँ। मैं विजेता हूँ! मैं स्वस्थ, ऊर्जावान एवं उत्साही हूँ और अपने लक्ष्य की ओर बढ़ रहा हूँ। अब मुझे कोई नहीं रोक सकता। मैं जैसा हूँ, स्वयं को पसंद करता हूँ। मैं शिखर पर हूँ। मुझमें दृढ़संकल्प, प्रबल प्रेरणा और आत्मविश्वास है। मैं अपने चुने हुए जीवन को जी रहा हूँ और हमेशा उसी का चुनाव करता हूँ, जो सही होता है!"

चौथे स्तर के द्वारा आत्म-चर्चा करने वाला पुराने स्तर के साथ नहीं चिपका रहता। वह तो बिल्कुल ही नए, उपयोगी और स्वयं को सक्रिय करने वाले ढंग से समस्याओं से निबटता है। पहले जिस लेटलतीफ़ इंसान की प्रोग्रामिंग काम टालने की थी, अब वह कहता है, "मुझे जब कोई काम करने की आवश्यकता होती है, तब मैं प्रत्येक ज़रूरी काम कर देता हूँ। मुझे काम पूरा करने में और सही ढंग से काम करने में आनंद आता है।" अतीत की समस्या अब निरंतर दैनिक सफलता में बदल रही है। "मैं कभी नाम याद नहीं रख सकता," यह कहने की अपेक्षा चौथे स्तर के द्वारा आत्म-चर्चा करने वाला अपने आप से कहता है, "मेरी स्मरणशक्ति बेहतरीन है! लोग मेरे लिए महत्वपूर्ण हैं और मैं जिस भी नाम को याद करना चाहूँ, याद कर सकता हूँ।"

आत्म-चर्चा का चौथा स्तर अत्यंत सकारात्मक है और पहले स्तर के विरुद्ध है। यह असहाय "नहीं कर सकता" को सशक्त "हाँ, मैं कर सकता हूँ" में बदल देता है। चौथे स्तर की आत्म-चर्चा आगे बढ़ाती है, प्रोत्साहित करती है, प्रेरित करती है और समर्थन करती है। यह हमारे हृदय को बड़ा बनाती है, हमारी आशाओं को पोषण देती है और हमारे सपनों की तस्वीरें बनाती है। यह हमें रोमांचित करती है, हमारी इच्छाओं को जगाती है और हमें आगे की ओर ले जाती है। यह हमारे मनोबल के कवच को मज़बूत बनाती है और हमारे संकल्प को फ़ौलाद की भाँति सुदृढ़ कर देती है। यह आत्म-चर्चा हमें अपने डर से जूझने और विजेता बनने की चुनौती देती है। यह आत्म-चर्चा हमें कर्म के लिए उकसाती है, हममें आत्मविश्वास भरती है और हमारे पैरों को सफलता की ठोस चट्टान पर जमा देती है।

विरोधी का नाम लें, अपनी समस्या बताएँ। इसी से आपको उस आत्म-चर्चा का पता चल सकता है, जिसके कारण यह समस्या उत्पन्न हुई है। लेकिन हम नकारात्मक आत्म-चर्चा का जो भी शब्द बोलते हैं, उसे नकराने के लिए सही आत्म-चर्चा भी होती है, जो इसका प्रतिकार कर सकती है, दोबारा प्रोग्रामिंग कर सकती है तथा समस्या को सुलझा सकती है।

इस विशेष एवं शक्तिशाली, दोबारा प्रोग्रामिंग वाली आत्म-चर्चा के चौथे स्तर के अनेक उदाहरण दिए जा चुके हैं, "मैं एक विजेता हूँ। मुझे अपने आप पर भरोसा है। मैं अपना सम्मान करता हूँ और जैसा हूँ उसी रूप में स्वयं को पसंद करता हूँ। *मैंने जीवन में जीतने का निर्णय लिया है और मैं यही कर रहा हूँ!*" क्या आप ऐसी आत्म चर्चा के साथ जीवन जीने की कल्पना कर सकते हैं? सोचें कि इस प्रकार के मार्गदर्शन से कितनी बेहतरीन प्रोग्रामिंग होगी। यह करना आपके हाथ में है। आप जिस क्षण भी बेहतर ढंग चुनने का निर्णय लेते हैं, उसी क्षण आप उसे चुन सकते हैं। आप यह काम कर सकते हैं। आप जीवन में सर्वश्रेष्ठ प्राप्त करने के अधिकारी हैं। अब इस बारे में कुछ करने का समय आ गया है।

आत्म–चर्चा का पाँचवाँ स्तर

वैश्विक संकल्प का स्तर

("यह... है")

आत्म-चर्चा के इस स्तर का प्रयोग कई वर्षों से हो रहा है और इसकी चर्चा प्रायः "संकल्पों" के रूप में की जाती है। यही वह आत्म-चर्चा है, जो प्रायः आत्मा या चेतना के उच्चतर स्तर के बारे में बात करती है। यह सामान्य सोच-विचार के स्तर से कहीं ऊँचे स्तर की है, जिस पर हम प्रतिदिन के जीवन की माँगों से जूझते समय प्रायः नहीं सोचते।

आत्म-चर्चा के पाँचवें स्तर को इस प्रकार बताया जा सकता है, *"मैं अपने जीवन के सच्चे व स्वस्थ गुणों के साथ एकाकार हूँ और वे मेरे साथ एकाकार हैं। मेरा जीवन प्रसन्नता, शांति, सुकून व कल्याण से भरा हुआ है।"*

आत्म-चर्चा का यह स्तर सुंदर और लगभग कवितामय भी हो सकता है और यह प्रायः जीवन को पुष्ट बनाता है, जैसे, *"मेरा शारीरिक, मानसिक, आत्मिक जीवन प्रेरक व सुखद है।"* विशिष्ट समस्याओं या लक्ष्यों पर ध्यान देने की अपेक्षा पाँचवें स्तर की आत्म-चर्चा में जीवन को अधिक व्यापक दृष्टिकोण से देखा जाता है, मानो कोई हेलीकॉप्टर में बैठकर ऊपर से नीचे के विहंगम दृश्य देख रहा हो।

यह फिर भी महत्वपूर्ण है कि आज हम उन चीज़ों की परवाह करें, जिनकी परवाह आज ही करनी आवश्यक है। इसलिए मेरा अनुरोध है कि आप तीसरे और चौथे स्तर की आत्म-चर्चा का प्रयोग आरंभ कर दें। यदि यह सही ढंग से हो गया, तो पाँचवाँ स्तर सही समय पर अपने आप आ जाएगा। अभी तो वह आत्म-चर्चा सीखें, जो आपसे सही समय पर काम कराए, आपकी पारिवारिक समस्याएँ सुलझाए, आपको वह आत्म-छवि प्रदान करे, जिसके आप अधिकारी हैं और यह सुनिश्चित करे कि आपका प्रत्येक दिन अच्छी तरह व्यतीत हो।

आप अभी आरंभ कर सकते हैं

शुरुआत में आपको आत्म-चर्चा के तीसरे और चौथे स्तरों को सीखना चाहिए। साथ ही आपको आत्म-चर्चा के पहले और दूसरे स्तरों को तेज़ी

से *भूलना* होगा। यह कार्य अभी आरंभ कर दें। इसी पल यह पहचान लें कि पहले और दूसरे स्तर की जिस आत्म-चर्चा का प्रयोग आप करते आ रहे हैं, वह कारगर नहीं होती। जिस पल आपको यह बात समझ में आ जाए, उसी पल हानिकारक आत्म-चर्चा का प्रयोग करना छोड़ दें। इसे जारी रखने का कोई कारण ही नहीं है। आत्म-चर्चा के इन दो नकारात्मक स्तरों के स्थान पर आत्म-चर्चा के तीसरे और चौथे स्तरों का प्रयोग आरंभ कर दें।

यदि आप इसी समय कार्य आरंभ करना चाहें, तो दूसरे स्तर को दोबारा पढ़ें। तीसरे और चौथे स्तर की सही आत्म-चर्चा सीखना आरंभ करें। यही आपको आगे बढ़ाएगी और उस चीज़ को बदल डालेगी, जिसे आप बदलना चाहते हैं। यह आपको एक ऐसी यात्रा पर ले जाएगी, जहाँ आपके सपने साकार होंगे और राह में वे कुंठाजनक अवरोध नहीं आएँगे, जो अतीत में आते थे। आगे एक अध्याय में आपको क़दम दर क़दम निर्देश दिए जाएँगे कि नई आत्म-चर्चा का अनजाने में ही सहज रूप से कैसे प्रयोग किया जा सकता है।

अभी अपनी प्रत्येक बात को ध्यान से सुनें। अपने आप से कही हुई प्रत्येक बात पर विचार करें, जो आपके विरुद्ध काम करती दिखाई देती हो। उसे पलट लें और उस आत्म-चर्चा का प्रयोग आरंभ कर दें, जो आपके पक्ष में काम करती है।

अध्याय दस

सकारात्मक सोच के साथ समस्या

इस शताब्दी के सेल्फ़-हेल्प साहित्य में कई अच्छे विचार दिए गए हैं, जिनमें सकारात्मक सोच की अवधारणा भी शामिल है। यह एक ऐसी अवधारणा है, जिससे संभवतः प्रत्येक व्यक्ति का जीवन बदल सकता है। अनेक बार यह सोच व्यावहारिक जीवन की अपेक्षा पुस्तकों में अधिक दिखाई देती है। मान लें, आप आज सड़क पर जाते हैं और मिलने वाले पहले दस लोगों से पूछते हैं, "क्या आप सकारात्मक सोच में विश्वास करते हैं?" उनमें से अधिकतर का उत्तर होगा, "हाँ।" कुछ कहेंगे, "मैं सोचता हूँ कि यह एक बेहतरीन विचार है। भले ही यह मेरे लिए कारगर नहीं है, लेकिन मैं जानता हूँ कि यह दूसरों के लिए कारगर रहा है।" सच तो यह है कि सकारात्मक सोच प्रत्येक के लिए कारगर होनी *चाहिए*। लेकिन होती क्यों नहीं है?

सकारात्मक सोच वाली अनेक पुस्तकों ने लाखों-करोड़ों लोगों की सहायता की है। इनमें से कई लोग समस्याओं से घिरे हुए थे और उनसे बाहर निकलना चाहते थे। ये लोग प्रोत्साहन और समाधान की तलाश में पुस्तकों की ओर मुड़े और वहाँ उन्हें अपना मनचाहा समाधान मिल गया। मैंने सोलह वर्ष की उम्र में डॉ. पील की पुस्तक *'द पॉवर ऑफ़ पॉज़िटिव थिंकिंग'* पहली बार पढ़ी थी। उस पुस्तक के कई अन्य पाठकों की तरह ही मेरी भी यही राय थी कि इस पुस्तक को बार-बार पढ़ा जाना चाहिए।

जब मैं सेमिनारों और प्रशिक्षण कार्यक्रमों में सकारात्मक सोच के

गुण-दोषों पर बात करता हूँ, तो वहाँ मौजूद कोई न कोई व्यक्ति हमेशा मुझे चुनौती देता है। सकारात्मक सोच की अवधारणा का वह कट्टर समर्थक मुझसे कहता है कि मैं किसी ऐसी चीज़ पर सवाल कैसे कर सकता हूँ, जो स्पष्ट रूप से इतनी सकारात्मक है? मैं स्वयं भी तो सकारात्मक सोच ही सिखाता हूँ।

इस चुनौती का उत्तर यह है कि सकारात्मक सोच की जो अवधारणा लोकप्रिय है, वह वास्तव में बहुत उत्कृष्ट है। यह लोगों की सोच को सही करने और जीवन को बेहतर बनाने में बहुत सहायता करती है। यह हमारे जीवन में एक विशेष परिवर्तन लाने में (*लगभग*) सहायक होती है। यह हमें अधिकांश रास्ते तक तो ले जाती है, लेकिन पूरे रास्ते नहीं। यह तो वैसा ही है, जैसे हम छलाँग लगाकर किसी खाई की नब्बे प्रतिशत दूरी तय कर लें। हम दूसरे छोर के बहुत क़रीब पहुँच जाते हैं, लेकिन खाई को पार नहीं कर पाते।

हम दोबारा कभी नकारात्मक ढंग से नहीं सोचेंगे और जीवन-भर सकारात्मक ढंग से ही विचार करेंगे- यह निर्णय कुछ समय के लिए तो कारगर हो सकता है, लेकिन हमेशा के लिए नहीं। क्यों? क्योंकि हमारे अवचेतन मन की पूर्व निर्धारित प्रोग्रामिंग इस नए विचार से मेल नहीं खाती। याद रहे, जब कोई नया विचार अवचेतन मन की *पुरानी* प्रोग्रामिंग के अनुरूप नहीं होता, तो आप उस पर दिल से विश्वास नहीं करते और लंबे समय तक उसके अनुरूप काम भी नहीं कर पाते। यदि आप अपने आप से कहते हैं कि आज के बाद आप कभी नकारात्मक ढंग से नहीं सोचेंगे, तो क्या होगा? होगा यह कि कुछ समय बाद ही आप नकारात्मक सोच की पुरानी आरामदेह आदत में फिसल जाएँगे और ऐसा इसलिए होगा; क्योंकि आपने कहने के लिए स्वयं को शब्द दर शब्द नई और विशिष्ट शब्दावली नहीं दी है।

इसीलिए सकारात्मक सोच रखने का निर्णय बहुत अल्पजीवी होता है। यह उस समय तो उत्कृष्ट विचार लगता है, लेकिन बहुत जल्दी ही पता चल जाता है कि यह कारगर नहीं है। मैं कई लोगों को जानता हूँ, जिनका सकारात्मक सोच की अवधारणा से पूरी तरह मोहभंग हो चुका है। उन्होंने इस पर विश्वास किया था, कुछ समय "सकारात्मक सोच" को

आज़माया भी था, लेकिन बाद में वे अटक गए थे। उनके पुराने प्रोग्राम ने इसे कारगर नहीं होने दिया। जब यह कारगर नहीं हुआ, तो वे निराश हो गए और यह मानने लगे कि सकारात्मक सोच स्वप्नदर्शियों के लिए है, उनके लिए नहीं।

लेकिन सकारात्मक सोच कारगर सिद्ध हो सकती है, बशर्ते हम अपने नकारात्मक विचारों को हटाकर उनके स्थान पर सकारात्मक विचार रख लें।

आपका मानसिक अपार्टमेंट

पल-भर के लिए एक "मानसिक अपार्टमेंट" की कल्पना करें- एक ऐसी जगह, जिसमें आप अपने विचारों के साथ रहते हैं। मानसिक अपार्टमेंट में हर वह सामान "विचार" है, जो आप अपने और आस-पास के संसार के बारे में सोचते हैं। यह आपके विचारों से सुसज्जित है। इस अपार्टमेंट का अधिकांश मानसिक फ़र्नीचर "दान" का है। यह सोचने का पुराना नकारात्मक ढंग है, जो हमारे माता-पिता, मित्रों, शिक्षकों और हमारे अवचेतन मन की प्रोग्रामिंग में सहायता करने वाले प्रत्येक व्यक्ति ने हमें दिया है, उन्होंने हमें वह फ़र्नीचर दिया और हमने उसे रख लिया तथा अपने मानसिक अपार्टमेंट में उसका प्रयोग करने लगे।

कल्पना करें कि अधिकतर "फ़र्नीचर" हमारी नकारात्मक सोच व उम्र के साथ थक चुका है; क्योंकि यह हमें दान में मिला था। पुराना फटेहाल सोफ़ा धँस रहा है और घिस चुका है। कुर्सियाँ चरमरा गई हैं, हिलती हैं और यदि कोई उन पर अधिक वज़न वाला बैठे, तो टूट भी सकती हैं। तस्वीरें दीवारों पर आड़ी-तिरछी टँगी हैं, जो पीली और धुंधली पड़ चुकी हैं। किचन की टेबल एक कोने पर झुकी हुई है। बर्तनों की कलई उखड़ चुकी है और उनमें दरारें आ चुकी हैं। एक भी कप में हैंडल नहीं है; क्योंकि वे काफ़ी समय पहले टूट चुके हैं। पलंग के स्प्रिंग नज़र आते हैं, उनमें ज़ंग लग गई है और वे झुक गए हैं। फ़र्श के क़ालीन में बहुत सारे छेद और पैबंद लगे हुए हैं। इन सामानों के बीच नया फ़र्नीचर, यानी कोई सकारात्मक विचार अजीब लगेगा। यद्यपि यहाँ-वहाँ इक्का-दुक्का फ़र्नीचर अच्छी हालत में हो सकता है, लेकिन वह इस कबाड़ में इतना

छिप जाता है कि दिखाई ही नहीं देता।

अब आइए, मान लेते हैं कि मैं आपके घर, यानी इस मानसिक अपार्टमेंट में आने के लिए तैयार हो जाता हूँ और कहता हूँ कि पुराने फ़र्नीचर से छुटकारा दिलाने में आपकी सहायता करूँगा। मैं आपको बताता हूँ कि मैं पुरानी *नकारात्मक* सोच से आपको हमेशा के लिए छुटकारा दिला दूँगा। कल शाम को साढ़े चार बजे मैं आता हूँ। फिर हम दान के सारे पुराने फ़र्नीचर को बाहर निकालकर गैराज में रख आते हैं। हम प्रत्येक चीज़ हटा देते हैं– प्रत्येक बर्तन, क़ालीन, टेबल, पलंग, सोफ़ा और कुर्सी। हम प्रत्येक पुराने नकारात्मक विश्वास को बाहर ले जाते हैं और इसे सुरक्षित दूर रख आते हैं, ताकि उस पर हमारी दृष्टि न पड़े।

शाम को छह बजे तक हमारा काम निबट जाता है और मैं लौट आता हूँ। इसके बाद आप अपने मानसिक अपार्टमेंट के बीचोंबीच खड़े हो जाते हैं। यह ख़ाली है, कहीं कोई दाग़-धब्बा नहीं है। एक भी नकारात्मक विचार नहीं है, एक भी सोफ़ा, तस्वीर, पुस्तक या कुर्सी दिखाई नहीं देती। आप आस-पास देखते हैं और सोचते हैं, "यह उत्कृष्ट है! मैंने अपनी सारी पुरानी नकारात्मक सोच से छुटकारा पा लिया। अब मैं एक सकारात्मक चिंतक बन गया हूँ!"

यह छह बजे की बात है। आप अपने मानसिक अपार्टमेंट में थोड़े समय तक खड़े रहते हैं, टहलते हैं तथा इसके बाद कुछ देर तक और खड़े रहते हैं। उसी शाम को थोड़ी देर बाद, एक-दो घंटे उस ख़ाली अपार्टमेंट में रहने के बाद, आपको क्या लगता है, आप क्या करेंगे? आप गैरेज में चले जाएँगे, जहाँ पुराना फ़र्नीचर रखा है और एक कुर्सी ले आएँगे। कुछ समय बाद, आप गैरेज का एक और चक्कर लगाएँगे तथा एक टेबल ले आएँगे, शायद एक-दो बर्तन भी।

वास्तव में, हम उन विचारों के साथ सबसे अधिक आरामदेह होते हैं, जिनके साथ हम सबसे अधिक समय तक रहे हैं। इससे कोई फ़र्क़ नहीं पड़ता कि वे विचार हमारे लिए सर्वश्रेष्ठ नहीं हैं। वही हैं, जिन्हें हम जानते हैं, वही हैं, जिन्हें अपने साथ रखने में हम सबसे अधिक सुरक्षित महसूस करते हैं।

हो सकता है कि रात के नौ बजे तक आप अपना विश्वसनीय पुराना टीवी भी ले आएँ। *एक-एक करके आप अपने पुराने विश्वसनीय और थके-माँदे नकारात्मक विचारों को दोबारा अपने मानसिक अपार्टमेंट में लाने लगेंगे!* क्यों? क्योंकि जब मैंने पुराने फ़र्नीचर को हटाने में आपकी सहायता की थी, तो उसकी जगह कोई *नया* फ़र्नीचर नहीं दिया था- मैंने नकारात्मक पुराने विचारों की जगह रखने के लिए आपको कोई सकारात्मक नए विचार नहीं दिए थे।

जब आप नकारात्मक ढंग से सोचना छोड़ने का निर्णय लेते हैं और पुराने को हटाने के बाद आपके पास तुरंत नई सकारात्मक शब्दावली नहीं होती, तो आप हमेशा अतीत की आरामदेह, पुरानी नकारात्मक आत्म-चर्चा की ओर लौट जाते हैं। यदि आप अपने पुराने फ़र्नीचर से छुटकारा पाकर उसे गैरेज में रख देते हैं और उसकी जगह कोई नया फ़र्नीचर नहीं रखते हैं, और यदि मैं तीन सप्ताह बाद दोबारा आपसे मिलने आऊँ, तो आपके अपार्टमेंट में एक बार फिर सारा पुराना फ़र्नीचर रखा मिलेगा। शायद आप अलग दिखाने के लिए इसे नए सिरे से जमा देंगे, लेकिन फ़र्नीचर वही पुराना रहेगा, वही पुरानी प्रोग्रामिंग जो आपके मानसिक अपार्टमेंट में पहले थी।

पुराने की जगह नया रखें

इसकी अपेक्षा हम यह मान लेते हैं कि मैं आपका दरवाज़ा खटखटाता हूँ और आपको बाहर बुलाता हूँ। बाहर एक चमचमाता नया ट्रक खड़ा है, जिसमें आपकी कल्पना से भी अधिक सुंदर फ़र्नीचर भरा हुआ है। अगले दो-तीन घंटे तक मैं आपकी सहायता करता हूँ और हम मिलकर तमाम सुंदर नए फ़र्नीचर, अर्थात आपकी सकारात्मक नई आत्म-चर्चा को आपके मानसिक अपार्टमेंट में पहुँचा देते हैं। इस बार हम पुराने नकारात्म फ़र्नीचर को गैराज में नहीं रखते, बल्कि इकट्ठा करके उसमें आग लगा देते हैं। हम उससे हमेशा के लिए छुटकारा पा लेते हैं। अपना पुराना फ़र्नीचर किसी दूसरे को न दें- *अपनी नकारात्मक आत्म-चर्चा किसी दूसरे को न दें। आख़िर, यह आपके पास भी तो इसी प्रकार आई थी।*

इस बार जब मैं आपको छोड़कर जाता हूँ, तो आप अपने मानसिक

अपार्टमेंट में टहलते हैं और अपने आस-पास देखते हैं। आपको बड़ा अविश्वसनीय नज़ारा दिखता है। जहाँ कभी मुरझाई आशाएँ और टूटे हुए सपने रखे हुए थे, वही जगह अब आपके नए रोमांचक स्वरूप की उज्ज्वल नई शुरुआत से भर गई है। नया मानसिक फ़र्नीचर आत्मविश्वास के मज़बूत पैरों पर खड़ा है। कुंठा और ख़ामोश समझौते की जगह वादे तथा विश्वास का उत्साह आ चुका है।

सकारात्मक सोच को इसी प्रकार काम करना चाहिए। सकारात्मक सोच में केवल विश्वास करने और इसका सचमुच प्रयोग करके साकार करने के बीच यही अंतर है। पुराने को बाहर फेंक देना अच्छी बात है, यह अनिवार्य है। लेकिन यह भी अनिवार्य है कि आप पुराने की जगह पर नए को स्थापित करें- शब्द दर शब्द, विचार दर विचार।

समस्या यह है कि अतीत में किसी ने भी हमें शब्द नहीं दिए। किसी ने भी हमें शब्द दर शब्द शब्दावली नहीं दी, जिसकी सहायता से हम बहुत अच्छी तरह सीखी नकारात्मक प्रोग्रामिंग की जगह सकारात्मक प्रोग्रामिंग रख सकें। सही क़िस्म की आत्म-चर्चा ही सारी सकारात्मक सोच को कारगर बनाने वाली कुंजी है। इसके बिना, हममें से अधिकांश के लिए सकारात्मक सोच "दिवास्वप्न की सोच" बन जाती है और दिवास्वप्न की सोच यह कहने से अधिक कुछ नहीं है, "काश, मैं कर सकता... लेकिन मैं नहीं कर सकता।" और "मैं नहीं कर सकता", पहले स्तर की आत्म-चर्चा हमारे विरुद्ध काम करती है।

सकारात्मक सोच की अवधारणा बेहतर सोचने, बेहतर जीने और अपने बारे में बेहतर महसूस करने का एक रोमांचक और सार्थक तरीक़ा है। अपने दम पर यह कुछ समय तक ही काम करेगी। लेकिन यदि आत्म-चर्चा को सक्रिय करने वाले विशेष, प्रेरक और सही शब्द हों, तो यह जीवन-भर काम कर सकती है। यदि हम अपने मन के लिए कोई ऐसा तरीक़ा खोजना चाहते हैं, जो लक्ष्यों तक पहुँचने में हमारी सहायता करे, तो हमें ऐसा उपाय खोजना चाहिए, जो न केवल सुनने में अच्छा लगता हो, बल्कि जो काम भी करे और काम करता रहे। यदि यह काम नहीं करेगा, तो हम अपने लक्ष्य से पीछे रह जाएँगे और हैरान होंगे कि परिस्थितियाँ सही क्यों नहीं हैं।

सकारात्मक चिंतन करने की इच्छा ही पर्याप्त नहीं है। सकारात्मक दृष्किोण रखने का निर्णय लेना ही पर्याप्त नहीं है। मानव मस्तिष्क कहता है, "मुझे अधिक दो। मुझे शब्द दो। मुझे अपनी मनचाही दिशाएँ, आदेश, चित्र, अवधि और परिणाम बताओ। फिर मैं उन्हें आपके लिए साकार कर दूँगा। *मुझे शब्द दो।*"

अध्याय ग्यारह

प्रेरणा का मिथक

रेडियो टॉक शो के मेज़बान ने कहा, "आज के हमारे अतिथि एक प्रेरक वक्ता और लेखक हैं।" मेरा और कार्यक्रम का परिचय देने के बाद वे मेरी ओर मुड़े और माइक पर बोले, "शैड! क्या आपकी बात सुनकर श्रोता उछलने लगते हैं और बाहर जाकर दुनिया जीतने के लिए व्यग्र हो उठते हैं?" मेरा उत्तर सुनकर वह पूरी तरह हैरान रह गए थे। मेरी प्रतिक्रिया थी, "नहीं, मैं ऐसा वक्ता नहीं हूँ। वास्तव में, मैं प्रेरणा पर भरोसा ही नहीं करता।"

अगले कुछ पल जो हुआ, वह उनके रेडियो शो में पहली बार हुआ था। वहाँ गहरा सन्नाटा छा चुका था। वे प्रेरणा के रोमांचक संसार के बारे में बोलने की पूरी तैयारी कर चुके थे और उन्हें उसी समय पता चला था कि उनका अतिथि इस पर विश्वास नहीं करता था तथा इसे कारगर नहीं मानता था।

लेकिन मुझे अपनी बात स्पष्ट करने का अवसर दें। कई बार प्रेरणा काम भी करती है और कारगर भी होती है। बात इतनी सी है कि अधिकतर प्रेरणा (शायद 95 प्रतिशत) काम नहीं करती। मुझे याद है, एक राष्ट्रीय पत्रिका में मैंने एक बड़े अंतर्राष्ट्रीय कॉरपोरेशन के प्रशिक्षण संचालक का साक्षात्कार पढ़ा था। विषय था कि प्रशिक्षण में (विशेष रूप से कॉरपोरेशंस और बड़े संगठनों के क्षेत्र में) क्या नया चल रहा है। उन्होंने कहा कि उनकी कंपनी ने प्रोत्साहक रैलियों के प्रेरक वक्ताओं को नहीं बुलाने का निर्णय लिया है। उनका निष्कर्ष था कि प्रेरक चर्चा काफ़ी हद तक लंच

में चाइनीज़ फूड खाने जैसी होती है, एक घंटे बाद ही आपको दोबारा भूख लगने लगती है। मुझे नहीं पता कि यह बात चाइनीज़ फूड के बारे में कितनी सही है, लेकिन प्रेरणा के बारे में निश्चित रूप से सही है। अधिकांश प्रेरणा स्थाई नहीं होती। वह हमेशा आपके साथ नहीं रहती।

प्रेरणा कई प्रकार की होती है और प्रेरक लोग भी। आप एक बहुत लोकप्रिय क़िस्म की प्रेरणा को जानते होंगे। इसमें उद्वेलित श्रोताओं का एक समूह मंत्रमुग्ध होकर सुनता है, जबकि एक उत्साही वक्ता ऐसा जादुई जाल फैलाता है, जो अमीरी और सफलता के सुनहरे तारों से बुना होता है। एक-दो घंटे वह अपने श्रोताओं में एक नया सपना, एक नया एहसास भर देता है। वह उन्हें उनकी असीमित संभावनाओं के भव्य स्वप्न दिखाता है और विश्वास दिला देता है कि वे अपनी कल्पना के सबसे ऊँचे पहाड़ों पर चढ़ने में सक्षम हैं, बशर्ते उन्हें विश्वास हो जाए कि वे ऐसा कर सकते हैं।

श्रोताओं को नया जीवन मिल जाता है। बस, उनसे यह भुगतान माँगा जाता है कि वे अगला दिन एक *नए* इंसान के रूप में शुरू करें, सारी विपरीत परिस्थितियों को जीत लें, अपनी सीमाओं को समाप्त कर दें, लक्ष्य पर ध्यान केंद्रित करें और उसकी ओर क़दम बढ़ाएँ। यदि आपने कभी वैसी प्रेरक चर्चा सुनी हो, जिसका मैं वर्णन कर रहा हूँ, तो आप जानते हैं कि मैं थोड़ी विनम्रता दिखा रहा हूँ और वहाँ के सम्मोहन की विराटता को कुछ कम ही आँक रहा हूँ।

सभी छोटी-बड़ी कंपनियाँ तथा समूह अपने कर्मचारियों को प्रेरित करने के लिए ऐसी प्रेरणा का सहारा लेती हैं। इसके द्वारा वे अपने सम्मेलनों और सेल्स मीटिंग्स को प्रेरक बना लेती हैं। इसके बाद वे श्रोताओं को बाहर भेज देती हैं, जो राक्षस से लड़ने, अधिक बिक्री करने, समस्याओं को तेज़ी से सुलझाने और उपलब्धि की नई ऊँचाइयों तक पहुँचने लिए तैयार हो जाते हैं।

अमेरिका के सभी शहरों के कन्वेंशन सेंटर्स में बड़ी-बड़ी प्रेरक रैलियाँ आयोजित होती हैं। इन बड़े प्रेरक कार्यक्रमों ने लाखों प्रतिभागियों को आकर्षित किया है, जो अपने एक दिन को सफलता की शक्तिशाली प्रेरक और अचूक तकनीकों से भरने के लिए उद्वेलित रहते हैं। वे बड़ी

बेचैनी से ऐसे संकेतों और सिद्धांतों की तलाश कर रहे होते हैं, ताकि उनके जीवन के सबसे बड़े पुरस्कारों का ताला खुल जाए।

लोकप्रिय धर्मोपदेशक व वक्ता रविवार सुबह निष्ठावान लोगों को जो ज्ञान प्रदान करते हैं, उसमें उत्साह कूट-कूटकर भरा होता है। अपनी वाणी से वे श्रोताओं को बाँधते हैं, आकर्षित करते हैं, बहलाते हैं और उन्हें उनकी चरम संभावना का विश्वास दिला देते हैं। वे मंत्रमुग्ध करते हैं, आनंदित करते हैं, मनोरंजन करते हैं और सम्मोहित करते हैं। वे वही करते हैं, जिसके लिए वे वहाँ आए होते हैं- *वे प्रेरित करते हैं।*

अधिकतर मामलों में ये प्रेरक व्यक्ति एक अच्छा काम करते हैं। वे लोगों को सोचने के लिए प्रेरित करते हैं। वे तस्वीरें दिखाते हैं, सपनों के चित्र दिखाते हैं, जिससे दूसरों को पता चलता है कि क्या कुछ *संभव* है और वे क्या-क्या कर सकते हैं। वे सफलता के उत्साही प्रचारक होते हैं और सामान्य महत्वाकांक्षी व्यक्ति को बेहतर दिशा दिखाते हैं। वे मस्तिष्क को प्रेरित करते हैं, नए विचार सुझाते हैं और लक्ष्य प्राप्त करने के संकल्प को दृढ़ करते हैं। वे इस बात पर ज़ोर देते हैं कि कुछ करना चाहिए, कोई सार्थक चीज़ प्राप्त करनी चाहिए, कुछ लक्ष्य बनाने चाहिए, समस्याएँ सुलझानी चाहिए और आगे बढ़ना चाहिए। लेकिन ऐसी प्रेरणा बाहरी होती है, इसीलिए स्थाई नहीं रहती।

बाह्य अल्पकालिक प्रेरणा

सारी *बाह्य* प्रेरणा अल्पकालिक होती है। वह आपको जगा तो सकती है, लेकिन अधिक देर तक जाग्रत नहीं रख सकती। बाह्य प्रेरणा का अर्थ है कि आपको प्रेरणा बाहर से मिलती है, जो परिवर्तन करने के लिए आपको प्रभावित तो कर सकती है, लेकिन आपके लिए परिवर्तन नहीं कर सकती और जब ऐसा प्रेरित करने वाला व्यक्ति चला जाता है, तो यह आपको दिशा से भटकने से भी नहीं रोक सकती। एक प्रकार से यह उस बाहरी कोच की तरह है, जो समर्थन करता है, प्रोत्साहित करता है, माँग करता है और पुरस्कार देता है, लेकिन जब वह चला जाता है, तो समर्थन, प्रोत्साहन, माँग और पुरस्कार- सब उसके साथ ही चले जाते हैं।

आइए, मान लेते हैं कि गरमी के महीनों में आप अपनी स्थानीय टीम की ओर से सॉफ़्टबॉल खेलते हैं, जिसका लक्ष्य स्थानीय प्रतियोगिता को जीतना है। सौभाग्य से आपकी टीम के पास एक असाधारण कोच है। वह आपसे बहुत उम्मीदें करता है और आपको बहुत प्रोत्साहित भी करता है। जब आप गिर जाते हैं, तो वह आपको उठाता है और आपको विश्वास दिला देता है कि जीत आपकी ही होगी। जब आप अच्छा प्रदर्शन करते हैं, तो वह आपकी पीठ थपथपाता है और प्रशंसा करता है। वह एक बेहतरीन प्रेरणापुंज होता है और आपकी टीम को शिखर पर पहुँचा देता है। वह आपका मित्र, सहयोगी और सबसे प्रबल समर्थक होता है। आपने प्रेरणा पाने के लिए उस पर भरोसा किया था और उसने आपको प्रेरणा दे दी।

सीज़न समाप्त होने पर वह कोच घर लौट जाता है। आपको क्या लगता है, वह अपने साथ क्या ले जाता है? आपकी प्रेरणा। वही तो आपकी प्रेरणा था। अब जब वह आस-पास नहीं है, तो आपको प्रेरणा किसी दूसरी जगह से प्राप्त करनी होगी। क्यों? क्योंकि प्रेरणा बाहरी थी। वह बाहर से आपके पास आई थी और वह प्रेरणा *अल्पकालिक* भी थी।

बाह्य प्रेरणा इसी प्रकार काम करती है। जब तक कोई दूसरा हमें प्रेरणा देता रहता है, तब तक हम अच्छा प्रदर्शन करते हैं। लेकिन जैसे ही उसे हटा दिया जाता है, हम मन ही मन पीछे की ओर लौट जाते हैं और वहीं जा पहुँचते हैं, जहाँ प्रेरणा आरंभ होने से पहले थे। हो सकता है कि इस प्रक्रिया में हमने प्रगति कर ली हो या कुछ प्राप्त कर लिया हो, लेकिन हमने यह काम किसी दूसरे की ऊर्जा से किया था, वह हमारी अपनी ऊर्जा नहीं थी।

इसीलिए प्रेरक कार्यक्रमों के आशावान प्रतिभागी उत्साहित होते हैं, ऊर्जा से भरे होते हैं, दुनिया जीतने के लिए कमर कसकर तैयार होते हैं और फिर भाषण समाप्त होने के कुछ सप्ताह, दिन या घंटों बाद ही धीमे पड़ जाते हैं या रास्ते में रुक जाते हैं। संदेश के दौरान जिस प्रेरणा को उन्होंने बड़ी गहराई से महसूस किया था, वह अब वहाँ नहीं रह जाती। जो ऊर्जा और उत्साह उनके भीतर उमड़ रहा था, वह अब समाप्त हो चुका है। जिस व्यक्ति से प्रेरणा मिल रही थी, वह शहर छोड़कर जा चुका

है और अधिकतर सपने भी अपने साथ ही ले गया है। याद दिलाने के लिए केवल इतना ही बचा रहता है कि आप क्या कुछ कर सकते थे, लेकिन नहीं कर सके।

ऐसा इसलिए होता है; क्योंकि सम्मेलन हॉल या दावत कक्ष में मौजूद लोगों ने एक ग़लती कर दी थी। वे अपने साथ अपने पुराने कंप्यूटर प्रोग्राम्स भी ले गए थे, जबकि उन्होंने उनके स्थान पर नए प्रोग्राम्स रखना नहीं सीखा था। प्रेरित करने वाला व्यक्ति पुराने कंप्यूटर प्रोग्राम्स से भरे हॉल में बात कर रहा था और ये पुराने प्रोग्राम्स अवचेतन रूप से उस नई जानकारी को ठुकराने के लिए कटिबद्ध थे, जिसे प्रेरक वक्ता हमारे भीतर पहुँचाने का प्रयास कर रहा था। पुरानी प्रोग्रामिंग को मिटाने और उसके स्थान पर नई प्रोग्रामिंग भरने के लिए एक-दो घंटे का समय पर्याप्त नहीं होता। इसके लिए कहीं अधिक समय की आवश्यकता होती है।

हमारे भीतर भरे आंतरिक प्रोग्राम्स बताते हैं कि हमें अचानक यह नहीं मान लेना चाहिए कि हममें सफलता की अपार संभावना भरी हुई है। उन आंतरिक प्रोग्राम्स को मिटाने और बदलने के लिए एक प्रेरक भाषण ही पर्याप्त नहीं होता। स्थाई प्रेरणा प्राप्त करने के लिए किसी पुस्तक को एक बार पढ़ना ही पर्याप्त नहीं होता। इसके लिए सुपरवाइज़र या मैनेजर की यदा-कदा की चर्चा ही पर्याप्त नहीं होती। इसके लिए किसी मित्र का कभी-कभार का प्रोत्साहन ही पर्याप्त नहीं होता।

बाह्य प्रेरणा हमें बताती है कि हम जो भी प्राप्त करना चाहते हैं, वह प्राप्त कर सकते हैं। हमारा ग़लत ढंग से प्रोग्राम किया गया आंतरिक प्रेरणापुंज, अर्थात हमारा अवचेतन मन कहता है, "बकवास!" हम कुछ समय तक बाह्य प्रेरणा पर विश्वास कर सकते हैं, हम उस पर विश्वास करना चाहते हैं, लेकिन हमारा दीर्घकालीन, आरामदेह, पुराना प्रोग्राम धैर्यपूर्वक हमारे होश में आने की प्रतीक्षा करता है। वह प्रोग्राम चाहता है कि हम अतीत की प्रोग्रामिंग की सिखाई बातों पर विश्वास करें और सफल होने की संभावना को, बकवास को भूल जाएँ। हम सचमुच उसे प्राप्त करने में सक्षम हैं या नहीं, इससे हमारे अवचेतन मन को ज़रा भी फ़र्क़ नहीं पड़ता। वह अब भी पुराने ढंग से काम कर रहा होता है, जो

कहता है, "नहीं!... आप नहीं कर सकते।"

जब कोई दूसरा इंसान एक-दो घंटे तक हमें बताता है कि "हम इसे कर सकते हैं" तो समझ लीजिए आपके सफल होने की कोई संभावना नहीं है। इरादे बेहतरीन थे, चर्चा प्रेरक थी, परंतु विचार अविश्वसनीय थे; क्योंकि जब कोच घर चला जाता है, तो प्रेरणा भी उसके साथ ही चली जाती है।

कितना अच्छा होता, यदि वही प्रेरक वक्ता *सकारात्मक आत्म-चर्चा करने वालों* से भरे हॉल को संबोधित करता, जहाँ बैठे लोगों के कंप्यूटर में एक नई डिस्क या हार्ड ड्राइव होती, जो बिल्कुल कोरी होती और भरे जाने की प्रतीक्षा कर रही होती। एक ऐसा अवचेतन मन, जो पुरानी नकारात्मक बातों को मिटा चुका होता और उनके स्थान पर नई सकारात्मक बातें रख चुका होता। ऐसा अवचेतन मन ही विकास और उपलब्धि की वह सबसे उपजाऊ ज़मीन है, जो हमें मिल सकती है।

यदि आप दूसरों का प्रबंधन करते हों या उन्हें प्रशिक्षण देते हों

कंपनी के प्रबंधक और प्रशिक्षण संचालक ध्यान दें। क्या आपने कभी सोचा है कि आपको अपने प्रेरक कार्यक्रमों को बार-बार दोहराने की आवश्यकता क्यों होती है? आपको उन पर इतनी अधिक बार ज़ोर देने की आवश्यकता क्यों होती है? यदि आपने ऐसा किया है, तो इसका कारण जान लें। ऐसा इसलिए होता है; क्योंकि मानव मस्तिष्क के मामले में क्षणिक बाह्य प्रेरणा से स्थाई परिवर्तन होना असंभव है। आप अपनी प्रेरणा और प्रशिक्षण की मात्रा को बढ़ा सकते हैं, इसकी आवृत्ति को बढ़ा सकते हैं और हो सकता है कि कोच को कभी घर ही न जाने दें। लेकिन यदि कभी वह घर चला गया, तो आपके कर्मचारियों के जहाज़ को चलाने वाली पुरानी प्रोग्रामिंग एक बार फिर हावी हो जाएगी। कुछ बाह्य प्रेरणाएँ अन्य प्रेरणाओं की तुलना में थोड़े लंबे समय तक तो चल सकती हैं, लेकिन वे सभी अंततः धीमी होकर रुक जाती हैं।

यदि आप दूसरे लोगों को प्रशिक्षण, विकास, अभिप्रेरण, प्रेरणा या दिशा देने के लिए किसी प्रकार उत्तरदायी हों (चाहे आपका क्षेत्र जो भी

हो, चाहे आप व्यवसायी, शिक्षाविद, धर्मगुरु, अभिभावक या मित्र हों) तो याद रखें कि आप जिन लोगों से बात कर रहे हैं, वे आपके द्वारा दिए जाने वाले सर्वश्रेष्ठ पर *विश्वास करना चाहते हैं*। लेकिन इसे स्वीकार करने, इस पर विश्वास करने और इसके अनुसार काम करने की दिशा में वे तब तक प्रगति नहीं कर सकेंगे, जब तक कि वे अपनी पुरानी कंडीशनिंग और प्रोग्रामिंग की छलनी से होकर न गुज़र जाएँ।

यदि आप सचमुच उनके अवचेतन तक पहुँचना चाहते हैं, तो पहले उनकी आत्म-चर्चा पर काम करें। आज वे अनजाने में ही जो आत्म-चर्चा कर रहे हैं, उसी से यह तय होगा कि वे अवचेतन रूप से आपके लिए द्वार खोलेंगे या बंद कर लेंगे। पहले उस आत्म-चर्चा पर काम करें, जो इस समय उनका मार्गदर्शन कर रही है। उन्हें उस आत्म-चर्चा के बारे में बताएँ, जो उनके लिए द्वार खोलेगी और फिर देखें कि क्या होता है। लोग सुधरना चाहते हैं और बदलकर बेहतर बनना भी चाहते हैं। सकारात्मक आत्म-चर्चा का प्रयोग करके स्वयं को एक अलग ढंग से देखने में उनकी सहायता करें और वे ऐसा कर लेंगे।

बाह्य प्रेरणा के साथ एक और समस्या है, जिसके बारे में हमें सर्वाधिक जागरूक होना चाहिए। बाह्य प्रेरणा का अधिकतर हिस्सा हमारे *विरुद्ध* काम करता है। यह इस प्रकार होता है- हम किसी प्रेरक वार्ता में जाते हैं और वहाँ अच्छा भाषण सुनकर हम प्रेरित और प्रोत्साहित हो जाते हैं। यदि यह *बेहतरीन* चर्चा है, तो इसमें हम कई महत्वपूर्ण बातें सीखेंगे और बेहतरी के लिए कुछ महत्वपूर्ण परिवर्तन करने का अटल संकल्प लेंगे। हम कुछ विशिष्ट लक्ष्य भी तय कर सकते हैं।

फिर हम घर चले जाते हैं। हम दैनिक जीवन के विवरणों और भटकावों के बीच लौट जाते हैं। हमारी पुरानी प्रोग्रामिंग ख़ामोशी से हमें दोबारा विश्वास दिला देती है कि हम उतने सक्षम नहीं हैं, जितना कि मंच वाला व्यक्ति हमें बता रहा था। हमें तो पता भी नहीं चलता कि कोई शक्तिशाली आंतरिक तंत्र काम कर रहा होता है, जो वक्ता से मिली नई प्रेरणा को नष्ट कर रहा है। अंत में, जीत हमारी पुरानी प्रोग्रामिंग की ही होती है। प्रशिक्षक की बातें सुनते समय हमने अपनी दृष्टि अधिक ऊँची कर ली थी और नए लक्ष्य तय कर लिए थे। लेकिन किसी

साधारण सी पराजय के बाद हमारे भीतर कुछ होने लगता है। हम एक बार फिर अपने बारे में अपनी पुरानी राय से सहमत होने लगते हैं और लक्ष्य तक पहुँचने में नाकाम रहते हैं।

छोटी हो या बड़ी, असफलता की निराशा इंसान को प्रायः पीछे की ओर ले जाती है! मैं कई सक्षम सफल स्त्री-पुरुषों को जानता हूँ, जो अपने नए लक्ष्यों को लेकर बड़े उत्साही हो गए थे, लेकिन जब वे उन्हें प्राप्त करने में नाकाम रहे, तो उन्होंने इसे पूरी तरह छोड़ दिया। मैं ऐसे लोगों को जानता हूँ, जिन्होंने सपनों की ख़ातिर नौकरी छोड़ दी, लेकिन बाद में उन्हें निराशा हाथ लगी, हालाँकि वे प्रायः स्वयं की अपेक्षा किसी दूसरे व्यक्ति या वस्तु को दोष देते हैं और उन्हें विश्वास हो गया कि उन्हें जो सपने दिखाए गए थे, वे परीकथा या इससे भी बुरे थे।

किसी ने भी उन्हें नहीं बताया कि वे अपने जीवन में क्रांतिकारी परिवर्तन कर सकते हैं, बशर्ते वे अपने भीतर एक छोटा सा परिवर्तन कर लें। किसी ने भी उन्हें नहीं बताया कि वे उन रोमांचक लक्ष्यों को तभी प्राप्त कर सकते हैं, जब वे पहले यह सीख लें कि आत्म-चर्चा कैसे करनी है।

स्पष्ट है, कुछ बाह्य प्रेरणाएँ ऐसी भी होती हैं, जो किसी प्रेरक रैली या पेप टॉक जैसी नहीं दिखतीं। वास्तव में, हमें मिलने वाली अधिकांश प्रेरणा उससे कहीं कम स्पष्ट होती है। हम क्या करें और करते रहें, यह बताने के लिए हम अपने मित्रों, पुस्तकों, परिवार, क़िस्मत, समस्याओं, उपलब्धियों और सामाजिक दबावों पर भरोसा करते हैं।

दैनिक जीवन की ढेर सारी माँगें हमारे लिए बहुत बड़ी प्रेरणा होती हैं। उन्हीं के कारण हम सुबह उठते हैं, बाहर निकलते हैं और वह सब करने के लिए प्रेरित होते हैं, जो हम दिन-भर करते हैं। हममें से अधिकतर लोग इस एहसास को स्वीकार करेंगे कि हम जो भी करते हैं, उसका अधिकांश हिस्सा हमें "करना होता है," "करना चाहिए" "करने की आवश्यकता है" या "हमसे करने की उम्मीद की जाती है।" इस प्रकार की अति-प्रेरणा के परिणाम को दर्शाने के लिए हमने एक लोकप्रिय शब्द भी खोज लिया है- *तनाव*। लेकिन ये बाह्य प्रेरणाएँ अल्पकालिक होती हैं। प्रेरणा तभी तक मौजूद रहती है, जब तक कि माँगें चली नहीं जातीं।

चूँकि "मोटिवेशन" शब्द का वास्तविक अर्थ "गतिमान करना" है, इसलिए मुझे लगता है कि यदि वोटिंग कराई जाए, तो हममें से अधिकतर व्यक्ति यही चाहेंगे कि किसी दूसरे की अपेक्षा अपने आपको "गतिमान करने" का निर्णय हम स्वयं ही लें।

स्थाई प्रेरणा

स्वयं अपना प्रेरक बनने के बारे में आपका क्या विचार है? उत्तरदायित्व लेने और स्वयं को नियंत्रण में रखने के बारे में आपका क्या विचार है? आप ऐसा कर सकते हैं। इसके लिए आपको केवल यह सीखना है कि सच्ची प्रेरणा, अर्थात ऐसी प्रेरणा, जो स्थाई रहती है, जिस पर आप भरोसा कर सकते हैं, *आंतरिक* होती है।

कल्पना करें कि एक कोच है, जो हर समय आपके साथ रहता है, सीज़न दर सीज़न और उसके बीच भी, प्रतिदिन। कल्पना करें कि उत्साहित और कर्मशील बनने के लिए आपको किसी दूसरे की प्रतीक्षा करने की आवश्यकता होती है। कल्पना करें कि अपने मनोबल को अवचेतन रूप से ऊर्जावान बनाने, अपने ध्यान को एकाग्र करने और स्वयं को प्रगतिशील व लक्ष्यवान बनाने के लिए आप स्वयं पर भरोसा कर सकते हैं। क्या आप कल्पना कर सकते हैं कि आपको कभी दोबारा किसी दूसरे की आवश्यकता नहीं होगी, जो आपको अपने सर्वश्रेष्ठ प्रयास करने के लिए प्रेरित करे?

आपका अपना *आंतरिक कोच* यही सब करने की प्रतीक्षा कर रहा है। वह आपका सबसे अच्छा मित्र है, आपका निकट का साथी है, आप पर सबसे अधिक विश्वास करने वाला है। वह आपको स्वयं में निहित सर्वश्रेष्ठ संभावनाएँ दिखाएगा और उन्हें प्राप्त करने में आपकी सहायता करेगा। वह आपको दिशा दिखाएगा, आपको उद्देश्यपूर्ण बनाएगा, आपकी इच्छाशक्ति को दृढ़ करेगा और आपको असंदिग्ध विश्वास प्रदान करेगा। वह अंत तक वफ़ादार रहता है। वह ऐसा कोच है, जो कभी घर नहीं जाता। वह चरम प्रेरक है। वह आपको कभी धोखा नहीं देता। दे ही नहीं सकता; क्योंकि वह कोई दूसरा नहीं, बल्कि आप स्वयं हैं।

अध्याय बारह

सम्मोहन नहीं – अवचेतन भी नहीं

आत्म-चर्चा सम्मोहन *नहीं* है।

असल में, आत्म-चर्चा सम्मोहन से बिल्कुल अलग है। सम्मोहन आपके ग्रहणशील मस्तिष्क को अपने वश में कर लेता है और चेतन को प्रभावित करता है। सम्मोहन साधारण जाग्रत अवस्था में काम नहीं करता, जबकि आत्म-चर्चा आपके चैतन्य रहते ही हर दिन जाग्रत अवस्था में काम करती है। सम्मोहन में आपको तंद्रा जैसी अवस्था में पहुँचने की आवश्यकता होती है... आपको चेतना के उस स्तर पर पहुँचना होता है, जहाँ अवचेतन मन के द्वार खुल जाएँ। तंद्रा की इस अवस्था में कोई दूसरा आपको शाब्दिक सुझाव देकर उन्हें अवचेतन मन में पहूँचा सकता है। आप स्वयं भी ऐसा कर सकते हैं, हालाँकि यह थोड़ा कम प्रभावी ढंग है। आप विशेष तौर पर चुने गए शब्दों के टेप द्वारा भी तंद्रा की इस अवस्था में पहुँच सकते हैं। लेकिन सम्मोहन और आत्म-चर्चा के अंतर पर ध्यान दें। जब आप आत्म-चर्चा का अभ्यास करते हैं या सुनते हैं, तो आप तंद्रा की अवस्था में नहीं होते, आप स्पष्ट और चेतन होते हैं।

मनोविज्ञान और चिकित्सा विज्ञान में इसे लेकर थोड़े मतभेद हैं कि सम्मोहन की अवस्था में वास्तव में क्या होता है।

अधिकतर शोधकर्ता इस बात पर सहमत हैं कि सम्मोहन की अवस्था

में पहुँचने के बाद लोग निश्चित प्रकार के सुझावों को अधिक ग्रहण करते हैं। चेतन और अवचेतन मन के बीच का "कबाड़" भी कम दिखाई देता है, चेतन मन के भटकाव कम हो जाते हैं और इंसान विभिन्न प्रकार के अवचेतन सुझावों व दिशाओं के प्रति अधिक ग्रहणशील दिखाई पड़ता है।

सम्मोहन के क्षेत्र में काम करने वाले कुछ अनुभवी अभ्यासकर्ता इस निर्णय पर पहुँचे हैं कि सम्मोहन मस्तिष्क की स्वाभाविक अवस्था है। उनकी मान्यता है कि यह अवस्था इतनी स्वाभाविक है कि सूक्ष्म अवचेतन सुझाव हम पर प्रतिदिन "सम्मोहक" प्रभाव डालते रहते हैं, लेकिन हमें इसका पता ही नहीं चल पाता।

हालाँकि कुछ डॉक्टर, मनोविश्लेषक और मनोवैज्ञानिक सम्मोहन पर सवाल उठाते हैं, लेकिन इन्हीं क्षेत्रों में काम करने वाले कई अन्य लोग पुष्टि करते हैं कि उन्होंने दर्द कम करने, चिंता में राहत पहुँचाने, तनाव को नियंत्रित करने या आदतों को बदलने के लिए सम्मोहन का प्रयोग किया है, जिससे उनके रोगियों को सहायता मिली है। ये लोग सम्मोहन को एक वैध साधन मानते हैं, जिसे न केवल स्वीकार करना चाहिए, बल्कि आधुनिक विज्ञान के उपयोगी हिस्से के रूप में इसका प्रयोग भी करना चाहिए।

यदि आप आत्म-चर्चा का प्रयोग करके चेतन और सकारात्मक "आत्म-चर्चाकार" बनने का विकल्प चुनते हैं, तो यह समझना महत्वपूर्ण है कि सम्मोहन आत्म-चर्चा का हिस्सा नहीं है। आत्म-चर्चा सम्मोहन का प्रयोग क्यों नहीं करती, इसका इस बात से कोई लेना-देना नहीं है कि सम्मोहन काम करता है या नहीं। कारण *व्यक्तिगत* उत्तरदायित्व से जुड़ा है। कारण यह है कि आप अपनी प्रोग्रामिंग के बारे में चेतन रूप से जागरूक रहें।

अपनी ज़िम्मेदारी स्वयं लेना

व्यक्तिगत उत्तरदायित्व प्रत्येक उस चीज़ की जड़ में है, जो हम सोचते हैं, करते हैं, जिसकी कल्पना करते हैं, जिसे जीवन में हासिल करते हैं या हासिल करने में असफल होते हैं। *व्यक्तिगत उत्तरदायित्व सारे*

व्यक्तिगत कार्यों की आधारशिला है। उत्तरदायित्व का अर्थ "कर्तव्य" या "बोझ" नहीं है। यह हमारी जवाबदेही का पैमाना नहीं है- यह तो हमारे व्यक्तिगत संकल्प का आधार है कि हम जीवन को स्वीकार करें और सर्वोच्च संभावना प्राप्त करें।

जिस दिन आप पैदा हुए थे, संभवतः आपके आस-पास कुछ और लोग मौजूद रहे होंगे, जिन्होंने संसार में आपके आगमन में सहायता की होगी। आपकी माँ वहीं थीं, शायद डॉक्टर और एक-दो नर्सें भी। लेकिन जब आप जूझते हुए मानव जीवन में आए थे, तो चाहे किसी ने भी आपकी पीठ थपथपाई हो, आपने अपनी पहली साँस अकेले ही ली थी। चाहे आपको कितनी भी मदद मिली हो, आपने वह पहली साँस अपने आप ली थी। और अगली साँस... और उससे अगली भी। *आपने* यह काम स्वयं किया था! हो सकता है कि आपको सहायता मिली हो, लेकिन जो साँसें आपने ली थीं, वे आपकी अपनी ही थीं। किसी दूसरे ने आपके लिए साँस नहीं ली थी।

एक न एक दिन हम सभी की मृत्यु होगी। यदि आप कभी किसी ऐसे व्यक्ति के पास खड़े हुए हों, जो इस संसार से जाने वाला था, तो आप जानते हैं कि चाहे आप उस प्रियजन का हाथ कितना भी कसकर थाम लें, अपनी अंतिम साँस वह अकेले ही लेंगे। जब आप और मैं इस धरती पर अपनी अंतिम साँस लेंगे, तो वह भी हम अकेले ही लेंगे।

सहायता के लिए कोई चाहे कुछ भी कर ले, वहाँ कितने ही डॉक्टर और उनके सहयोगी हों, संसार में पीछे छूटने वाले लोगों की कितनी ही आवश्यकताएँ हों, चाहे वे कितने ही आँसू बहा लें, जब भी हम यहाँ से जाएँगे, तो अकेले ही जाएँगे। हो सकता है कि हमें राह दिखाने के लिए बहुत-सी आत्माएँ मौजूद हों, लेकिन जिन लोगों को हम धरती पर अपने पीछे छोड़कर जाते हैं, उनमें से एक भी इंसान उस यात्रा पर हमारे साथ नहीं जा सकता। हम अपनी पहली साँस अकेले लेते हैं और हम अपनी अंतिम साँस भी अकेले ही लेते हैं।

तो फिर ऐसा कैसे है कि बीच में *जीवन* के मध्य हम यह आशा करते हैं कि कोई दूसरा *हमारे* लिए साँस लेने लगे?

कोई भी हमारे लिए कभी एक साँस भी नहीं लेगा। कोई भी हमारे दिमाग़ से कभी एक विचार भी नहीं सोचेगा? कोई भी हमारे शरीर में *कभी* खड़ा *नहीं* होगा, हमारे साथ होने वाली घटनाओं का अनुभव नहीं करेगा, हमारे डर महसूस नहीं करेगा, हमारे सपने नहीं देखेगा या हमारे आँसू नहीं बहाएगा। हम *निहायत ही* अकेले पैदा होते हैं, जीते हैं और इस जीवन को छोड़ जाते हैं। यह "स्वरूप" और जो दैवी आत्मा इसे चलाती है, बस, वही हमारे पास होती है। कोई दूसरा कभी भी, हमारे जीवन का एक पल भी हमारे लिए नहीं जी सकता। यह काम हमें अपने आप ही करना होता है। इसे ही उत्तरदायित्व कहते हैं।

व्यक्तिगत उत्तरदायित्व हमारे *स्वरूप* का सार है। मैं तो कभी भी इसे छोड़ना नहीं चाहूँगा। हम ऐसा क्यों चाहें कि कोई दूसरा हमारे लिए सोचने का काम करे?

सम्मोहन हमारे मस्तिष्क को निश्चित ढंग से प्रभावित करने का महत्वपूर्ण तरीक़ा हो सकता है। लेकिन जहाँ तक व्यक्तिगत विकास की बात है, मैं ऐसे तरीक़े चुनना पसंद करूँगा, जो हमें वास्तविक व्यक्तिगत नियंत्रण करना सिखाएँ- जो व्यक्तिगत उत्तरदायित्व लेने के दीर्घकालीन लाभ प्राप्त करना चाहें और उनका प्रयोग करें। सक्रिय, दैनिक आत्म-चर्चा द्वारा आप चेतन रूप से नियंत्रण में रहते हैं और अपने भीतर होने वाले प्रत्येक परिवर्तन के नियंत्रक होते हैं।

अवचेतन प्रोग्रामिंग

यह सम्मोहन का एक चचेरा भाई है, जो कुछ वर्षों पहले लोकप्रिय हुआ था। इसे प्रायः "अवचेतन" प्रभाव कहा जाता था। अवचेतन प्रभाव की अवधारणा इस प्रकार काम करती है- जब आप कोई "सामान्य" रिकॉर्डिंग सुनते हैं, जैसे संगीत, बारिश की आवाज़ या जंगल में बहती नदी की कलकल, तो इसके साथ-साथ आप अवचेतन रूप से ऐसे संदेश भी सुन रहे होते हैं, जो अवचेतन रूप में ही दूसरी आवाज़ों के भीतर छिपे हुए हैं।

इसका एक उदाहरण रिकॉर्ड किया हुआ संगीत है, जिसके साउंडट्रैक

में कोई शाब्दिक संदेश होता है, लेकिन वह सुनाई नहीं देता। आप संगीत सुनते हैं, लेकिन चेतन रूप से उसके पीछे बोलने वाली आवाज़ को नहीं सुनते। हो सकता है वह आवाज़ आपको विश्वास दिला रही हो कि आप वज़न कम करें, तनाव घटाएँ, क्षमताएँ बढ़ाएँ, परिजनों के साथ बेहतर संबंध बनाएँ या अधिक धन कमाएँ। यह इस बात पर निर्भर करता है कि उस रिकॉर्डिंग में कौन सा संदेश छिपा है।

मैंने इस प्रकार के अनेक रिकॉर्ड किए हुए टेप सुने हैं, जिनमें अवचेतन सीख छिपी होती है, ताकि उनका प्रभाव मापा जा सके। क्या इस प्रकार की अवचेतन प्रोग्रामिंग काम करती है? और यदि यह काम करती है, तो क्या यह अवचेतन संदेश के कारण होता है या हमारे यह *सोचने* के कारण होता है कि यह काम कर रही है- एक तरह का अवचेतन छलावा!

कई साल पहले यह ख़बर छपी कि सिनेमाघर वाले फ़िल्म में संक्षिप्त अवचेतन संदेश डाल रहे थे, ताकि हम लोग दौड़कर कैंटीन जाएँ और सॉफ़्ट ड्रिंक तथा पॉपकॉर्न ख़रीद लें। सरकार ने इस मामले में रुचि ली और सिनेमाघरों को चेतावनी दी कि वे अपनी फ़िल्मों के दौरान ऐसे अवचेतन विज्ञापन संदेश दिखाना बंद कर दें। इसके बाद "मानसिक नियंत्रण" पर उठी दुविधा समाप्त हो गई और अधिकतर लोग इसे भूल गए।

कुछ शॉपिंग मॉल्स के बारे में अपुष्ट ख़बरें हैं, जो क्रिसमस के समय इसी तकनीक का प्रयोग करते हैं। चोरी की घटनाएँ कम करने के लिए वे अपने बैकग्राउंड म्यूज़िक में रिकॉर्ड किया हुआ अवचेतन संदेश डाल देते हैं। मैंने कुछ हाई-एक्शन फ़िल्मों को फ्रेम दर फ्रेम चलाकर देखा है कि फ़िल्म के एक्शन सीन में खोपड़ियों और अन्य भयावह तस्वीरों को सावधानी से डाला जाता है। मुझे ज़रा भी संदेह नहीं है कि नियमित गति से देखने पर ऐसी क्षणिक छवियाँ "अवचेतन" ढंग से, हमारे जाने बिना ही, हमारे दिमाग़ पर वांछित प्रभाव डालती हैं। हमारे अवचेतन मन पर हुआ अवचेतन हस्तक्षेप हमें प्रभावित करता है।

क्या इन्हीं तकनीकों का प्रयोग करके आपको किसी विशेष परफ़्यूम का प्रयोग करने या किसी नए कॉस्मेटिक्स को ख़रीदने का विश्वास दिलाया जा सकता है? मेरे ख़याल से विज्ञापन एजेंसी के अधिकतर

प्रतिनिधि निजी तौर पर इस बात को स्वीकार करते हैं कि वे ऐसा करते हैं। यदि ऐसी अवचेतन तकनीकों का प्रयोग करके किसी चुनाव में हमारे मत को प्रभावित किया जा सकता है, यदि मानव मस्तिष्क शक्तिशाली लोगों के खेल का मैदान है, जैसा कुछ लोग मानते हैं, तो जो लोग हमारे विचारों को दिशा देंगे और नियंत्रित करेंगे, विजयमाल अवश्य उन्हीं के गले में पहनाई जायेगी।

अपने विचारों का उत्तरदायित्व न लेकर हम अपने मस्तिष्क को दूसरों के इशारों पर नाचने के लिए खुला छोड़ देते हैं। इंसान के रूप में हम इससे बेहतर के अधिकारी हैं। यदि हम अपनी प्रोग्रामिंग के बारे में जागरूक हैं, तो हम अपने आप पर, अपने दिमाग़ पर अधिक नियंत्रण करने में सक्षम होते हैं, बिना किसी बाहरी नियंत्रण या प्रभाव के, जो कोई दूसरा हम पर डाल सकता है।

आत्म-चर्चा अवचेतन मानसिक घुसपैठ के विपरीत होती है। यह तो स्वयं की प्रोग्रामिंग का प्रभारी बनना है और ऐसा ही होना चाहिए। मैं आपको प्रोत्साहित करूँगा कि आप अपना मत स्वयं दें, अपने लिए स्वयं सोचें और सदैव इस बारे में *जागरूक* रहें कि आप अपने अवचेतन मन में कौन सी प्रोग्रामिंग कर रहे हैं।

अध्याय तेरह

यदि यह आसान नहीं है, तो काम नहीं करेगा

हमने आत्म-चर्चा के बारे में जितना अधिक सीखा है, उसके प्रयोग करने के उतने ही अधिक तरीक़े खोजे हैं, ऐसे तरीक़े जिनकी बदौलत इसका अभ्यास करना और इसे सीखना ज़्यादा आसान हो जाता है, साथ ही जिनकी बदौलत यह अधिक स्थाई व प्रभावी बनती है। विचार चाहे कितना भी अच्छा क्यों न हो, वह तब तक काम नहीं करेगा, जब तक उसे कार्यान्वित न किया जाए। जब मैंने स्व-सहायता के क्षेत्र का अध्ययन किया और कई उपलब्ध अवधारणाओं की जाँच की, तो मुझे स्व-सहायता की कुछ ऐसी अवधारणाएँ मिलीं, जो बहुत समझदारी भरी दिख रही थीं और काम कर सकती थीं, लेकिन उन्हें कार्यान्वित करना बहुत मुश्किल था।

जिस "योजना" में बहुत अधिक समय लगता है, उसे कार्यान्वित करने में आत्म-सुधार के उत्साही से उत्साही लोगों को भी समस्या आती है। यह मान लेना चाहिए कि जिस योजना में अत्यधिक त्याग की आवश्यकता होती है या जो बहुत जटिल होती है, उसका प्रयोग नहीं किया जाएगा। मुझे लगता है कि आत्म-सुधार पर लिखी कुछ सर्वोत्तम पुस्तकें और रिकॉर्डिंग्स किसी शेल्फ़ पर धूल खाने के लिए छोड़ दी जाती हैं या किसी अलमारी में दबा दी जाती हैं, ताकि वे नज़रों के सामने से और दिमाग़ से हट जाएँ। यही नहीं, उन्हें दो साल पुरानी पत्रिकाओं के ढेर के पीछे दबा दिया जाता है, ताकि उन पर ग़लती से भी नज़र न पड़े।

स्व-सहायता पुस्तकें और रिकॉर्डिंग्स प्रायः होम-एक्सरसाइज़ मशीनों

की श्रेणी में आती हैं, जिन्हें एक बार प्रयोग करने के बाद दूर रख दिया जाता है। वे बारबेल और जिम उपकरणों, रेत से भरे वेट-लॉस बेल्ट्स, जॉगिंग शूज़ और विदेशी भाषा के होम-स्टडी कोर्सेस जैसी होती हैं, जो ख़रीदते समय तो अच्छे लगते हैं, लेकिन उनमें बहुत परिश्रम करने की आवश्यकता होती है। इसलिए हम उन्हें छिपाकर दूर रख देते हैं और स्वयं को बहला लेते हैं कि हम उन्हें कुछ समय बाद बाहर निकालेंगे तथा उन्हें काम में लाएँगे। घर के अँधेरे में सम्मानजनक स्थान पर रखने और अंततः अति प्रयोग द्वारा न होने की अपेक्षा वे पुस्तकें, उपकरण और आत्म-सुधार के महँगे यंत्र प्रायः पड़ोस की गैराज सेल में बिकने के लिए पहुँच जाते हैं।

मैं दर्जनों लोगों से मिला हूँ, जिन्होंने मुझे उन सेल्फ़-हेल्प पुस्तकों और प्रोग्राम्स के बारे में बताया है, उन्होंने आरंभ तो किया था, लेकिन पूरा नहीं कर पाए- उन्हें कार्यान्वित करने की बात तो छोड़ ही दें। मुझे उनसे पूरी सहानुभूति है। जो सेल्फ़-हेल्प प्रोग्राम परिश्रम और आत्म-त्याग के मामले में संन्यासियों जैसे अनुशासन की माँग करता है, उसे कष्ट उठाकर पूरा करने के लिए कोई भी प्रोत्साहित नहीं होता। यही नहीं, सबसे सरल प्रोग्राम्स पर भी लगातार काम करना बहुत कठिन होता है।

टालमटोल करना

आत्म-सुधार उन कई चीज़ों में से एक है, जिनमें समय लगाने से हमें बहुत लाभ हो सकता है। लेकिन जब करने की बात आती है, तब आत्म-सुधार का क्रम शायद ही कभी सबसे पहले आता है। दैनिक जीवन में इतने सारे भटकाव होते हैं कि सबसे अधिक आशावादी और ज़रूरतमंद व्यक्ति भी उनमें उलझकर रह जाता है। वह उनसे मुक्त होने और आगे बढ़ने के लिए अपना समय या ऊर्जा ख़र्च नहीं कर पाता। आत्म-सुधार एक अजीब उपचार है। यद्यपि यह इतना लाभप्रद है कि इसे हमारी सूची में पहले स्थान पर होना चाहिए, तथापि जब हमें इसकी सबसे अधिक आवश्यकता होती है, तो बहुत आसानी से हम इसे कल पर टाल देते हैं। टपकती छत को ठीक करने के निर्णय को हम उस दिन के लिए टाल देते हैं, जब बारिश न हो रही हो। हम जानते हैं कि हमें इसकी

आवश्यकता है, लेकिन अन्य चीज़ें पहले आ जाती हैं।

जब मैंने पहलेपहल देखा कि सेल्फ़-हेल्प के कुछ विचारों और तकनीकों को कार्यान्वित करने वाले कुछ लोगों को अपने जीवन में कितने आश्चर्यजनक परिणाम मिले, तो मैं हैरान रह गया। जब मैंने बहुत सारे अंय लोगों को उन पर अमल करने में असफल होते देखा, तो मुझे निराशा भी हुई। कम आत्मसम्मान और नकारात्मक आत्मविश्वास इतने सारे लोगों के जीवन को कितना दुःखद बना रहा था, यह देखकर मैं दुखी हो गया। यद्यपि यह स्पष्ट था कि थोड़ी सी कोशिश करने पर ही सकारात्मक परिणाम मिल जाते, लेकिन ऐसा हो न सका।

मैंने इस बात पर भी ध्यान दिया कि जो लोग अपने जीवन में महत्वपूर्ण परिवर्तन करना चाहते थे, उनमें से बहुत कम लोगों में इस दिशा में *परिश्रम करने* की संकल्पशक्ति और आत्म-प्रेरणा थी। जब मैंने बाद में उन "पद्धतियों" का विश्लेषण किया, जिनका प्रयोग करके लोग अपने जीवन में परिवर्तन कर रहे थे, तब समझ में आया कि इतने कम लोग उनका प्रयोग क्यों कर रहे थे। जब तक किसी व्यक्ति में पर्याप्त प्रबल आत्म-संकल्प की प्रवृत्ति न हो, जब तक किसी व्यक्ति की आनुवंशिकी और शुरुआती प्रोग्रामिंग बेहतरी व परिवर्तन की *माँग करने वाला* दृष्टिकोण और इच्छाशक्ति उत्पन्न न कर दे, तब तक दिन-प्रतिदिन के जीवन की सामान्य बाधाएँ उसे रोक देती हैं।

हममें से अधिकतर लोग जानते हैं कि हम बेहतर कर सकते हैं। मुझे संदेह है कि मुझे ऐसे दस लोग भी मिलेंगे, जिन पर दबाव डालने पर वे यह न कहें कि वे भी अपनी *किसी न किसी चीज़* को बेहतर बनाना चाहते हैं। स्वयं में सुधार करके हम अपने जीवन को बेहतर बना सकते हैं।

हमें अच्छी तरह पता है कि हम कौन से भौतिक लाभ पाना चाहेंगे- एक नया मकान या कार, नए कपड़े, फ़र्नीचर, बैंक में अधिक धन और कोई भी चीज़, जिस पर हमारा दिल आ जाता है, जिसे थोड़े से ज़्यादा पैसों से हम ख़रीद सकते हैं। हममें से अधिकतर लोग अधिक समय पाना पसंद करेंगे- अपनी मनचाही चीज़ें करने की अधिक स्वतंत्रता। यात्रा करने के लिए समय, अपने परिवार के साथ बिताने के लिए समय, आराम करने के लिए समय, आनंद लेने के लिए समय, रचनात्मक कार्यों

के लिए समय या उन लोगों के साथ बिताने के लिए समय, जो हमारी सर्वाधिक पसंदीदा चीज़ें बना रहे हैं। हममें से कई अपनी शिक्षा को बेहतर बनाना चाहेंगे, कुछ नया सीखना चाहेंगे, नई रुचियाँ पैदा करना चाहेंगे तथा अपनी योग्यताओं को विकसित करना चाहेंगे।

दैनिक जीवन की प्रतिस्पर्धा

कारण और परिणाम के स्वाभाविक नियम के अनुसार जब हम अपने आप को बेहतर बना लेते हैं, तो जीवन की वे चीज़ें स्वयं ही हमारे पास आ जाती हैं, जिन्हें हम पाना चाहते हैं। जब आप अपने स्वरूप को सुधारते हैं, तब भी यही नियम सक्रिय हो जाता है। इससे आपका जीवन अपने आप बेहतर बन जाएगा। आप *भीतर* जितने अधिक सफल बनते हैं, बाहर से भी उतनी ही अधिक सफलताएँ आपकी ओर अपने आप खिंची चली आएँगी। लेकिन भीतर परिवर्तन करना शायद ही उतना आसान होता हो, जितना हम चाहते हैं। जब हम परिवर्तन करने का निर्णय लेते हैं, तो हमारे सामने अचानक बाधाओं की ऐसी दीवार आ खड़ी होती है, जिसकी हमने कल्पना भी नहीं की थी। जब हम परिवर्तन करने का संकल्प लेते हैं, तो अचानक अनेक अप्रत्याशित प्रतिस्पर्धाएँ सामने आ खड़ी होती हैं।

जब भी हम किसी संदर्भ में स्वयं को बेहतर बनाना चाहते हैं, तो हमारी प्रतिस्पर्धा केवल हमारी पुरानी प्रोग्रामिंग से ही नहीं होती, हमारे दैनिक जीवन की आवश्यकताओं से भी होती है। हममें से प्रत्येक के पास तीन "संसाधन" होते हैं, जिनका प्रयोग हम प्रतिदिन का काम निबटाने के लिए करते हैं। ये संसाधन हैं- हमारा *समय*, हमारी *ऊर्जा* और हमारा *मस्तिष्क*, यानी हम क्या और कैसे सोचते हैं।

अपने आप को बेहतर बनाने की हमारी इच्छा की प्रतिस्पर्धा उस समय के साथ होती है, जिसे हम काम करने, परिवार की देखभाल करने और अपनी अन्य आवश्यकताएँ पूरी करने में लगाते हैं। इस प्रकार की प्रतिस्पर्धा उस प्रत्येक आवश्यक काम में लगने वाली ऊर्जा से होती है, जो हम अपने जीवन को व्यवस्थित रखने के लिए करते हैं। हममें से कुछ लोगों के पास तो दिन के अंत में ज़रा भी ऊर्जा नहीं बचती। अपने आप को

बेहतर बनाने की हमारी इच्छा की प्रतिस्पर्धा उन माँगों से भी होती है, जो हमने या दूसरों ने हम पर मानसिक रूप से लाद दी हैं। हमारे पास सोचने के लिए इतनी सारी बातें होती हैं, हमें इतने सारे छोटे-बड़े निर्णय लेने होते हैं, हिसाब-किताब लगाना होता है, समस्याएँ सुलझानी होती हैं, बातों पर विचार करना होता है, समझना होता है और उन्हें निबटाना भी होता है।

हम पहली चीज़ों की पहले परवाह करने में इतने व्यस्त हो जाते हैं कि हमारे पास उस एक चीज़ की परवाह करने का समय, ऊर्जा या विचार बचता ही नहीं, जिससे अन्य सभी चीज़ें बेहतर बन सकती हैं। हम ट्रेन को ठीक करने में इतने व्यस्त हो जाते हैं कि हमें एहसास ही नहीं होता कि हम ग़लत पटरी पर हैं। हम जीवित रहने में इतने अधिक व्यस्त हो जाते हैं कि यह अनुमान ही नहीं लगा पाते कि किस प्रकार *जिएँ*।

मुझे कई साल पहले का रोमांच आज भी याद है। मेरे सामने अचानक आत्म-सुधार का सबसे असाधारण विचार आया था। ऐसे किसी विचार से मेरा पहली बार पाला पड़ा था। यह बड़ा ही सरल विचार था। इसके लिए केवल इतनी आवश्यकता थी कि मैं हर रात बीस मिनट तक अपने लक्ष्य को लिखूँ, अपनी प्रगति की समीक्षा करूँ और तय किए हुए प्रत्येक लक्ष्य का मानसिक चित्र देखूँ। मुझे विश्वास दिलाने की आवश्यकता नहीं कि यदि मैं प्रतिदिन अपने लक्ष्यों पर ध्यान केंद्रित करने में केवल बीस मिनट का समय देता, विशेषकर रात को, जब मैं उनके सपने देखता, तो मैं हर मनचाही चीज़ प्राप्त कर सकता था। यह एक पुराना विचार है और यह लाभकारी भी है।

तब मुझे पता नहीं था, लेकिन जल्द ही पता चल गया कि रात को बीस मिनट निकालना कई बार कठिन हो जाता है। जब आप नौकरी कर रहे हों, परिवार को पाल रहे हों और फ़ुल-टाइम कोर्स के बोझ के साथ शाम को कॉलेज जा रहे हों, तो रात को पाँच-छह घंटे की नींद भी एक चुनौती बन जाती है। जब मेरा मस्तिष्क मनोविज्ञान की एक परीक्षा के अध्ययन और एक बिज़नेस प्लान पूरा करने के बीच भटक रहा था, जिसे लेकर मुझे सुबह आठ बजे ऑफ़िस में पहुँचना था, तो हर रात को मेरी लक्ष्य योजना और "अपने आप को बेहतर बनाने" पर लगने वाले बीस मिनट तुरंत महत्वपूर्ण स्थान से हटकर असंभव कार्य की श्रेणी में पहुँच

गए। जब आप अपनी आँखें खुली न रख सकते हों, तो लक्ष्य पर ध्यान केंद्रित करना कठिन हो जाता है।

आत्म-सुधार के साथ मेरा पहला अनुभव अनूठा नहीं था। वह विचार बेहतरीन था और अब भी है। लेकिन जैसा मुझे बाद में पता चला, उस बेहतरीन विचार को कार्यान्वित करना व्यावहारिक नहीं था।

सही औज़ार

आज तक करोड़ों लोगों ने ऐसे ही अद्‌भुत विचार आज़माए हैं और उनका हाल भी कमोबेश ऐसा ही रहा है। उनमें से केवल कुछ ही लगातार जुटे रहे। जिन्होंने ऐसा किया है, मैं उनकी प्रशंसा करता हूँ। लेकिन मैं उन लोगों के प्रति गहरी सहानुभूति भी व्यक्त करता हूँ, जो ऐसा नहीं कर सके। जो प्राप्त करना तो चाहते थे, लेकिन प्राप्त नहीं कर सके। उनके भीतर भी उसे प्राप्त करने की उतनी ही इच्छा थी, जितनी वह काम कर दिखाने वालों में थी। उनके पास सही औज़ार नहीं थे। वे स्वयं को बेहतर बनाने का ऐसा तरीक़ा नहीं खोज सके, जो उनके लिए लाभप्रद होता। वे उन चंद लोगों जितने समर्पित नहीं थे, जो आगे चलकर सफल हुए। जीवन के दूसरे दायित्व उनकी राह में आड़े आ गए। लेकिन वे अपनी मनचाही चीज़ प्राप्त करना चाहते थे और यदि उन्हें ऐसा करने का सही तरीक़ा मिला होता, तो वे इसे प्राप्त कर भी लेते।

मान लीजिए कि हमें कोई अच्छा और सच्चा विचार दिखता है, जो स्पष्ट रूप से जीवन में हमारी स्थिति को बेहतर बना सकता है। अब प्रश्न उठता है कि जब हममें से बहुत कम लोगों के पास इतना समय, इतनी शारीरिक या मानसिक ऊर्जा बचती है कि उस विचार को आज़माकर देखें, तो फिर उसके सफल होने की उम्मीद कैसे की जा सकती है? इस प्रश्न का उत्तर बहुत महत्वपूर्ण है। इस उत्तर के कारण एक अच्छा विचार लाभप्रद बन सकता है। लेकिन ध्यान रहे, ग़लत उत्तर से काम नहीं चलेगा। सही उत्तर यह है- *आत्म-सुधार की कोई भी अवधारणा तभी सफल हो सकती है, जब वह सरल हो। जब इसका प्रयोग करना सरल हो और जब इसे कार्यान्वित किया जाए, तो यह लाभप्रद सिद्ध हो।*

अध्याय चौदह

नई तकनीकें

जिन तकनीकों के कारण आत्म-चर्चा इतनी अच्छी तरह काम करती है, वे अत्यंत सरल हैं और उन्हें प्रयोग करना भी आश्चर्यजनक रूप से आसान है। कुछ तकनीकों के प्रयोग में थोड़ा समय अवश्य लगता है, लेकिन कुछ में तो एक सेकेन्ड का भी समय देने की आवश्यकता नहीं होती। आत्म-चर्चा का प्रयोग करने की पाँच अलग-अलग विधियाँ हैं, आप उनमें से किसी को भी या सभी को चुन सकते हैं।

मौन आत्म-चर्चा

यद्यपि आमतौर पर हम इससे अनभिज्ञ रहते हैं, फिर भी यह आत्म-चर्चा हर समय चलती रहती है। मौन आत्म-चर्चा का अर्थ है- चेतन या अचेतन किसी भी प्रकार का आंतरिक संवाद। जब आप पुरानी आत्म-चर्चा के स्थान पर नई सकारात्मक आत्म-चर्चा करना प्रारंभ करते हैं, तो यह उन सबसे आसान और सबसे स्वाभाविक तकनीकों में से एक है, जिनका प्रयोग किया जा सकता है। नकारात्मक आत्म-चर्चा के पहले स्तर *("मैं नहीं कर सकता")* और दूसरे स्तर *("मुझे... करने की आवश्यकता है")* के बीच का अंतर जानने के बाद मन ही मन अपने आप से बात करते समय आप संभवतः सकारात्मक आत्म-चर्चा के तीसरे और चौथे स्तरों *("मैं कभी नहीं, मैं अब नहीं..." और "मैं... हूँ")* का प्रयोग करते रहे होंगे। यह परिवर्तन करना बहुत आसान है। इसमें प्रयास की नहीं, केवल अधिक जागरूक होने की आवश्यकता होती है। जैसे ही आप चेतन और जागरूक होते हैं, इस प्रकार की आत्म-चर्चा एक स्वाभाविक एवं स्वचलित आदत बन जाती है।

मौन आत्म-चर्चा में प्रत्येक वह बात सम्मिलित होती है, जो आप अपने या आस-पास के बारे में सोचते हैं। यहाँ आपके दृष्टिकोण में एक सूक्ष्म परिवर्तन होता है। नकारात्मक दृष्टिकोण से देखने की अपेक्षा आप प्रत्येक चीज़ को अधिक सकारात्मक एवं अधिक उत्पादक ढंग से देखने लगते हैं।

प्रत्येक सुबह जागने पर आप अपने आप से यह नहीं कहते हैं कि काश, मुझे बिस्तर से बाहर नहीं निकलना पड़ता। इसकी अपेक्षा आपकी नई आत्म-चर्चा बताती है कि जीवित रहने के लिए यह बेहतरीन दिन है और अब इसका उपयोग करने का समय है। जिन्हें हम समस्याएँ कहते हैं अथवा जिन्हें हम समस्या *मानते* हैं, वे हमें इसीलिए समस्याएँ नज़र आती हैं। आप उन्हें जिस दृष्टिकोण से देखते हैं, उसी से यह तय होता है कि वे समस्याएँ हैं या नहीं। आपको तो केवल स्वयं से यह कहना है कि आप उन्हें बेहतर ढंग से देखें। यदि आप सोचते हैं कि यह आवश्यकता से अधिक आसान है, तो इसे एक दिन के लिए आज़माकर देखें कि क्या होता है।

जब आप अपनी आत्म-चर्चा को नए शब्दों में ढालना आरंभ करें, तो एक बात का ध्यान रखें। आपकी पुरानी प्रोग्रामिंग आपको ऐसा करने से रोकेगी। इसलिए आरंभ करते समय सबसे पहले यह निर्णय करें कि आप उस पुराने नकारात्मक प्रोग्राम की बात बिल्कुल नहीं सुनेंगे, जो आपको यह बताता है कि यह कार्यान्वित नहीं हो सकेगा। यह भी याद रखें कि आपकी पुरानी आत्म-चर्चा एक आदत है, जो नकारात्मक होने के बावजूद स्वाभाविक एवं आरामदेह प्रतीत होती है। जब आपको पता होता है कि रास्ते में क्या मिलेगा, तो आप उस पुरानी आत्म-चर्चा से सीधे टक्कर लेने के लिए तैयार होंगे, उसे निरस्त कर सकेंगे और एक नई आदत बना सकेंगे।

एक-दो दिन के अंदर ही आप प्रत्येक उस बात पर ध्यान देने लगेंगे, जो आप अपने आप से कह रहे हैं और जो आपके विरुद्ध काम कर सकती है। जब आप पुराने फ़र्नीचर को अपने मानसिक अपार्टमेंट से बाहर फेंकने का निर्णय लें, तो आत्म-चर्चा पर ग़ौर करने से आपको पता चल जाएगा कि कब आप उसे दोबारा भीतर लाने की कोशिश कर

रहे हैं। उस समय आप अपने पैरों को सख़्ती से ज़मीन पर टिका दें। सख़्ती बरतें। उसे बाहर ही रखें।

आरंभ करने के पश्चात प्रतिदिन अपने आप से कही हुई प्रत्येक बात सुनें। जो भी बात आप सोचते हैं या अपने आप से कहते हैं, उस पर ध्यान दें। जहाँ भी लगे कि यह गँलत ढंग की आत्म-चर्चा है, उसे तुरंत उलट दें और सकारात्मक शब्दों में बदल दें। "मैं आज व्यवस्थित नहीं रह सकता" को *"मैं व्यवस्थित और नियंत्रण में हूँ, विशेषकर आज!"* में तुरंत बदल दें। जब आप अपने आप को इस प्रकार की बात कहते सुनें, "मुझे इसके साथ सचमुच समस्या है", तो इसे उलट दें और कहें, *"मैं इसे सँभाल सकता हूँ। मैं सक्षम हूँ और समस्याओं को अच्छी तरह सँभाल सकता हूँ।"* "मेरा वज़न कम होता नज़र नहीं आता" बदलकर यह हो जाता है, *"वज़न कम करना मेरे लिए समस्या नहीं है। मैं हर समय वही खाता हूँ, जो मुझे खाना चाहिए और केवल सही व स्वस्थ मात्रा में खाता हूँ। मैं वज़न कम कर रहा हूँ और बेहतरीन दिख रहा हूँ!"*

दिन के उस समय जब आप थके होना गवारा नहीं कर सकते, तब यह कहने की अपेक्षा कि आप थके हुए हैं, अपने आप को *तुरंत* बताएँ कि आपमें पर्याप्त ऊर्जा तथा उत्साह है। इसके बाद यदि आप अचानक ऊर्जा से ऊपर-नीचे उछलने न लगें, तो कोई बात नहीं। आप अपने आप से बातचीत करने का एक नया प्रयोग आरंभ कर रहे हैं और अपने अवचेतन मन को नई दिशाएँ देना प्रारंभ कर रहे हैं। जब भी अवसर मिले, इस कार्य को करते रहें, कुछ ही समय पश्चात यह आपके लिए काम करने लगेगा। हम कैसा "महसूस" करते हैं (थके हुए या ऊर्जावान, निरुत्साही या उत्साही) यह सब मानसिक और रासायनिक होता है, यह शारीरिक होता है।

उस समय को याद करें, जब आप कुर्सी से उठना भी नहीं चाहते थे। दिन बहुत लंबा रहा था, आपने कठिन परिश्रम किया था और आप शारीरिक व मानसिक रूप से थक चुके थे। तभी फ़ोन की घंटी बजी। यह सही पल पर सही फ़ोन है, कोई व्यक्ति अच्छी ख़बर दे रहा है या संसार में आपके लिए सबसे महत्वपूर्ण व्यक्ति ने आपको फ़ोन किया है। आपकी ऊर्जा को अचानक क्या हो जाता है? आपके उत्साह को क्या हो जाता

है? आपके पूरे शरीर में एड्रीनलिन का सैलाब आ जाता है और आप *उसी पल* जीवंत हो जाते हैं। क्या सचमुच कुछ बदला था? बस, वे संकेत बदले थे, जो आपने अपने मस्तिष्क को भेजे थे, जिनके फलस्वरूप मस्तिष्क ने कुछ स्विच चालू कर दिए और आपके शरीर के प्रत्येक हिस्से को यह संदेश भेज दिया कि वह स्वस्थ अनुभव करे। आप अचानक स्वस्थ अनुभव करने लगे, जबकि कुछ पल पहले तक आप कुर्सी से उठ भी नहीं सकते थे।

अपनी मौन आत्म-चर्चा द्वारा आप अपने को जो संदेश देते हैं, हो सकता है कि उनमें से कई इतने स्पष्ट न हों। लेकिन मस्तिष्क इतनी ही तीव्रता से प्रतिक्रिया करता है और इतने ही शक्तिशाली परिणाम भी देता है, भले ही उन पर ध्यान दिया जाए अथवा नहीं। याद रखें, जो विचार आप सोचते हैं, वे विद्युत आवेग हैं, जो मस्तिष्क को निर्देश देते हैं कि वे आपके मानसिक नियंत्रण केंद्रों को सक्रिय कर देंगे और तब वे आपके *विरुद्ध* काम करने की अपेक्षा आपके *पक्ष में* काम करेंगे।

हम सभी के साथ यह हुआ होगा कि सुबह हुई और किसी बहस के कारण पूरा दिन ख़राब हो गया। प्रातःकाल उठते ही दस मिनट की बहस शरीर में इतने विषैले रसायन छोड़ देती है कि दोबारा सामान्य होने में आठ घंटे लग जाते हैं। यदि ऐसा है, तो प्रोग्रामिंग को बदल दें। अपने विचारों को नए शब्दों में रखें। इसका परिणाम यह होगा कि आप डिप्रेशन या निराशा में दिन नहीं गँवाएँगे, बल्कि आपको सार्थक और उपलब्धि से भरा एक बहुमूल्य दिन प्राप्त हो जाएगा। आप भावनात्मक रूप से बेहतर अनुभव करेंगे। आप अधिक स्वस्थ होंगे- मानसिक रूप से भी और शारीरिक रूप से भी। यही नहीं, आप दूसरों के साथ बेहतर ढंग से व्यवहार भी कर सकेंगे। दिन को हानिप्रद के रूप में देखने की अपेक्षा आप एक और जीत प्राप्त कर लेंगे।

दूसरों से चर्चा के दौरान प्रयोग किया जाने वाला आत्म-संवाद

आप अपने बारे में किसी से जो भी कहते हैं, वह आपकी आत्म-चर्चा का एक अंश होता है। दूसरों से आप जो कहते हैं, वह उन तस्वीरों तथा दिशाओं का एक महत्वपूर्ण भाग है, जो आप *अपने अवचेतन मन* को

परोस रहे हैं- भले ही आप किसी दूसरे से बात कर रहे हों!

यदि आप बोलते समय ग़लत चित्र बनाते हैं या नकारात्मक आदेश देते हैं, तो उसका परिणाम यह होगा कि आपका मस्तिष्क उस जानकारी पर ऐसे ढंग से काम करेगा, जो आपके विरुद्ध जा सकता है।

यदि आप किसी मित्र को बार-बार बताते हैं कि आपको अपनी नौकरी पसंद नहीं है, तो आप उसमें किसी प्रकार भी प्रसन्न नहीं रह सकते। इसकी अपेक्षा बेहतर यही रहेगा कि आप अपनी प्रोग्रामिंग बदलकर दृष्टिकोण बदल लें, विशेषकर उन परिस्थितियों में, जब नौकरी के बारे में शिकायत करने से उसमें कोई परिवर्तन नहीं होने वाला।

आपकी आत्म-चर्चा उस चीज़ के केंद्र में होती है, जिसे हम "स्वीकृति" कहते हैं। यह जीवन के संदर्भ में आपका दैनिक दृष्टिकोण तय करने में आपकी सहायता करती है। जीवन में ऐसा समय भी आता है, जब हम किसी कठिन परिस्थिति को सहन करने के लिए मजबूर हो जाते हैं। लेकिन यह पूरी तरह आप पर निर्भर करता है कि आप उस स्थिति को अपने विरुद्ध काम करने देते हैं या उसे किसी भिन्न दृष्टिकोण से देखने का मानसिक निर्णय लेते हैं।

प्रतिदिन हमारे मुँह से सैकड़ों टिप्पणियाँ या वाक्य निकलते हैं। आप प्रतिदिन बहुत सारी बातें कहते हैं और यह महत्त्वपूर्ण नहीं लगता कि उनमें से प्रत्येक को सकारात्मक रूप में ही कहा जाए। लेकिन सोचें कि उनमें से *प्रत्येक कथन आपके अवचेतन मन को दिया जाने वाला एक निर्देश है*। फिर एक सप्ताह, एक महीने या एक वर्ष बाद उन टिप्पणियों और वाक्यों को जोड़ लें। कुल मिलाकर *हज़ारों-लाखों* महत्त्वपूर्ण अवचेतन आत्म-निर्देश आपने अपने आप को दिए। वे महत्त्वपूर्ण हैं, उनका इस बात से बहुत सरोकार है कि आप क्या प्राप्त करते हैं, कैसा अनुभव करते हैं और *किस प्रकार के व्यक्ति बनते हैं*।

आपके आस-पास के कौन से लोग जीवन में वास्तविक विजेता हैं और कौन नहीं हैं, यह पता लगाना बड़ा आसान है। इसका सबसे आसान उपाय है- किसी भी बातचीत में उनकी आत्म-चर्चा को सुनना, यानी किसी मुद्दे पर बात करते समय वे क्या कहते हैं।

विजेता लोग किसी भी विषय पर बातचीत करते समय अधिक सकारात्मक आत्म-चर्चा ही करते हैं, ताकि विजयी परिणाम देने वाले दृष्टिकोण का निर्माण हो सके। इसका यह अर्थ नहीं है कि "विजेताओं" के पास समस्याएँ नहीं होतीं। इसका यह अर्थ भी नहीं है कि उनका प्रत्येक दिन आदर्श होता है। लेकिन कुछ महीनों या कुछ वर्षों बाद जीवन में उनके जीतने के औसत स्कोर पर दृष्टि डालें। उनकी आत्म-चर्चा जितनी बेहतर होगी, उनका स्कोर भी उतना ही बेहतर होगा। उनकी नीति जितनी अधिक सकारात्मक होगी, परिणाम भी उतने ही अधिक सकारात्मक होंगे। समय के साथ, सकारात्मक आत्म-चर्चा उतनी ही स्वचलित आदत बन जाती है, जैसे चलना, हिलना, खाना या सोना। जब दूसरों से बात करते समय अपने शब्दों को सकारात्मक साँचे में ढालना आपकी आदत बन जाता है, तो इस प्रकार की आत्म-चर्चा से सफलता मिलना भी एक आदत बन जाती है।

जब आप *किसी से भी किसी भी समय* बात करें, तो *अपनी कही हुई प्रत्येक बात* को ध्यानपूर्वक सुनें। क्या आपके शब्द हमेशा वही चित्र बनाते हैं, जिन्हें आपका मन ग्रहण करे? यदि नहीं, तो तत्काल अपने शब्दों को बदल दें। उन्हें नए वाक्यों में ढालें। जब भी बोलें, स्वस्थ एवं आंतरिक प्रोग्राम बनाना सीखें। यह कठिन नहीं है, इससे आपका जीवन सचमुच बदल सकता है।

स्वयं से वार्तालाप

आत्म-चर्चा का इस प्रकार का प्रयोग सबसे आसान है और यह मज़ेदार भी हो सकता है। वास्तव में, स्वयं से वार्तालाप अपने आप से *ज़ोर-ज़ोर से* बात करने की तकनीक है। इसमें दोनों ओर से आप ही बोलते हैं। आत्म-वार्तालाप आत्म-चर्चा के सबसे प्रभावी रूपों में से एक है; क्योंकि इसमें आपकी अनेक इंद्रियाँ संलग्न होती हैं। इस प्रकार आप अपनी प्रोग्रामिंग से अधिकाधिक जुड़ जाते हैं। जब आप आत्म-वार्तालाप करते हैं, तो आपका अधिकांश भाग उससे जुड़ जाता है।

इस प्रकार के वार्तालाप की आत्म-चर्चा का अभ्यास आरंभ करते समय अच्छा यही रहेगा कि आप बाथरूम में जाकर दरवाज़ा भीतर से

बंद कर लें। जब आप ज़ोर-ज़ोर से अपने आप से बात करना आरंभ करते हैं, अपने आप से प्रश्न पूछते हैं और उत्तर देते हैं, तो आप पर विश्वास करने वाले परिवार के सदस्यों को भी लग सकता है कि आप कुछ सनकी हो गए हैं।

क्रिसमस से दो रात पहले, यानी तेईस दिसंबर की रात मुझे शिकागो से सैन फ्रांसिस्को की विमान यात्रा करनी थी, जिसके दौरान डेनवर में ठहरना था। ख़राब मौसम के कारण डेनवर से उड़ने वाली उड़ान में देर हो गई और रात को ग्यारह बजकर बीस मिनट पर हमें बताया गया कि बर्फ़ीले तूफ़ान के कारण हमें कई घंटे या शायद पूरी रात डेनवर हवाई अड्डे पर ही रुकना पड़ सकता है।

छुट्टियों के कारण सारे विमान खचाखच भरे थे और डेनवर हवाई अड्डे पर विमानों के अटक जाने के कारण लॉबी तथा टर्मिनल की इमारतें तेज़ी से यात्रियों से भर रही थीं। कोई भी इस बात से ख़ुश नहीं था कि उसे डेनवर हवाई अड्डे पर रात बितानी पड़ेगी। कनेक्टिंग फ़्लाइट्स चूक जाएँगी और शायद वे क्रिसमस ईव मनाने के लिए समय पर घर नहीं पहुँच पाएँगे। मैं नहीं सोचता कि मैंने कभी एक ही समय, एक ही जगह पर इतने सारे विचलित लोगों को देखा है। स्पष्ट रूप से वे सब यही सोच रहे होंगे कि बर्फ़ीला तूफ़ान भी एयरलाइन की ग़लती है। आख़िर क्रिसमस ईव से एक रात पहले बर्फ़ गिराने के लिए ईश्वर को कौन दोष देगा?

स्थिति को देखने के बाद मैंने यह निर्णय लिया कि आत्म-वार्तालाप का अभ्यास करने के लिए यह अच्छा समय है। सभी की तरह मैं भी जल्दी घर पहुँचना चाहता था, लेकिन मैंने सोचा कि त्वरित प्रोग्रामिंग के प्रभाव की जाँच करने का यह एक बेहतरीन अवसर है। मैंने अपने आस-पास देखा और इस बात पर ध्यान दिया कि वेटिंग रूम की सीटें तेज़ी से भर रही थीं। तभी मैंने देखा कि तीन सीटों की एक पंक्ति अब भी ख़ाली थी। मैं जाकर उन तीन सीटों में बीच वाली सीट पर बैठ गया और अपने आप से ज़ोर-ज़ोर से बातचीत करने लगा।

स्पष्ट, आत्मविश्वासी और तेज़ स्वर में मैंने अपने आप से कहा, "हाय, शैड! लगता है कि हम ज़मीन पर अटक गए हैं!"

मैंने उतने ही आत्मविश्वास से उत्तर दिया, "हाँ! आप क्या करना पसंद करेंगे?"

"चलो, बातें करते हैं!"

और इस प्रकार अपने साथ मेरी एक बहुत रोचक बातचीत आरंभ हुई। *यह कारगर भी रही!* न केवल मेरे तनाव का स्तर उस हवाई अड्डे में मौजूद बाक़ी सभी लोगों से कम था, बल्कि रात-भर कोई भी मेरे अगल-बग़ल वाली सीट पर नहीं बैठा।

हालाँकि यह आत्म-वार्तालाप का एक कम स्पष्ट और अधिक सुरक्षित ढंग है, मैं सलाह देता हूँ कि अवसर मिलने पर आप भी इस ढंग को आज़माकर देखें। मैं इसे "शॉवर टॉक" कहता हूँ और यह इस प्रकार काम करता है- कल सुबह जब आप शॉवर में क़दम रखें, तो अपने आप से "गुड मॉर्निंग" कहें। इसे ज़ोर से कहें और आवाज़ में मुस्कान भरते हुए कहें। अपनी ठुड्डी उठाएँ, अपने दृष्टिकोण को ऊपर उठाएँ। फिर दिन का अभिवादन करें और अपने आप से कहें कि यह दिन कितना बेहतरीन होने वाला है। "आप आज बेहतरीन दिख रहे हैं! आप अच्छा महसूस करते हैं, आप फ़िट हैं और किसी भी चीज़ से निबटने के लिए तैयार हैं।" और फिर पलटकर उत्तर दें। "आज मैं *बेहतरीन* महसूस करता हूँ, अपने वर्तमान स्वरूप को बहुत पसंद करता हूँ और मुझे ख़ुशी है कि मैं जीवित हूँ तथा सफलता की ओर बढ़ रहा हूँ।"

इस प्रकार की प्रेरक *आंतरिक* प्रेरणा के दो-तीन मिनट ही आपको सही दिशा में ले जाने के लिए पर्याप्त हैं। आप दिन का सामना करते हुए इसकी ओर उत्साह से देख सकें और इस प्रकार कार्य व विश्वास करें कि एक साधारण दिन असाधारण दिन में बदल जाए। सोचें कि इस प्रकार का उत्साहवर्धक, दिन को सकारात्मक बनाने वाला और आत्मविश्वास को बढ़ाने वाला आत्म-वार्तालाप (उन दूसरे तरीक़ों की अपेक्षा, जिनसे हम प्रायः दिन आरंभ करते हैं) कितना अच्छा सिद्ध हो सकता है।

हालाँकि आत्म-वार्तालाप आप मन ही मन भी कर सकते हैं, लेकिन आप पाएँगे कि ज़ोर से बोलने से अधिक लाभ होता है। जब आप ज़ोर

से बोलकर बातचीत करते हैं, तो आप अपने विचारों को शब्दों में व्यक्त करने के लिए विवश हो जाते हैं। इससे उस विषय पर आपकी सोच अधिक स्पष्ट होती है। केवल विचारों को अपने दिमाग़ में घुमड़ने देने की अपेक्षा वह कहीं अधिक स्पष्ट होती है।

इस प्रकार ज़ोर से आत्म-वार्तालाप करने और उसे जारी रखने का एक लाभ यह है कि इससे आपको अपने आप से सवाल पूछने और सीधे उत्तर पाने का अवसर मिलता है। जब आप इसे पहली बार आज़माएँगे, तो मिलने वाले उत्तरों से हैरान हो सकते हैं। हम अपने आप को बहुत अच्छी तरह जानते हैं। हम जितना सोचते हैं, उससे भी कहीं बेहतर। परिणाम यह होता है कि जब हम अपने आप से ही प्रश्न पूछते हैं, तो हमें अधिकतर *वास्तविक* उत्तर ही मिलते हैं। ऐसे उत्तर, जो हमें अपने आप को बहलाना छोड़ने और तथ्यों के समीप पहुँचने के लिए विवश करते हैं। जब भी आप स्वयं से कोई प्रश्न पूछें और सचमुच उत्तर पाना चाहें, तो अपने आप से वही सवाल तीन-चार बार पूछें और उत्तरों के बीच हर बार उत्तर की प्रतीक्षा करें।

जब आप पहलेपहल अपने आप से ज़ोर-ज़ोर से बात करना आरंभ करते हैं, तो आपको मूर्खता का एहसास हो सकता है। मुझे भी हुआ था। लेकिन इस आत्म-वार्तालाप से एक-दो दिन में ही आपको इतने अधिक लाभ मिलने लगेंगे कि आप उस छुटपुट संकोच की परवाह नहीं करेंगे, जो आरंभ में हो सकता है। कुछ ही समय में आप पाएँगे कि आप कहीं भी (कार में, ऑफ़िस में, टहलते समय) अपने आप से बातचीत कर रहे हैं।

इसके लिए एकांत के उन बहुमूल्य पलों में से कुछ का प्रयोग करें, जिन्हें हम इतना अधिक महत्व देते हैं। अपने आप से कहें कि आप ठीक हैं, आप ठीक से भी ज़्यादा *अच्छे* हैं! आगे बढ़ें और यह बात ज़ोर से कहें! यदि आपके मन में कोई प्रश्न है, जिसका आपको उत्तर नहीं मिला है, तो उसे पूछ लें। *अपने आप से सलाह लें।* आपका एक बहुत अच्छा मित्र मौजूद है, जो आपसे बातचीत करने के लिए आपकी प्रतीक्षा कर रहा है।

आत्म–चर्चा को लिखना

कुछ लोगों ने मुझे बताया है कि उन्हें अपनी आत्म-चर्चा लिखना पसंद है। यह उन्हें बहुत आनंददायक काम लगता है, जो वे अपने लिए करते हैं।

दूसरी ओर, उतने ही प्रेरित एवं क्षमतावान आत्म-चर्चाकारों ने मुझे बताया कि आत्म-चर्चा का *प्रयोग* करना, आत्म-चर्चा को पढ़ना या आत्म-चर्चा सुनना बेहतरीन होता है, लेकिन उन्हें कभी इतना समय नहीं मिल सका या शायद उन्हें अपने भीतर उतनी रचनात्मकता महसूस नहीं हुई कि वे कभी उस आत्म-चर्चा को लिख पाते, जिसकी आवश्यकता उन्हें मनचाहे परिवर्तन करने के लिए थी।

लिखित आत्म-चर्चा सावधानी से चुने हुए शब्दों के कथन हैं। ये कथन उन सबसे महत्वपूर्ण नए निर्देशों से संबंधित हैं, जिन्हें आप अपने अवचेतन मन तक पहुँचाना चाहते हैं- यह एक नई प्रोग्रामिंग है, जिस पर आप सर्वाधिक काम करना चाहते हैं।

जब मैंने पहलेपहल आत्म-चर्चा को कारगर बनाने वाले व्यावहारिक तरीक़े खोजना आरंभ किए, तो मैंने व्यक्तिगत आत्म-चर्चा के प्रत्येक क्षेत्र के लिए आत्म-चर्चा लिखी और फिर उसे पढ़ने की दिनचर्या बनाई। यह कारगर तो था, लेकिन इसमें बहुत समय और परिश्रम लगता था। दूसरे लोगों को भी यही परिणाम मिले, लेकिन यह स्पष्ट हो गया कि प्रत्येक आत्म-चर्चा करने वाले ने जितना प्रयास किया, उसे परिणाम भी उसी के अनुरूप मिला।

आत्म-चर्चा का यह प्रारंभिक रूप एक इंडेक्स कार्ड पर लिखा जाता था- प्रत्येक कार्ड पर आत्म-चर्चा का एक कथन। अंततः आत्म-चर्चा करने वाला लगनशील व्यक्ति अनेक स्थितियों के लिए आत्म-चर्चा के ढेर सारे वाक्यांश बना लेता है। जब भी कोई विशेष लक्ष्य या समस्या आती है, तो आत्म-चर्चा के वाक्यांश उसी कार्ड डेक से निकाले जा सकते हैं और तब तक प्रयोग किए जा सकते हैं, जब तक कि लक्ष्य प्राप्त नहीं हो जाता या समस्या सुलझ नहीं जाती।

यद्यपि परिणाम स्पष्ट थे, लेकिन आत्म-चर्चा का कार्ड डेक बनाने में इतना अधिक परिश्रम करना पड़ता था कि कई बार तो इसी कारण

आत्म-चर्चा की योजना को सफलतापूर्वक जारी रखने में कठिनाई आती थी। इस तकनीक का प्रयोग करने वाले दूसरे लोगों को देखने के बाद मैं इस नतीजे पर पहुँचा कि अधिकतर लोग आत्म-चर्चा लिखने के आदी नहीं होते। परिणाम यह होता है कि वे इसे लिखते ही नहीं हैं।

इसका अर्थ यह नहीं है कि आत्म-चर्चा लिखना एक बोझ होता है। यदि आपको शब्दों के साथ परिश्रम करने में आनंद न आता हो और आप सबसे प्रभावशाली शब्द लिखने के "नियमों" का पालन करने के इच्छुक न हों, तो आप आरंभ करते ही यह काम छोड़ सकते हैं- भले ही आप आत्म-चर्चा का प्रयोग आरंभ करने के लिए कितने भी इच्छुक क्यों न हों।

लेकिन जो लोग यह सीख लेते हैं कि क्या लिखना है और उसकी शब्दावली कैसी रखनी है, उनके लिए अच्छी आत्म-चर्चा लिखना एक प्रभावशाली ढंग है, जिससे आपको अपने प्रोग्राम को बदलने में सहायता मिल सकती है। इससे आपका ध्यान एकाग्र होता है, आप सोचने के लिए विवश होते हैं और पुरानी नकारात्मक प्रोग्रामिंग को मिटाने की प्रक्रिया में सक्रियता से सम्मिलित भी होते हैं। इसके साथ ही आप पुरानी प्रोग्रामिंग के स्थान पर नई प्रोग्रामिंग रखने की प्रक्रिया में सक्रिय सहभागी भी बनते हैं। ऐसी एकाग्रता (इतनी *संलग्नता*) आपकी शक्ति को चौकस कर देती है और आपके संकल्प की ऊर्जा को बढ़ा देती है।

आत्म-चर्चा लिखने पर आप अपने उद्देश्यों के बारे में अधिक जागरूक हो जाते हैं, इससे आपमें अधिक *रुचि* पैदा हो जाती है और रुचि से *ऊर्जा* मिलती है। आप किसी चीज़ में जितनी अधिक ऊर्जा डालेंगे, वह चीज़ आपके लिए उतनी ही अधिक कारगर सिद्ध होगी। मैंने पहले कहा था कि जब अपने आप को बेहतर बनाने का कोई ढंग खोजने की बात आती है, तो इस बात का ध्यान रखें कि यदि यह सरल नहीं है, तो कारगर नहीं होगा। इसलिए आत्म-चर्चा को लिखना आपके लिए सरल और आसान है या नहीं, यह निर्णय करने से पहले आपको इसका परीक्षण करना होगा। यदि यह आपके लिए कारगर नहीं है, तो दूसरे तरीक़े भी हैं। यदि आत्म-चर्चा को लिखना आपके लिए काम *कर* जाता है, तो आप न केवल इस प्रक्रिया का आनंद लेंगे, बल्कि इसके परिणामों से भी आनंदित होंगे।

आत्म–चर्चा को सुनना

पुराने प्रोग्राम्स को बदलने का जो सबसे अच्छा तरीक़ा हमने सीखा है, वह है- आत्म-चर्चा को सुनना। इसमें कोई अतिरिक्त समय नहीं लगता, हमारा अधिकांश काम पहले ही हो जाता है और यह बहुत कारगर भी है।

रिकॉर्डेड आत्म-चर्चा का उदय (पहले कैसेट टेप्स पर और बाद में सीडी पर तथा उसके बाद डायरेक्ट डाउनलोड से) लगभग संयोग से ही हुआ। यह लगभग तीस वर्ष पहले की बात है, जब मैं प्रत्येक संभावित स्थिति के लिए आत्म-चर्चा का एनसाइक्लोपीडिया तैयार कर रहा था। यह कार्य बाद में *"द सेल्फ़-टॉक सॉल्यूशन"* में बदल गया। उस समय मैं वज़न कम करने के लिए बेचैन था।

उस समय, जब मैं अपने लिए नई आत्म-चर्चा का प्रयोग करना चाहता था, तो सावधानीपूर्वक आत्म-चर्चा के वाक्यांश अलग-अलग इंडेक्स कार्ड पर लिखता था। फिर मैं उन्हें अपने आईने के आस-पास लगा देता था। इस प्रकार मैं सुबह काम पर जाने के लिए तैयार होते समय उन्हें ज़ोर-ज़ोर से या मन ही मन पढ़ सकता था। मैंने देखा कि प्रत्येक सुबह दिमाग़ को सही आत्म-चर्चा से लबालब कर लेना दिन का आरंभ करने का उत्कृष्ट ढंग था। यह मुझे दिन-भर काम करने के लिए सही दिशा और मानसिकता में ले जाता था।

वज़न कम करने के लिए आत्म-चर्चा का प्रयोग करने से पहले मैंने हर संभव चीज़ आज़माकर देख ली थी- डाइट्स कारगर नहीं हुई थीं, मैंने वेट-लॉस क्लीनिक्स में जाना छोड़ दिया था, मैं अपने डाइट प्रोग्राम और कॉम्बिनेशन प्रोग्राम पर अमल नहीं कर पाता था, जिनमें तीस मिनट तक कसरत करना और उसके बाद अँगूर के जूस के सिवा कुछ न पीना शामिल था।

न जाने ऐसा क्यों होता था कि मैं जितना अधिक व्यायाम करता था, मुझे उतनी ही अधिक भूख लगती थी। मैं जितना वज़न कम करता था, "थोड़ा अतिरिक्त" मीठा खाने का उतना ही मन होने लगता था। वह आमतौर पर ऐसी चीज़ होती थी, जो मुझे नहीं खानी चाहिए; क्योंकि उसके कारण न केवल मेरा कम किया हुआ वज़न बढ़ जाता, बल्कि पहले

से भी अधिक हो जाता। मेरी कहानी वज़न को लेकर चिंतित उन लाखों डाइटर्स जैसी है, जिन्होंने वज़न कम तो कर लिया, लेकिन बाद में वह फिर से बढ़ गया।

मैंने अपने आप से पूछा, "यदि मैं वज़न कम करने और कम ही रखने के लिए विशेष आत्म-चर्चा लिखूँ, तो कैसा रहेगा? क्यों न आत्म-चर्चा की *सबसे बड़ी* परीक्षा ली जाए?"

सबसे पहले मैंने सुबह पढ़े जाने वाले इंडेक्स काड्र्स पर वज़न कम करने की आत्म-चर्चा लिखी। फिर मैंने इसे आईने पर टेप से चिपका लिया। मैंने अपने बारे में सारी अच्छी मनचाही बातें लिखी थीं (अपना वज़न, मैं कैसे खाता था, मेरा स्वास्थ्य, मेरी ऊर्जा) हर वह चीज़, जो मैं जानता था कि अवचेतन मन के सामने मेरी बिल्कुल नई तस्वीर बनेगी। मैंने वह आत्म-चर्चा बिल्कुल सही ढंग से बनाई, ताकि प्रत्येक शब्द से एक अधिक स्वस्थ, अधिक छरहरा "मैं" उत्पन्न हो सके। मैंने आत्म-चर्चा के दर्जनों काड्र्स लिखे, जिनमें से प्रत्येक मेरे बारे में सर्वश्रेष्ठ अभिव्यक्ति करता था। इनमें से प्रत्येक पर ऐसे वाक्य थे, जो मेरे मनचाहे स्वरूप को व्यक्त करते थे।

मुझे यह पता चल चुका था कि जब आप किसी समस्या को सुलझाना चाहते हैं या कोई लक्ष्य प्राप्त करना चाहते हैं, तो केवल लक्षणों से ही काम नहीं चलता। आपको प्रत्येक उस प्रोग्राम को सही करना होता है, जिसके कारण समस्या पैदा हुई थी। इसलिए मैंने आत्मसम्मान, आत्मविश्वास, इच्छाशक्ति और संकल्प के लिए भी आत्म-चर्चा लिखी। मैंने ऐसी आत्म-चर्चा लिखी, जिससे मेरा मनोबल ऊँचा रहे, ताकि मैं उस पर अमल करता रहूँ। एक ऐसी आत्म-चर्चा, जो अच्छा महसूस करवाए, अधिक ऊर्जा प्रदान करे और भोजन का उपयोग किसी अन्य समस्या को सुलझाने के लिए करने से रोके, जिस पर मैंने अब तक काम नहीं किया था। मैंने ऐसी आत्म-चर्चा लिखी, जो लक्षणों के पीछे छिपे कारणों तक जाएँ ऐसी आत्म-चर्चा, जो मुझे दोबारा नियंत्रण में ले आए, मुझे उत्साहित कर दे और लगातार करती रहे।

प्रत्येक सुबह मैं एक-एक करके उन काड्र्स को पढ़ता था। मैं उनके प्रभाव पर ध्यान देता था। वे काम करना आरंभ कर रहे थे। मैं धीरे-धीरे,

लेकिन निश्चित रूप से कार्ड्स की बताई बातों पर विश्वास करने लगा। लेकिन मैंने ग़ौर किया कि कार्ड्स पढ़ने की सुबह की दिनचर्या जारी रखना कठिन होता जा रहा है।

हम सभी जानते हैं कि कुछ सुबह कैसी होती हैं। सोचने के लिए दूसरी चीज़ें भी होती हैं। कई बार हमारे पास अपने आप को बेहतर बनाने के लिए समय ही नहीं होता। आपाधापी मची रहती है। कुल मिलाकर, प्रत्येक सुबह दस-पंद्रह मिनट निकालना जल्द ही मेरे तथा परिवार की दिनचर्या पर बोझ साबित होने लगा। मैं सोचता हूँ कि उस समय मेरा जितना भी वज़न कम हुआ, इसलिए हुआ होगा; क्योंकि ऑफ़िस जाने तक मैं नाश्ते की टेबल पर पहुँच ही नहीं पाता था।

एक ज़्यादा बेहतर तरीक़ा

कोई बेहतर तरीक़ा तो होगा! मैं जानता था कि आत्म-चर्चा काम करती है। मैंने इसे अपने लिए काम करते देखा था और दूसरों पर भी इसके परिणाम देखे थे। लेकिन मैं जानता था कि इससे भी आसान कोई ढंग अवश्य होगा।

उस समय से कई वर्ष पहले मैंने एक सेल्स कंपनी के लिए आत्म-सुधार टेप प्रोग्राम्स के प्रारंभिक संस्करण तैयार किए थे। मैंने एक विशेष कैसेट प्रोग्राम बनाया था, जो "मैं यह काम कर सकता हूँ" का प्रारंभिक रूप था। यह आत्म-चर्चा का एक प्रेरक टेप था, जिसे उनके सेल्समैन कम बिक्री के दौरान भी सुन सकते थे। उस समय मैंने अपने लिए भी आत्म-चर्चा के टेप का प्रारंभिक संस्करण लिखा था। इसका प्रयोग करके मैं कुछ आर्थिक लक्ष्यों तक पहुँच गया, जो मैंने अपने लिए तय किए थे।

यदि मैं उन मूल कैसेट टेप्स को इस समय सुनूँ, तो उनकी ग़ैर-पेशेवर गुणवत्ता पर मुझे कुछ शर्म आ सकती है। लेकिन मुझे याद था कि वे लोकप्रिय हुए थे और उन्हें सुनने से न केवल कुछ सेल्समैन्स को लाभ हुआ, बल्कि मुझे भी ग़ैर-विशेषज्ञ की तरह लिखे व रिकॉर्ड किए कैसेट टेप्स कभी-कभार सुनने से लाभ हुआ।

उन बहुत प्रारंभिक सेल्फ़-हेल्प कैसेट्स को सुनने के बरसों बाद एक चौंकाने वाला ख़ुलासा हुआ। वज़न की समस्या को सही करने के लिए मैंने *रिकॉर्डेड* आत्म-चर्चा सुनने का निर्णय लिया।

प्रत्येक सुबह दाढ़ी बनाते समय मैं नई आत्म-चर्चा को कैसेट टेप्स पर सुनता था। प्रतिदिन कार से ऑफ़िस जाते-आते समय और हर रात सोने से ठीक पहले भी मैं टेप्स सुनता था।

दाढ़ी बनाते समय आत्म-चर्चा सुनकर मैंने साढ़े दस सप्ताह में 58 पाउंड वज़न कम कर लिया!

मेरा डॉक्टर हैरान था। मैंने यह ध्यान रखा था कि नया "प्रोग्राम" आरंभ करते समय मैं शारीरिक दृष्टि से सही काम करूँ- सही भोजन, सही पोषण। मुझे याद है कि जब मेरा 58 पाउंड वज़न कम हो गया, तो डॉक्टर की रिसेप्शनिस्ट ने मुझे फ़ोन किया। वह जानना चाहती थी कि मैंने किस डाइट पर अमल किया था। आज उस घटना को 25 वर्ष से अधिक समय हो चुका है, लेकिन मेरा वज़न दोबारा कभी नहीं बढ़ा। नई आत्म-चर्चा के द्वारा मैंने उन सभी प्रोग्राम्स से छुटकारा पा लिया था, जिनके कारण मेरी वज़न संबंधी समस्या *उत्पन्न* हुई थी।

लेकिन उस समय मेरे लिए सबसे रोचक बात यह थी कि जब मैं उन साढ़े दस हफ़्तों में अपना वज़न कम कर रहा था, तब मेरी पत्नी हर सुबह उसी आईने के दूसरे छोर पर अपना मेकअप कर रही होती थी। इस प्रकार उसने भी *चोरी-छिपे मेरे कैसेट टेप्स सुने!* समय के साथ उसका वज़न भी 25 पाउंड कम हो गया।

तब मैंने अवचेतन मन की अविश्वसनीय क्षमता को इतनी अच्छी तरह पहचाना, जितना पहले कभी नहीं किया था। तब मुझे समझ में आ गया कि किसी लक्ष्य को पूरा करने के लिए आत्म-चर्चा सुनने जैसे सरल काम में बहुत अधिक शक्ति होती है।

अचानक ही एक उपाय तैयार हो गया- एक ऐसी *टेक्नोलॉजी*, जो सेल्फ़-प्रोग्रामिंग के ठोस सिद्धांतों को एक ऐसे औज़ार के साथ मिला देती थी, जिसका प्रयोग कोई भी कर सकता था, लेकिन मैं जिन तकनीकों को जानता था, यह उनसे बेहतर काम करती थी। इसके अतिरिक्त, यह

प्रौद्योगिकी का ऐसा उपाय था, जिसके काम करने का ढंग मस्तिष्क के काम करने के ढंग से सीधे और स्वाभाविक रूप से मेल भी खाता था।

दूसरे लोग आत्म-चर्चा सुनें, यह सलाह देने के बाद जल्द ही लोगों की प्रतिक्रियाएँ मिलने लगीं, जिनसे मैं भी हैरान रह गया। मैं पहले से ही *जानता था* कि यह सलाह कारगर थी! लेकिन दूसरों के पत्र पाने और बार-बार सकारात्मक परिणामों को सुनने के बाद मुझे पूरा विश्वास हो गया।

हमें विश्वास करने की आवश्यकता नहीं है

एक महिला के पत्र का उदाहरण देखें। वह महिला आत्म-चर्चा के एक सेमिनार में सम्मिलित हुई थी। इसके बाद उसने अपने "पारिवारिक संबंधों" (विशेष रूप से पति के साथ) को मधुर बनाने के लिए आत्म-चर्चा के टेप्स सुनने का निर्णय लिया। दोनों की आर्थिक तथा अन्य परिस्थितियाँ बहुत अच्छी नहीं थीं और वह महिला चाहती थी कि सब कुछ सही हो जाए। इस दौरान उसका पति ऐसे संकेत दे रहा था, जिनसे स्पष्ट हो जाता था कि वह धीरे-धीरे, लेकिन निश्चित रूप से यह संबंध ख़त्म करने जा रहा है।

महिला ने आत्म-चर्चा काड्र्स लिखे और उन्हें पढ़ा। इसके बाद उसने आत्म-चर्चा के वे सभी प्रोग्राम्स सुने, जिनकी मैंने सलाह दी थी। उसने व्यक्तिगत संबंध सुधारने पर एक टेप सुना, एक टेप आत्मसम्मान पर, एक टेप लक्ष्य निर्धारण पर और एक उत्तरदायित्व लेने पर। उसने हर सुबह टेप्स सुने। दिन में वह उन्हें जितनी बार सुन सकती थी, सुनने लगी। रात को सोने से ठीक पहले भी उसने टेप्स सुने। वह टेप्स को धीमी आवाज़ पर चला देती थी। उसने बताया कि जब उसने पृष्ठभूमि में सकारात्मक आत्म-चर्चा के टेप चलाए, तो पहलेपहल तो पति ने उन पर ध्यान ही नहीं दिया। एक-दो सप्ताह बाद वह पति के साथ डिनर पर गई। उस दौरान उन्होंने टेप्स पर बातचीत की, जिससे स्पष्ट हो गया कि पति को टेप्स पर भरोसा नहीं था। लेकिन जैसा मैंने सेमिनार प्रोग्राम में अपने श्रोताओं को बताया था, "आपकी आत्म-चर्चा के बारे में आपके आस-पास के लोग क्या कहते हैं, उसकी परवाह न करें। बस, इसे करते रहें।"

लेकिन तीसरे सप्ताह के अंत में एक दिन उस महिला के पति ने कहा कि वह उस एक टेप को दोबारा चलाए, जो सुबह तैयार होते समय चल रहा था। इससे पहले उस महिला ने ध्यान दिया था कि उनमें होने वाली बहस की संख्या कम हो गई थी। ध्यान रहे, उस सुबह तक पति ने कभी उन टेप्स में कोई सक्रिय रुचि नहीं दिखाई थी, जिन्हें वह प्रतिदिन सुन रही थी। इसके कुछ समय बाद पति ने उस महिला के प्रति अपने व्यवहार में उल्लेखनीय परिवर्तन दिखाना शुरू किया। उसे अपनी नौकरी में जो समस्याएँ आ रही थीं, उनके बारे में भी उसका बदला हुआ दृष्टिकोण स्पष्ट दिखाई देने लगा।

परिणाम यह हुआ कि उन *दोनों* में अधिक बातचीत होने लगी, वे नयी योजनाएँ बनाने लगे और एक बार फिर मिलकर काम करने लगे। उस महिला की आत्म-चर्चा का उसके पति पर भी वही प्रभाव हुआ, जो उस महिला पर हुआ था। इससे कोई फ़र्क़ नहीं पड़ता कि पति आत्म-चर्चा पर विश्वास करता था या नहीं (*उसके अवचेतन मन को इस बात की परवाह नहीं थी*) उसने तो बस उस नई जानकारी पर काम किया, जिसकी प्रोग्रामिंग अवचेतन रूप से हो रही थी। यद्यपि वह आदमी इस बारे में सोच नहीं रहा था, लेकिन वह उस नई, अधिक सकारात्मक प्रोग्रामिंग को स्वीकार कर रहा था, जो उनके दैनिक जीवन की *पृष्ठभूमि* में बज रही थी। शुरुआत में उनमें से एक ने "विश्वास किया" और दूसरे ने नहीं किया। लेकिन इससे कोई फ़र्क़ नहीं पड़ा।

चक्का, प्रिंटिंग प्रेस, कार, रेडियो, टेलीविज़न और कंप्यूटर मानव-जाति के महान आविष्कार हैं। मैं इस सूची में ऑडियो कैसेट और सीडी को भी सम्मिलित करना चाहूँगा। पहले कभी इतिहास में हमारे पास प्रत्येक घर में पाया जाने वाला ऐसा कोई व्यावहारिक एवं आम साधन नहीं था, जो हमारे आंतरिक प्रोग्राम्स को सचमुच *बदल* सकता हो। वह भी प्रतिदिन पृष्ठभूमि में मात्र कुछ मिनट बजने वाली आत्म-चर्चा को सुनकर।

आत्म-चर्चा सुनने के इतने लाभ हैं, जितने व्यक्तिगत विकास के क्षेत्र में किसी दूसरे साधन से मिलना संभव नहीं है। इससे सबसे बड़ा लाभ तो यह है कि आप केवल सुनकर ही नई आत्म-चर्चा को आदर्श ढंग से सीख सकते हैं। *जब आप कोई दूसरा काम कर रहे हों*, तो बस

इसे धीमे-धीमे पृष्ठभूमि में बजने दें। आपको सुनने की आवश्यकता नहीं है। बस, यह इतना तेज़ चले कि पृष्ठभूमि में सुनाई दे। आपका अवचेतन मन इसे सुन लेगा और आपके बारे में सकारात्मक नई जानकारी की प्रोग्रामिंग करने में व्यस्त हो जाएगा, चाहे आप उस बारे में चेतन रूप से सोच रहे हों या नहीं।

दोहराव, दोहराव, दोहराव

आत्म-चर्चा चाहे किसी भी ढंग से हो, उसे सीखने की कुंजी है- *दोहराव, दोहराव, दोहराव*। मस्तिष्क को इसी प्रकार की प्रोग्रामिंग के लिए बनाया गया था। इसलिए जब हम सर्वश्रेष्ठ आत्म-चर्चा वाक्यांशों का बार-बार प्रयोग करते हैं, जैसा हम सीडी या ऑडियो प्लेयर पर सुनते समय करते हैं, तो हम अपने आप को वे प्रोग्राम्स दे रहे होते हैं, जो हमें पहले ही डाल लेने *चाहिए* थे और अब हम इन नए प्रोग्राम्स को सुनकर सबसे स्वाभाविक ढंग से डाल रहे हैं। यह एक रिकॉर्डिंग है, इसीलिए हम इस आत्म-चर्चा को *बार-बार* सुनते हैं और हर बार इसे सही ढंग से सुनते हैं। ऐसे दोहराव को बार-बार सुनने से मस्तिष्क बहुत आसानी और तेज़ी से नई आत्म-चर्चा को अंकित करके उसे स्थाई बना लेता है।

जब मैंने पच्चीस वर्षों से भी पहले इस विषय पर लिखना आरंभ किया, तो मैं रिकॉर्ड की हुई आत्म-चर्चा सुनने के सकारात्मक प्रभावों के बारे में बहुत बढ़ा-चढ़ाकर बताने में झिझक रहा था। मैं इसलिए झिझक रहा था; क्योंकि मैं ही ऐसा एकमात्र व्यक्ति था, जो स्वयं ही आत्म-चर्चा के एलबम लिख रहा था, रिकॉर्ड कर रहा था और उन्हें प्रकाशित भी कर रहा था। इसके ख़रीदारों की संख्या तेज़ी से बढ़ रही थी, जो प्रतिदिन आत्म-चर्चा के मेरे प्रोग्राम्स सुन रहे थे और मैं पूरे विचार को लेकर कभी बहुत व्यवसायी नज़र नहीं आना चाहता था।

आज वर्षों बाद जब पूरे संसार में लाखों श्रोता प्रतिदिन केवल सुनकर अपने जीवन को *सकारात्मक* बना रहे हैं, तो मेरी स्थिति बहुत स्पष्ट है। यदि मैं ऐसा कर *पाऊँ*, तो मैं किसी प्रकार प्रत्येक *परिवार* और प्रत्येक *घर* तक सकारात्मक, मनोबल बढ़ाने वाली आत्म-चर्चा पहुँचाना चाहूँगा। संसार में ऐसा एक भी घर नहीं बचना चाहिए, जहाँ यह न पहुँच

सके। यदि आत्म-चर्चा हम सभी के घर का हिस्सा बन जाए, तो हमारा जीवन *बेहतर* हो जाएगा और यह संसार अधिक सुखद बन जाएगा।

एक सर्वश्रेष्ठ मित्र और व्यक्तिगत कोच

यह असंभव है कि आप आत्म-चर्चा को सुनें और इसे आरंभ करने के चंद मिनटों के भीतर ही बेहतर महसूस न करने लगें, बेहतर न सोचने लगें, बेहतर काम न *करने* लगें। जब यह आपका मनोबल बढ़ा रही हो और आपको प्रगति के पथ पर ले जा रही हो, साधारण दिन को असाधारण दिन में बदलने वाले उत्साह को आपके भीतर भर रही हो, तो यह आपकी दोबारा प्रोग्रामिंग कर रही है कि आप *हर दिन* को अधिक प्रभावी, अधिक उत्पादक और अधिक संतुष्टिदायक बना लें। इस प्रकार की आत्म-चर्चा को सुनना किसी व्यक्तिगत कोच या सर्वश्रेष्ठ मित्र के कंधे से कंधा मिलाकर खड़े होने जैसा है, जो उस दिन प्रोत्साहित करने, प्रेरित करने, मनोबल बढ़ाने, विश्वास करने और सहायता करने के द्वारा आपको आगे बढ़ा रहा हो, अपना सर्वश्रेष्ठ प्राप्त करने में आपकी सहायता कर रहा हो।

यदि आप अपने भविष्य को बेहतर बनाने के लिए किसी अत्यंत सार्थक तकनीक का लाभ उठाना चाहते हैं, तो मैं आपको आत्म-चर्चा सुनने के लिए प्रोत्साहित करता हूँ। बस, प्लेयर में आत्म-चर्चा की सीडी लगा दें और इसे पृष्ठभूमि में धीमे-धीमे बजने दें। आप इसे सुन रहे हों या नहीं, उससे कोई फ़र्क़ नहीं पड़ता, आपका अवचेतन मन इसे अवश्य सुन रहा होगा।

अध्याय पंद्रह

जीवन में आपकी आवश्यकता या स्थिति चाहे जैसी भी हो

जब आप आत्म-चर्चा का प्रयोग करना आरंभ करते हैं, तो सबसे पहले किस चीज़ के लिए करें? यह इस बात से तय होगा कि आप सबसे पहले अपने जीवन के किस पहलू को ठीक करना चाहते हैं। आत्म-चर्चा एक निरंतर सशक्त बनने वाली आदत है। *आप इसका जितना अधिक प्रयोग करते हैं, उतना ही अधिक प्रयोग करते जाते हैं*, इसलिए इसकी सफलता इस बात पर निर्भर नहीं होती कि आप इसका प्रयोग सबसे पहले किस चीज़ के लिए करते हैं, बल्कि इस पर होती है कि आप इसका प्रयोग आरंभ कर दें।

इससे कोई फ़र्क़ नहीं पड़ता कि आप अपनी आजीविका कैसे कमाते हैं, आप कितने पढ़े-लिखे हैं, आपकी समस्याएँ क्या हैं या आपके लक्ष्य कौन से हैं। आप अतीत में सफल हुए थे या असफल, इससे भी कोई फ़र्क़ नहीं पड़ता। आत्म-चर्चा के शब्द प्रत्येक इंसान के लिए समान शक्ति से काम करते हैं। *मानव मस्तिष्क की कार्यशैली आपके जीवन की स्थिति-परिस्थिति के प्रति पूरी तरह तटस्थ होती है।* अतः आत्म-चर्चा का प्रयोग कोई भी व्यक्ति कर सकता है और इसके परिणामों से लाभ उठा सकता है।

सक्रिय आत्म-चर्चा के प्रयोग से अंतर पड़ता है। इसके कई ढंग

होते हैं। यह एक उदाहरण से स्पष्ट हो जाएगा। आइए, अपने करियर और व्यक्तिगत जीवन की कुछ परिस्थितियों पर दृष्टि डालें, जिन्हें हमारी आत्म-चर्चा के द्वारा पहले से भी अच्छा बनाया जा सकता है। वैसे आत्म-चर्चा का प्रयोग करने की संभावनाओं की कोई सीमा नहीं है, सीमा उसका प्रयोग करने वाले व्यक्ति की होती है। लोगों की जितनी आवश्यकताएँ होती हैं, इसके उतने ही उपयोग संभव हैं। इनमें से अधिकतर उदाहरण किसी न किसी समय और किसी न किसी प्रकार से हम सभी पर लागू होते हैं।

आत्म–चर्चा को कार्यान्वित करना

यदि आप प्रबंधन में शामिल हैं :

हम सभी किसी न किसी प्रकार के "मैनेजर" होते हैं। अच्छा प्रबंधन दो भागों में बँटा होता है। प्रभावशाली प्रबंधन सदा सफल आत्म-प्रबंधन से आरंभ होता है। हो सकता है कि आपके पास प्रबंधन की डिग्री हो, लेकिन दूसरों का प्रबंधन करने की अनिवार्य योग्यता न हो। आप दूसरों के प्रबंधन में तब तक माहिर नहीं बन सकते, जब तक कि अपने प्रबंधन में महारत प्राप्त न कर लें। सच्चे नेताओं का अपने आप पर दृढ़ नियंत्रण रहता है। उनका अपने कार्यों, भावनाओं और दृष्टिकोण पर पूरा नियंत्रण रहता है।

अच्छा मैनेजर बनने की दूसरी अनिवार्य आवश्यकता यह जानना है कि दूसरों के गुणों और योग्यताओं को कैसे तराशा या निखारा जाए।

आत्म-चर्चा प्रबंधन की इन दोनों ही आवश्यकताओं को सीधे-सीधे प्रभावित करती है। मान लें, समान योग्यता वाले दो मैनेजर प्रत्येक मायने में समान हैं। उनमें से एक सकारात्मक आत्म-चर्चा का प्रयोग करता है, जबकि दूसरा नहीं करता। पहला मैनेजर अपने कर्मचारियों में सकारात्मक आत्म-चर्चा के दृष्टिकोण को विकसित करता है, जबकि दूसरा नहीं करता, तो किस मैनेजर के सफल होने और किसके असफल होने की संभावना अधिक है ?

प्रत्येक मैनेजर के पास लगभग प्रतिदिन अथवा प्रत्येक स्थिति-परिस्थिति में आत्म-चर्चा पर अमल करने का असाधारण अवसर मौजूद होता है।

यदि आप चाहते हैं कि आपकी कंपनी प्रतिस्पर्धा करे, विकास करे और समृद्ध बने, तो अपनी प्रबंधन टीम के साथ आत्म-चर्चा करें। बेहतर होगा कि कर्मचारियों को बदलने की अपेक्षा उनके आंतरिक "नहीं कर सकता" को बदलना आरंभ करें। उन्हें उनकी क्षमताएँ दिखाएँ, उनमें आत्मविश्वास जगाएँ। आत्म-चर्चा यह काम बहुत अच्छे ढंग से करती है। जिस क्षेत्र में यह सबसे अच्छी तरह काम करती है, वह है- सही काम को सही ढंग से करने में दूसरों का प्रबंधन करना।

क्या आप अधिक आमदनी या अपने आर्थिक स्थायित्व को बेहतर बनाना चाहते हैं :

हममें से प्रत्येक व्यक्ति अपनी आमदनी की सीमा अपने आप ही निर्धारित करता है। हमारी आमदनी की सीमा हमारे ही भीतरी विश्वासों से निर्धारित होती है। यदि आप अधिक कमाई करना चाहते हैं, तो अपने आप को योग्य अधिकारी, सक्षम एवं इच्छुक व्यक्ति के रूप में देखकर आरंभ करना होगा और ऐसा करने के लिए स्वयं को दोबारा निर्देशित करना होगा।

जब हम अपनी आमदनी बढ़ाना चाहते हैं, तो हम में बहुत से लोग समस्या को ग़लत सिरे से सुलझाने की ग़लती कर बैठते हैं। हम यह अनुमान लगाने का प्रयास करते हैं कि अधिकाधिक धन कैसे कमा सकते हैं। इससे पहले हममें यह आत्मविश्वास होना चाहिए कि हम यह करने में सक्षम हैं। अपने महत्व और मूल्य के बारे में अपने आप से बातचीत करें। जब आप अधिक मूल्यवान व्यक्ति के रूप में अपनी एक नई तस्वीर बना लेते हैं, तो आपका अवचेतन मन अधिक धन कमाने का ढंग खोजने में आपकी सहायता करेगा। मैं आपकी आर्थिक संपत्ति बढ़ाने के काम को इतना सरल नहीं बनाना चाहता, लेकिन मैंने सीखा है कि आज आप जिस स्थिति में हैं, यह पैसों पर उतना निर्भर नहीं करता, जितना दृष्टिकोण, विश्वास और संकल्प पर निर्भर करता है।

यदि आप अपनी आमदनी बढ़ाने की इच्छा को लेकर सचमुच गंभीर हैं, तो आत्म-महत्व और आर्थिक महत्व पर तीन सप्ताह तक आत्म-चर्चा करें। *फिर* अपने लक्ष्य निर्धारित करें और योजना को लिख लें। जब आप निर्धारित कर लें कि आप कौन हैं और सचमुच क्या प्राप्त

करने में सक्षम हैं, तो यह देखना कहीं अधिक आसान हो जाता है कि इसके बाद आपको क्या करना है। अपनी प्रोग्रामिंग से आरंभ करें, बाक़ी सब अपने आप हो जाएगा।

यदि आपके बच्चे हैं, आप बच्चों को शिक्षित करते हैं या बच्चों के साथ किसी प्रकार का कार्य करते हैं :

मैंने यह कहानी कई बार सुनी है कि घर में नई आत्म-चर्चा आरंभ करने से बच्चों पर कितना प्रभाव पड़ता है। अधिकतर मामलों में एक या दोनों अभिभावक किसी समस्या का समाधान करने या अपने कुछ लक्ष्यों तक पहुँचने के लिए सकारात्मक आत्म-चर्चा का प्रयोग आरंभ कर देते हैं। आत्म-चर्चा प्रायः एक क्षेत्र से फैलकर दूसरे क्षेत्रों में भी उचित आत्म-चर्चा को बल प्रदान करती है, इसलिए हैरानी की कोई बात नहीं है कि बच्चे जब इसे बार-बार घर में प्रयोग होते देखते हैं, तो वे इसे ग्रहण कर लेते हैं और संयोगवश इसका प्रयोग करने लगते हैं।

मैंने हमेशा यह पाया है कि बच्चे सकारात्मक आत्म-चर्चा को *स्वाभाविक रूप से* स्वीकार करते हैं, कुछ हद तक अभिभावकों से भी अधिक आसानी से। संभवतः बचपन में हम अपने बारे में अच्छी चीज़ें सुनने के लिए अधिक उत्सुक होते हैं। हम ऐसी प्रत्येक चीज़ का उत्साह से स्वागत करने के अधिक इच्छुक होते हैं। हमारे आंतरिक स्वरूप प्रतिदिन हमारी ग़लतियों पर झिड़की की अपेक्षा यह सुनना अधिक पसंद करेंगे कि हम कितने श्रेष्ठ बन सकते हैं। बच्चे उस मूल संभावना के अधिक निकट होते हैं, जिसके साथ हम पैदा होते हैं। जब तक हमारे भीतर इस विश्वास की प्रोग्रामिंग नहीं हो जाती कि हम क्या *नहीं* कर सकते, तब तक बचपन में हम यह विश्वास करने के इच्छुक होते हैं कि हम क्या कर सकते हैं।

सफल होने के लिए बेहतर अवसर उत्पन्न करना

किसी ऐसे घर की कल्पना करें, जिसमें दो बच्चे हों, जिनमें से एक बच्चे को सकारात्मक आत्म-चर्चा सुनने तथा सीखने की अनुमति दी जाती है

और इसके लिए प्रोत्साहित किया जाता है, जबकि दूसरे बच्चे को न तो आत्म-चर्चा सिखाई जाती है और न ही इससे लाभ प्राप्त करने दिया जाता है। यदि दोनों बच्चे अन्य क्षेत्रों में समान हों, तो कल्पना करें कि वे अपने जीवन की स्थितियों में कितनी भिन्न प्रतिक्रिया व्यक्त कर सकते हैं।

बच्चा अपने बारे में जो सोचता है, उसका इस बात पर प्रभाव दिखेगा कि वह स्कूल में कितना अच्छा प्रदर्शन करता है, किस प्रकार के मित्रों का चयन करता है, दूसरों के साथ कैसे मेलजोल करता है, किशोर अपेक्षाओं की समस्याओं से कैसे निबटता है, ग़लत राह चुनने के लिए उकसाने वाले साथी समूह के दबाव के बावजूद अपने आप को कैसे नियंत्रित करता है, किस प्रकार का जीवनसाथी चुनता है, किस प्रकार का करियर चुनता है और अपने जीवन के प्रत्येक छोटे-बड़े क्षेत्र में कितना अच्छा प्रदर्शन करता है।

यदि दो बच्चे हों, जिनमें से एक में आत्म-चर्चा के कारण प्रबल आत्मसम्मान, अच्छी आदतें और सकारात्मक "हाँ, मैं कर सकता हूँ!" की निष्ठा उत्पन्न हो जाए, जबकि दूसरे को अधिकतर बच्चों को नसीब होने वाले साधारण अनिश्चित प्रोग्रामिंग के भरोसे छोड़ दिया जाए, तो आप किसे वोट देंगे? मैं तो विजेता आत्मविश्वास वाले बच्चे को वोट दूँगा। अनुवांशिकता में मिले जन्मजात गुणों के साथ-साथ आत्मविश्वास ही बच्चे का सार है। बच्चा *वही बनेगा,* जो उसका अपने बारे में सबसे प्रबल विश्वास है। यदि आप चाहते हैं कि आपका बच्चा *सही* काम करे, तो बचपन से ही आरंभ करें। उसकी आत्म-चर्चा से आरंभ करें।

अभिभावक मुझसे पूछते हैं कि उनके बेटे या बेटी बुरे मित्र ही क्यों चुनते हैं। वास्तव में, हम सभी, विशेषकर किशोर, ऐसे लोगों को खोजते हैं, जिन्हें हम अवचेतन रूप से अपने जैसा मानते हैं। यदि कोई बच्चा अपनी कम सकारात्मक तस्वीर देखता है, तो वह ऐसे मित्र चुनेगा, जो उस तस्वीर के सबसे अनुरूप होंगे- भले ही वे ग़लत क़िस्म के हों। दूसरी ओर, यदि आप उस बच्चे को एक बेहतर आत्म-छवि दे दें, उसके सामने उसकी एक बेहतर तस्वीर रख दें, तो वह उस तस्वीर से मेल खाने वाले समूह से अधिक मित्र चुनेगा। यदि किसी किशोर से कहा जाए कि वह

ज़रा भी अच्छा नहीं है और वह इस पर विश्वास कर ले, तो वह ऐसे मित्र चुनेगा, जो ज़रा भी अच्छे नहीं होंगे या उससे भी बुरे होंगे।

आत्म-चर्चा इसे बदल सकती है। आत्म-चर्चा तस्वीर को बदल देती है- *यह प्रोग्रामिंग को बदल देती है, जो विश्वास को उत्पन्न करती है, जो दृष्टिकोण को उत्पन्न करती है, जो भावनाओं को उत्पन्न करती है तथा जो व्यवहार को नियंत्रित करती है।*

कई वर्ष पहले मैंने बच्चों के लिए पुस्तकों की शृंखला लिखने का कार्य आरंभ किया। इसका उद्देश्य यह है कि बच्चे छोटी उम्र में ही बेहतरीन आत्म-चर्चा सीखकर अपने आत्मसम्मान को बेहतर बना लें।

पुस्तकों पर काम जारी है, लेकिन उनमें से बच्चों के लिए विशेष रूप से बनाए गए सेल्फ़-टॉक कैसेट प्रोग्राम का सेट तैयार हो गया है, जिसे *सेल्फ़-एस्टीम फ़ॉर किड्स* (छोटे बच्चों के लिए) कहा जाता है। इसके अतिरिक्त 17 वर्ष तक के किशोरों के लिए *सेल्फ़-एस्टीम फ़ॉर ओल्डर किड्स* नामक सेट भी तैयार हो चुका है। किशोरों के लिए तैयार आत्म-चर्चा कुछ ऐसे ढंग से प्रस्तुत की गई है, जैसी कि हम वयस्कों की है। छोटे बच्चों की आत्म-चर्चा एक केंद्रीय पात्र के द्वारा उन तक पहुँचती है, जिसे मैंने विशेष रूप से गढ़ा है। उस पात्र का नाम है "शैडरैक द बियर।" (शैडरैक उत्कृष्टता ग्रह से पृथ्वी पर आता है और यहाँ रहने वाले छोटे बच्चों को भयंकर नीगाट्रॉइड्स से बचाने में सहायता करता है, जो उनके आत्मसम्मान को चुराने और उनके सुनहरे भविष्य को नष्ट करने का प्रयास कर रहे हैं।)

इसलिए जब में आत्म-चर्चा पर सेमिनार करता हूँ, तो मैं कई वर्षों से छोटे बच्चों और यहाँ तक कि युवा वयस्कों से भी मिल रहा हूँ, जो "शैडरैक द बियर" की आत्म-चर्चा को सुनकर सचमुच "बड़े" हुए हैं। ऐसे युवाओं से मिलना बेहद उल्लेखनीय होता है, जो अपने घरों मे आत्म-चर्चा के साथ बड़े हुए हैं। "शैडरैक द बियर" और आत्मविश्वास के उसके अविश्वसनीय शब्दों को उनके घर तक पहुँचाना एक ऐसी उपलब्धि है, जिस पर मुझे हमेशा गर्व रहेगा।

यदि आप किसी समस्या को सुलझाना चाहते हैं या किसी बाधा को पार करना चाहते हैं :

हम समस्याएँ सुलझाने के लिए आत्म-चर्चा के उदाहरणों पर पहले ही बात कर चुके हैं। समस्या छोटी या बड़ी कैसी भी हो सकती है। हो सकता है, आत्म-चर्चा का प्रयोग करके आप कोई बड़ी दुविधा सुलझाना चाहें अथवा अतीत की छुटपुट शिकायतों को दूर करना चाहें। कुछ मामलों में उचित आत्म-चर्चा की थोड़ी सी मात्रा भी एक क़दम आगे बढ़ाने में आपकी सहायता करेगी, जिससे बड़े परिणाम मिलेंगे।

आसान शब्द : महत्वपूर्ण परिणाम

मैं एक लाइव रेडियो टॉक शो पर था। उसमें एक महिला ने फ़ोन किया। उसने मुझे और श्रोताओं को बताया कि दो साल से उसे नौकरी के एक भी साक्षात्कार के लिए नहीं बुलाया गया। बरसों पहले वह एक सफल प्रशासकीय सहयोगी थी, लेकिन घर सँभालने और बच्चों का पालन-पोषण करने के लिए उसने नौकरी छोड़ दी। अब वह दोबारा नौकरी करना चाहती थी, लेकिन लंबे समय तक घर पर रहने के कारण उसका आत्मविश्वास पूरी तरह समाप्त हो चुका था। समय जितना अधिक गुज़रता जा रहा था, उसका यह विश्वास उतना ही बढ़ता जा रहा था कि उसे कोई नौकरी नहीं मिल सकेगी। दो वर्षों से वह घर में बैठकर केवल विचारों पर विश्वास करने की बात अपने आप से कहती रही थी।

फिर उसने इंटरव्यू का बुलावा न आने का कारण बताते हुए कहा कि वह फ़ोन करने का ही साहस नहीं जुटा पाती थी। स्पष्ट है, मैं चंद मिनटों में उसके आत्मविश्वास को नहीं बदल सकता था। उसने इसे बहुत लंबे समय तक बहुत बुरी तरह नष्ट कर डाला था, इसलिए उसे पल-भर में बदलना कठिन था। लेकिन उसकी कहानी सुनकर मैं इतना अवश्य बता सकता था कि वह वास्तव में परिवर्तन करना चाहती थी। इसलिए मैंने सबसे छोटे और सबसे सरल क़दम पर ध्यान केंद्रित किया। मैंने उसे केवल एक आत्म-चर्चा बताई, जिसका उद्देश्य यह था कि वह नौकरी का इंटरव्यू पाने के लिए जिस कंपनी के ऑफ़िस में फ़ोन करना चाहती थी, उसे फ़ोन करे। पहले पहला अंक और फिर अगला अंक, फिर अगला

अंक, इसी प्रकार। उसने कहा कि वह प्रयास करेगी और इसके बाद हम दूसरे फ़ोन कॉल का उत्तर देने लगे।

मुझे बहुत प्रसन्नता हुई, लेकिन हैरानी नहीं हुई। तीस मिनट बाद उस दिन की आख़िरी कॉलर वही महिला थी, जिसने कार्यक्रम के आरंभ में नौकरी की समस्या के बारे में फ़ोन किया था। उसने पहला अंक दबाया था और फिर दूसरा...। मैंने उसे पहले बताया था कि यदि वह छोटे-छोटे क़दम उठाएगी, एक बार में टेलीफ़ोन का एक अंक दबाएगी, तो उसका अगला क़दम उतना ही आसान होगा। बस, अगला बटन दबाओ और जिस भी समय रुकने की इच्छा हो, वह रुक सकती है। लेकिन यदि एक बटन दबाना अच्छा महसूस हो, तो वह आगे बढ़े, मेरी बताई आत्म-चर्चा का प्रयोग करे और अगला बटन दबा दे।

मैं सोचता हूँ कि सारे श्रोता और मैं मन ही मन उसे शाबाशी दे रहे होंगे, जब उसने हमें बताया कि उसने उस फ़ोन नंबर के सातों अंक दबा लिए थे (दो साल में पहली बार) और वह अगले दिन सुबह साढ़े नौ बजे नौकरी का पहला इंटरव्यू देने जा रही थी। मैं उसकी आवाज़ की खनक कभी नहीं भूल सकूँगा। यह विशुद्ध उल्लास था। इसमें साफ़ झलक रहा था, "मैं यह कर सकती हूँ और *मैंने यह कर दिखाया!*"

यह बहुत ही छोटा क़दम था। इसमें सकारात्मक आत्म-चर्चा के सबसे सरल शब्दों की सबसे कम मात्रा की आवश्यकता थी। उसने वह कर दिखाया, जो वह सोचती थी कि वह नहीं कर सकती। उसने यह काम अपने दम पर किया था। इस प्रकार उसने अपने जीवन के कुछ सबसे महत्वपूर्ण वर्षों को सकारात्मक ढंग से बदल लिया। आत्म-चर्चा सरल थी, लेकिन उसके *परिणाम* बहुत बड़े थे।

यदि आप लक्ष्यों तक पहुँचना चाहते हों :

मैंने देखा है कि अच्छे लक्ष्य तय करना उन्हें प्राप्त करने की दिशा में क़दम उठाने का अत्यंत महत्वपूर्ण साधन है। लक्ष्य तय करना और उन तक पहुँचने के लिए काम करना स्वस्थ, अमीर और बुद्धिमान बनने का लक्षण है। सच्ची और स्थाई आत्म-संतुष्टि के लिए सार्थक लक्ष्य अनिवार्य है।

सार्थक लक्ष्य तय करने की कल्पना करें और फिर उनमें आत्म-चर्चा की अविरल ऊर्जा का ईंधन भरें। संभवतः आप इसके बिना भी उन्हें प्राप्त कर सकें, लेकिन राह कठिन होगी। इसलिए अपने सपनों को जीवन दें, उनमें शक्ति भरें और अपना मार्ग रोशन करें। अपनी मंज़िल तक सुरक्षित पहुँचने का विश्वास रखें। अपने लक्ष्य तय करें, उन्हें प्राप्त करने की दिशा में काम करें और मार्ग में प्रतिदिन अपने आप से बातचीत करते रहें।

लक्ष्य तय करना और अपने आप से बातचीत करना साथ-साथ होता है। लेकिन अपने आप से सही ढंग से बातचीत करेंगे, तो राह पर चलना आसान होगा। यदि आप लक्ष्य तय नहीं कर रहे हैं और उन्हें नहीं लिख रहे हैं, तो आपको आज ही आरंभ कर देना चाहिए। यदि आप पहले से ही सक्रियता से लक्ष्य प्राप्त कर रहे हैं, तो उन्हें स्व-विश्वास का उपहार दें। लक्ष्यों के साथ दिशा तथा प्रोत्साहन देने वाली दैनिक आत्म-चर्चा के शब्द जोड़ दें। अच्छी तरह तय किया गया लक्ष्य अच्छी तरह कहे गए शब्दों के लाभ का अधिकारी होता है।

यदि आप अपनी नौकरी को और भी अच्छा बनाना चाहते हैं :

किसी न किसी रूप में हम सभी दूसरों के निर्देशों के अधीन रहते हैं। हम सभी को कुछ न कुछ नियमों का पालन करना होता है। अपनी नौकरी, पेशे, सहयोगियों और नियोक्ता, बॉस या सुपरवाइज़र के बारे में आपका दृष्टिकोण कैसा है, इसका इस बात पर बहुत महत्वपूर्ण प्रभाव होगा कि आप कितना अच्छा प्रदर्शन करते हैं और अपनी वर्तमान नौकरी के बारे में कैसा अनुभव करते हैं। यदि आप स्वयं से कहें कि यह नौकरी पसंद नहीं है, तो आप शायद उसे पसंद नहीं कर पाएँगे। यदि आप अपने मैनेजर, अधिकारी या नियोक्ता से प्रसन्न नहीं हैं, तो आप अप्रसन्न ही रहेंगे।

आत्म-चर्चा को अपने साथ काम पर ले जाना

इसका लाभ लें। यदि अपनी नौकरी और सहकर्मियों के बारे में आत्म-चर्चा करते समय आप यह सोचेंगे कि सब कुछ ठीक-ठाक है, तो आत्म-चर्चा

सचमुच सब कुछ ठीक-ठाक बना देगी। आप स्वयं अपनी नौकरी के साथ प्रसन्न होने का अथवा प्रत्येक शाम नापसंद चीज़ों बारे में शिकायत करते हुए घर लौटने का निर्णय ले सकते हैं।

आपको क्या लगता है, एक प्रसन्न एवं प्रेरित कर्मचारी और दूसरे अप्रसन्न कर्मचारी के बीच सबसे महत्वपूर्ण अंतर क्या है, जिसके लिए कभी कोई चीज़ ठीक नहीं होती? यह उनके दृष्टिकोण और भावनाओं का अंतर है, जो पूरी तरह इस बात पर निर्भर होती हैं कि वह कर्मचारी अपने काम को स्वस्थ एवं सकारात्मक दृष्टिकोण से देखने के प्रति संकल्पित है या नहीं। जिन कर्मचारियों को "बड़े अवसर" मिलते हैं, वे प्रायः उन्हें अपने आप पैदा करते हैं। विश्वास करें कि आप नौकरी में अपने लक्ष्यों तक पहुँच सकते हैं। ऐसा करके आप उन लक्ष्यों तक पहुँचने की संभावनाओं को और भी बेहतर बना लेते हैं।

यदि आप कभी देखें कि आप अपनी नौकरी को लेकर दोष खोजने, शिकायत करने, आलोचना करने या द्वेष करने की आदत से घिरते जा रहे हैं, तो एकांत में अपने आप से चर्चा करें। कुछ लोगों की हालत तो आपसे भी ख़राब है। उनमें से कुछ तो आपके इस अवसर से प्रेम करेंगे। आपकी नौकरी या आपका व्यवसाय आपको उत्कृष्ट बनने, स्वयं से सर्वश्रेष्ठ की उम्मीद करने और उस उम्मीद को विश्वास में बदलने का अवसर देता है। आपकी सफलता सदा इस बात पर निर्भर करती है कि आप क्या सोचते हैं और आप अपने आप को सबसे अधिक क्या बताते हैं। सर्वश्रेष्ठ की अपेक्षा करें और अपने आप को सर्वश्रेष्ठ बताएँ। यदि आप ऐसा करते हैं, तो इस बात की बहुत संभावना है कि आपको सर्वश्रेष्ठ ही मिलेगा।

यदि आप स्कूल में अपनी योग्यताओं को बेहतर बनाना और कौशल को विकसित करना चाहते हैं :

हो सकता है कि इस पल आप स्कूल में न हों, लेकिन यदि हैं या वहाँ जाने की योजना बना रहे हैं, तो आपकी आत्म-चर्चा ही वह निर्णायक तत्व होगी, जो यह तय करेगी कि आप वहाँ शैक्षणिक और व्यक्तिगत, दोनों दृष्टिकोणों से कैसा प्रदर्शन करेंगे। आत्म-चर्चा बुनियादी बातों में

आपकी सहायता कर सकती है। यह बेहतर तरीक़े से सुनने और अधिक एकाग्र बनने में आपकी सहायता कर सकती है। इसके द्वारा आप पढ़ने की अच्छी आदतें डाल सकते हैं, लगन से जुटे रहने के संकल्प को और भी अच्छा बना सकते हैं, अपनी स्मरणशक्ति को पैना कर सकते हैं, अपना मनोबल ऊपर उठा सकते हैं तथा अपनी निगाह को अपने लक्ष्य पर दृढ़तापूर्वक केंद्रित रख सकते हैं।

स्कूल में या कोई दूसरी चीज़ सीखते समय अच्छा प्रदर्शन करना जीवन के किसी अन्य क्षेत्र में कुछ प्राप्त करने से ज़रा भी भिन्न नहीं है। इसमें समान दृष्टिकोणों, योग्यताओं और स्व-विश्वास की आवश्यकता होती है। लेकिन अध्ययन करने और सीखने की कुछ विशेष माँगें होती हैं, जिनमें विशेष प्रकार की आत्म-चर्चा की आवश्यकता होती है। इसमें कोई संदेह नहीं है कि जो प्रोग्राम आपके आंतरिक कंप्यूटर को चलाता है, वह सीखने में आपकी सफलता पर सीधा प्रभाव डालेगा। यदि आप स्कूल में या उसके बाहर कुछ सहायता लेना चाहें, तो यह सुनिश्चित करें कि आपके कंप्यूटर में वह प्रोग्राम हो, जो आपको मनचाही मंज़िल तक ले जाएँ अपने पाठ्यक्रम में आत्म-चर्चा को अवश्य जोड़ लें और विश्वास करें कि इसके बाद आपको स्कूल से और अपने आप से भी और भी अच्छे परिणाम मिलेंगे।

यदि आप कभी निराश हों, अकेलापन महसूस करें या हताश हो जाएँ :

यदि आपके जीवन में चीज़ें गड़बड़ा रही हैं, तो यह अपना प्रोग्राम बदलने और परिस्थितियों को दोबारा सही दृष्टिकोण से देखने का समय है। अकेलेपन या अवसाद से निबटने के लिए आत्म-चर्चा का प्रयोग बहुत अच्छा रहता है और इसे कार्यान्वित करना भी बहुत आसान है। आत्म-चर्चा का सरोकार आपसे और आपकी सोच से है, इसलिए यह सीधे समस्या की जड़ तक पहुँच जाती है। यदि आप अकेलापन अनुभव कर रहे हैं, तो ऐसे में आत्म-चर्चा से बहुत सहायता मिलती है। वास्तव में, अकेलेपन के दौरान अपने आप से सार्थक बातचीत करना उस समय का सर्वश्रेष्ठ उपयोग करना होता है। लेकिन यह आत्म-चर्चा से उत्पन्न होने वाली रिप्रोग्रामिंग हैं, जो अकेलेपन के अनुभव को सकारात्मक व

लाभदायक बनाने में सर्वाधिक सहायक सिद्ध होती है।

हमने ही इसे बनाया था – हम इसे बदल भी सकते हैं

कुछ लोग मानते हैं कि हमने अपने जीवन में जो भी बनाया है, हम उसे बदल सकते हैं। लेकिन उसे बदलना बहुत कठिन होता है। अवसाद से उपजी निराशा और हताशा अनेक लोगों के जीवन का हिस्सा बन जाती है।

लेकिन स्व-निर्मित अवसाद कम किया जा सकता है और पूरी तरह हटाया भी जा सकता है। जिन विचारों और मनोदशाओं के चलते वह उत्पन्न हुआ था, उन्हें दूर हटाकर उनकी जगह पर आत्म-चर्चा द्वारा उत्पन्न नई मानसिक तस्वीर रखी जा सकती है। देखिए, आत्म-चर्चा के द्वारा हममें से कोई भी अवसाद व हताशा *में* पहुँच सकता है, लेकिन उतनी ही आसानी से हम इससे *बाहर* भी निकल सकते हैं। इसके लिए किसी फ़ौलादी इच्छा या विशेष फ़ॉर्मूले की आवश्यकता नहीं होती। इसके लिए तो बस शब्द दर शब्द एक नए प्रोग्राम की आवश्यकता होती है, जो हमारे विश्वास को दोबारा निर्देशित करे और आस-पास होने वाली घटनाओं के बारे में हमारी तस्वीरों को बदल दे।

हम परिस्थितियों को जैसा चाहें, वैसा देख सकते हैं। हमारे पास यह विकल्प हमेशा मौजूद रहता है। यदि हम अपनी परिस्थितियों को हताशाजनक देखना चाहते हैं, तो हम ऐसा कर सकते हैं। दूसरी ओर, यदि हम अपनी परिस्थितियों को संतोषजनक, आशाजनक, परिवर्तनीय और सकारात्मक रूप से संभव देखना चाहते हैं, तो हम ऐसा भी कर सकते हैं। लेकिन सही परिणाम के लिए केवल *इच्छा* ही पर्याप्त नहीं होती, इससे कुछ अधिक की आवश्यकता होती है। इसीलिए सब कुछ पहली बार सही नहीं हुआ था, हमने अपने आप को सही तस्वीरें नहीं सौंपी थीं, सही परिणाम पाने के लिए सही प्रयास नहीं किया था। यह एक ऐसी बात है, जिसके बारे में हममें से कोई भी बहुत कुछ कर सकता है।

आत्म–चर्चा के अवसर असीमित हैं

यदि आप कुछ प्राप्त करना चाहते हैं :

आप या मैं जिससे भी मिलते हैं, वह *कुछ न कुछ* प्राप्त करना चाहता है। हममें से कुछ के जीवन का अर्थ केवल एक या दो क्षेत्रों में बेहतर बनना या सफलता प्राप्त करना होता है, परंतु कई अन्य लोग प्रत्येक क्षेत्र में सर्वश्रेष्ठ बनना चाहते हैं। यदि आप अपने जीवन के उन हिस्सों, समस्याओं, परिस्थितियों या अवसरों की सूची बनाएँ, जिनसे निबटने, उबरने अथवा जिन्हें प्राप्त करने में आत्म-चर्चा आपकी सहायता कर सकती है, तो वह सूची लगभग अंतहीन होगी।

यदि आप बेहतर आत्मसम्मान विकसित करना चाहते हैं, अधिक काम करना चाहते हैं, नौकरी बदलना चाहते हैं, कोई नई योग्यता सीखना चाहते हैं, अधिक रचनात्मक बनना चाहते हैं, तनाव कम करना चाहते हैं, अपनी परवाह करना चाहते हैं, चिंता छोड़ना चाहते हैं, अवसाद से उबरना चाहते हैं, अपनी सीमाओं को तोड़ना चाहते हैं, दूसरों के साथ बेहतर तालमेल बनाना चाहते हैं या किसी भी चीज़ में अधिक सफल होना चाहते हैं, तो आत्म-चर्चा की प्रोग्रामिंग ही आपकी सफलता की बुनियाद है।

दिमाग़ में आने वाली किसी भी नौकरी, करियर, पद, कार्य या अवसर के बारे में सोचें। हमारा मुक़ाबला चाहे किसी भी परिस्थिति से हो, हममें से किसके सफल होने की बेहतर संभावना है? क्या वे लोग अधिक सफल होंगे, जिन्होंने अपने डर और बाधाओं के पार छलाँग लगाने के लिए स्वयं को आत्मविश्वास और संकल्प का अतिरिक्त लाभ दिया है? या फिर वे अधिक सफल होंगे, जो अपनी संभावना का प्रतिरोध करते हैं, अपनी पुरानी प्रोग्रामिंग में ही अटके रहते हैं और अनिश्चितता, शंका तथा अविश्वास के साथ जीते हैं?

आप क्या करना चाहेंगे? एक पल के लिए किसी ऐसी समस्या की कल्पना करें, जिससे आप इसी समय उबरना चाहेंगे या कोई परिवर्तन, जो आप अपने जीवन में या स्वयं में करना चाहेंगे। यदि दो लोग होते और उनमें से एक सकारात्मक, उत्पादक एवं आत्म-चर्चाकार होता तथा दूसरा नहीं होता, तो आप किसे वोट देते? मैं जानता हूँ कि मैं अपना वोट किसे देता।

अध्याय सोलह

आदतें बदलना

आप आत्म-चर्चा का प्रयोग कई प्रकार से कर सकते हैं। आप देखेंगे कि आत्म-चर्चा के सभी सुझाव या वाक्यांश चार श्रेणियों में से किसी एक में आते हैं- *आदत बदलने के लिए, दृष्टिकोण बदलने के लिए, प्रेरणा देने के लिए या परिस्थितिजन्य* आत्म-चर्चा *के लिए।*

हममें से प्रत्येक व्यक्ति की एक-दो आदतें ऐसी होती ही हैं, जिन्हें हम बदलना चाहेंगे। प्रायः यह कोई ऐसी चीज़ होती है, जिसके कारण हमारे या दूसरों के सामने समस्याएँ खड़ी हो जाती हैं। ये आदतें हमारी राह में रोड़ा बनकर खड़ी हो जाती हैं, हमें पीछे रोककर रखती हैं और कई मामलों में तो हमें पूरी तरह रोक देती हैं। हम उन राहों पर चल चुके हैं, जो हमें ग़लत दिशा की ओर ले जाती हैं, लेकिन उन पर चलना हमें सुगम प्रतीत होता है।

सभी आदतें हमारी पुरानी प्रोग्रामिंग या कंडीशनिंग का परिणाम हैं। वे चीज़ें जिन्हें करना हमने सीखा और तब तक उनका अभ्यास किया, जब तक कि वे व्यवहार का स्वाभाविक अंग नहीं दिखने लगीं। स्पष्ट है, वे भी स्वाभाविक नहीं हैं, हम उनमें से किसी के साथ पैदा नहीं होते। वे और कुछ नहीं, आदतें हैं, नकारात्मक प्रोग्राम हैं, जो अटक गए हैं। उनमें से किसी को भी किसी नए प्रोग्राम से बदला जा सकता है।

"आदत बदलने वाली" आत्म-चर्चा किसी विशेष समस्या पर काम करने में आपकी सहायता करती है। यह आत्म-चर्चा है, जो आपके अवचेतन मन को निर्देश देती है कि वह किसी चीज़ को एक तरीक़े से

करना छोड़कर दूसरे तरीक़े से करना आरंभ करे। यह आत्म-चर्चा उस व्यवहार चक्र को हटा देती है, जो आपके विरुद्ध काम करता है और उसकी जगह व्यवहार का वह चक्र स्थापित कर देती है, जो कार्यों को बदलकर समस्याएँ सुलझाने या लक्ष्यों तक पहुँचने में आपकी सहायता करता है, यानी जो कार्य आप करते हैं, लेकिन आपको नहीं करने चाहिए और वे विशेष कार्य जो आपको करने चाहिए, लेकिन आप उन्हें नहीं कर रहे हैं।

आइए, कुछ आम आदतों पर नज़र डालते हैं, जिन्हें हम सभी अच्छी तरह जानते हैं :

चीज़ों को टालना या टालमटोल करना।
धूम्रपान।
बहुत अधिक काम करना या पर्याप्त काम न करना।
बहस करना।
समस्याओं की अनदेखी करना।
अधिक सोना।
नाम या अन्य महत्वपूर्ण बातें भूल जाना।
शिकायत करते रहना।
बहाने बनाना।
चीज़ें खोना।
भुक्खड़पन- आवश्यकता से अधिक खाना-पीना।
व्यंग्यात्मक होना।
जब आप "ना" कहना चाहते हों, उस समय "हाँ" कहना।
कभी समय पर न आना।
न सुनना।
दूसरों को दोष देना।
दूसरों के बोलते समय उन्हें बीच में टोकना।
अव्यवस्थित रहना।
सच न बोलना।
चिंता करना।
गपशप करते रहना।

प्राथमिकताएँ तय न करना।
भावनाओं को हावी होने देना।
समय बर्बाद करना।
बिन माँगे सलाह देना।
आमदनी से अधिक ख़र्च करना।
बहुत अधिक बोलना।
दूसरों की अति अलोचना करना।
विवरणों की परवाह न करना।
कोई कार्य आरंभ करके उसे पूरा न करना।

ये सभी आदतें हैं। मुझे विश्वास है कि आप इस सूची में कुछ और आदतें भी जोड़ सकते हैं। बस, इतना याद रखें कि सही प्रकार की आत्म-चर्चा से इन सभी आदतों को बदला या सुधारा जा सकता है।

आप जिस आदत को बदलना चाहते हैं, वह चाहे धूम्रपान छोड़ने जितनी सरल हो या समय पर काम पूरा करने की आदत, एक विशेष प्रकार की आत्म-चर्चा उसे बदलने में आपकी सहायता करेगी। आदत बदलने वाली आत्म-चर्चा विशिष्ट होती है और यह आपसे कुछ अपेक्षा रखती है। यह *पुरानी* आदत को सहन या स्वीकार करने से इंकार कर देती है। इसकी अपेक्षा यह आपके काम और व्यवहार की एक नई तस्वीर बनाती है, जो पुरानी आदत को पीछे छोड़ देती है। यह नई आदत के उत्पादन चक्र को गतिमान कर देती है, जो पुरानी आदत के चक्र की जगह ले लेती है।

आत्म–चर्चा को वर्तमान में रखें

सकारात्मक आत्म-चर्चा (परिस्थितिजन्य आत्म-चर्चा के अपवाद को छोड़कर, जिस पर हम बाद में बात करेंगे) *वर्तमान काल* में लिखी जाती है, पढ़ी जाती है, सुनी जाती है, सोची जाती है और बोली भी जाती है। यह हमेशा ऐसे व्यक्त की जाती है, मानो वांछित परिवर्तन *हो चुका हो*। ऐसा करके आप अपने अवचेतन मन को पूर्ण कार्य की पूर्ण तस्वीर दे रहे होते हैं। आप अपने नियंत्रण केंद्र को निर्देश दे रहे होते हैं, जो कहता है, “यह मेरा वह ‘स्वरूप’ है, जिसे मैं चाहता हूँ कि तुम मेरे लिए गढ़ो।”

तस्वीर जितनी पूर्ण होगी, आप अवचेतन मन को उतने ही विशिष्ट निर्देश दे रहे होंगे।

उदाहरणार्थ, जब आप अपने अवचेतन मन को कोई नया निर्देश देना चाहते हों, तो यह न कहें, "मैं वज़न कम करने जा रहा हूँ।" जब आप कहते हैं, "मैं... करने जा रहा हूँ," तो आप अपने नियंत्रण केंद्र से वास्तव में क्या कह रहे हैं? "कल, बाद में, किसी अन्य समय, भविष्य में मैं वज़न कम करूँगा (मैं करने जा रहा हूँ), लेकिन अभी मुझे वैसा ही रहने दो, जैसा मैं हूँ।" कल कभी नहीं आता।

यदि आप अपने आप से कहते हैं, *"मैं करूँगा, मैं करने जा रहा हूँ, मुझे करने की आवश्यकता है, मुझे करना चाहिए, मैं करना पसंद करूँगा, मैं करना चाहता हूँ,"* या *"काश! मैं ऐसा कर पाता,"* तो मुझे कोई संदेह नहीं है कि आपका अवचेतन मन आपकी बात पर विश्वास कर लेगा कि आप उस बारे में कुछ नहीं करेंगे।

आप जो लक्ष्य या परिणाम प्राप्त करना चाहते हैं, उसे वर्तमान काल में व्यक्त करें। अवचेतन मन यह नहीं जानता कि क्या सच है और क्या नहीं, इसलिए समय के साथ वह आपकी बताई हुई बात को स्वीकार कर लेगा और उसी पर काम करेगा। याद रखें, वह आपके निर्देशों के सटीक शब्दों पर ही अमल करने का प्रयास करेगा :

मैं हमेशा प्रत्येक वह काम करता हूँ, जो करने की आवश्यकता है और जब मुझे उसे करने की आवश्यकता होती है।

मैं कभी बहस नहीं करता और न अपनी भावनाओं को अपने विरुद्ध काम करने देता हूँ।

मैं धूम्रपान नहीं करता!

मेरी स्मरणशक्ति अच्छी है। मैं आसानी से और अपने आप किसी भी महत्वपूर्ण नाम या चीज़ को याद कर लेता हूँ।

मैं केवल वही खाता हूँ, जो मुझे खाना चाहिए।

मैं अच्छा श्रोता हूँ। मैं प्रत्येक शब्द को सुनता हूँ। मैं अपने आस-पास होने वाली प्रत्येक चीज़ पर ध्यान देता हूँ, उसमें रुचि लेता हूँ और

उसके बारे में जागरूक रहता हूँ।

मुझमें अपनी राय व्यक्त करने का साहस है। मैं स्वयं की और अपनी कही या की गई प्रत्येक बात या चीज़ का उत्तरदायित्व लेता हूँ।

मैं कभी अपनी आमदनी से अधिक ख़र्च नहीं करता। मैं आर्थिक रूप से अपने वर्तमान के लिए और अपने भविष्य के लिए भी उत्तरदायी हूँ।

मैं लक्ष्य तय करता हूँ और उसकी ओर बढ़ता हूँ। मैं अपनी नज़रें जमाता हूँ, उचित क़दम उठाता हूँ और अपने लक्ष्य को प्राप्त कर लेता हूँ।

मैं अपने परिवार और प्रियजनों के साथ समय बिताता हूँ। एक-दूसरे के सुख-दुःख की बातें सुनना-सुनाना मुझे बहुत आनंददायक लगता है।

सकारात्मक आत्म-चर्चा के ये सारे उदाहरण सीधे "आदतों" से संबंध रखते हैं- व्यवहार की पहले से तय शैलियाँ जो हमें कुंठित करती हैं या पीछे रोके रखती हैं। प्रत्येक प्रकरण में, इनमें से प्रत्येक उदाहरण परिवर्तन को वर्तमान काल में व्यक्त करता है, मानो वांछित परिणाम पहले ही हो चुका हो, लेकिन हर उदाहरण केवल आत्म-चर्चा के कई वाक्यांशों में से केवल एक-दो वाक्यांशों को ही व्यक्त करता है, जिन पर सचमुच अभ्यास करके आप मनचाहा परिवर्तन करना चाहते हैं।

जब आप किसी आदत को बदलने, किसी नज़रिए को प्रभावित करने या आंतरिक प्रेरणा उत्पन्न करने के लिए आत्म-चर्चा का इस्तेमाल कर रहे हों, तो यह अधिक कारगर होता है, जब आप संबंधित विषय के चारों ओर आत्म-चर्चा की ठोस दीवार बना लें। सही क़िस्म की आत्म-चर्चा के एक वाक्यांश का भी आपके व्यवहार पर प्रभाव पड़ सकता है, लेकिन आपको अपनी आत्म-चर्चा से पूरा लाभ तभी मिलता है, जब आप अपने अवचेतन मन के सामने एक *पूरी तरह नई तस्वीर* बना लेते हैं।

यदि आप इन उदाहरणों में से किसी एक को चुनते हैं और आत्म-चर्चा के केवल *एक* ही वाक्यांश का प्रयोग करके किसी पुरानी

आदत को बदलना चाहते हैं, तो उस एक वाक्यांश को आप चाहे जितनी बार दोहरा लें, उसके केवल सीमित परिणाम मिलेंगे। लेकिन उस एक वाक्यांश से आरंभ करें और उसका विस्तार करें, उसमें आत्म-चर्चा के कई वाक्यांश व सुझाव जोड़ दें। समस्या के प्रत्येक पहलू पर प्रकाश डालें और प्रत्येक छिपे हुए कोने को रौशन कर लें।

याद रखें, आपकी नई आत्म-चर्चा वह परिवहन तंत्र है, जिसका प्रयोग करके आप अपने लिए मंज़िल का नक़्शा बना रहे हैं, अपनी दिशा, ऊँचाई और गति तय कर रहे हैं। इसलिए स्पष्ट बनें और आरंभ से अंत तक पूरा काम करें। अस्पष्ट दिशाओं, समाधान के संकेतों और अपेक्षाओं की परछाइयों तले मंज़िल तक पहुँचने की आशा न करें।

सटीक बनें

आत्म-चर्चा का प्रयोग करते समय हर संभव प्रयास करें, समस्या को अलग करें, प्रत्येक कोण से उसे देखें, *उस समस्या से जुड़े* प्रत्येक क्षेत्र की सूची बनाएँ और उसे करने के लिए आत्म-चर्चा की एक पंक्ति जोड़ दें। हालाँकि मुझे कई समस्याएँ मिली हैं, जिन्हें आत्म-चर्चा के एक-दो वाक्यांशों से ही सुलझाया जा सकता है, लेकिन मैंने पाया है कि समस्या चाहे जितनी बड़ी हो या लक्ष्य चाहे जितना महत्वपूर्ण हो, अधिकतर मामलों में लगभग एक दर्जन अच्छी तरह चुने गए आत्म-चर्चा के सुझावों से काम हो जाता है।

चलिए, एक ऐसे व्यक्ति का उदाहरण लें, जो सिगरेट छोड़ने का लक्ष्य बनाता है। हम यह उदाहरण इसलिए ले रहे हैं; क्योंकि धूम्रपान की आदत को प्रत्येक व्यक्ति इसी रूप में (एक "आदत" के रूप में) देखता है। हालाँकि मेरे दिए अन्य उदाहरण भी धूम्रपान जैसी "आदत" जैसे होते हैं। हम उतनी ही आसानी से किसी ऐसे व्यक्ति के उदाहरण का प्रयोग कर सकते हैं, जो टालमटोल की आदत छोड़ना चाहता है, घर पर बहस करने की आदत छोड़ना चाहता है या कुछ सार्थक करने की अपेक्षा निठल्लेपन में अपना बहुमूल्य समय बर्बाद करने की आदत छोड़ना चाहता है।

यदि आप धूम्रपान न भी करते हों, तो भी आगे दी हुई आत्म-चर्चा के उदाहरण में हेर-फेर करके उसे उस आदत के अनुसार ढाल लें, जिसे आप छोड़ना चाहते हों।

आत्म-चर्चा के इन चंद वाक्यों को पढ़कर आपको बहुत जल्दी समझ आ जाना चाहिए कि आत्म-चर्चा केवल एक-दो सरल वाक्यों का नाम नहीं है। *यह तो संक्षिप्त और चुनिंदा शब्दों द्वारा दिए गए विशिष्ट निर्देश हैं, जो मिलकर आपके मनचाहे बेहतर या परिवर्तित स्वरूप की तस्वीर बनाएँगे।*

इस उदाहरण में दैनिक नकारात्मक आत्म-चर्चा पुरानी आदत का साथ देती है। जिस प्रकार की आत्म-चर्चा के बारे में हम बात कर चुके हैं, "चाहे मैं कितना भी प्रयास कर लूँ, मैं धूम्रपान नहीं छोड़ सकता," "धूम्रपान से मुझे सुकून मिलता है," या "जब मैं धूम्रपान छोड़ देता हूँ, तो मेरा वज़न बढ़ जाता है।" यह पुरानी प्रोग्रामिंग हैं। लेकिन *आदत बदलने वाली* नई आत्म-चर्चा उन सभी चीज़ों को एक नए दृष्टिकोण से देखती है।

आगे दी हुई आत्म-चर्चा की प्रत्येक तस्वीर के वाक्यांश पर ध्यान दें कि शब्द दर शब्द उस व्यक्ति के अवचेतन मन को कौन से निर्देश दिए जा रहे हैं, जो यह सोचता था कि धूम्रपान करना उचित है।

धूम्रपान छोड़ने के लिए सकारात्मक आत्म-चर्चा

मैं धूम्रपान नहीं करता। मेरे फेफड़े मज़बूत और स्वस्थ हैं। मैं गहरी और पूरी साँस लेता हूँ।

शारीरिक दृष्टि से अपनी परवाह करना मेरे लिए महत्वपूर्ण है। मैं स्वयं को फ़िट रखना चाहता हूँ और अच्छा महसूस करना चाहता हूँ।

मैं धूम्रपान नहीं करता और मुझे स्वयं पर गर्व है। मुझमें पहले से कहीं अधिक ऊर्जा और स्टैमिना है। मैं जीवन का आनंद लेता हूँ और बहुत ख़ुश हूँ।

जब भी मैं सिगरेट देखता हूँ या मुझे उसका विचार आता है, तो

अपने आप यह शब्द सुनने लगता हूँ, "मैं धूम्रपान नहीं करता।" और मैं सचमुच नहीं करता।

मुझमें ऐसी आदतें नहीं हैं, जो किसी हानिकारक रूप से मुझे नियंत्रित या प्रभावित करती हों- अपने आप पर और अपने प्रत्येक कार्य पर मेरा पूर्ण नियंत्रण है। मैं हमेशा वही करता हूँ, जो मेरे तथा मेरे भविष्य के लिए सर्वश्रेष्ठ होता है।

मुझे साफ़, ताज़ी हवा में साँस लेने, स्वस्थ रहने और अपने शरीर तथा मन के पूरे नियंत्रण में रहने में ही आनंद आता है।

मैं अपने द्वारा निश्चित किए गए किसी भी लक्ष्य को प्राप्त कर सकता हूँ। मैं मन ही मन उस लक्ष्य को प्राप्त कर लेने की स्पष्ट तस्वीर देखता हूँ। मैं उसे निश्चित करता हूँ, उसे प्रायः देखता रहता हूँ और उसे प्राप्त कर लेता हूँ।

मैं नियमित व्यायाम करता हूँ। मैं अपने आप को फ़िट तथा स्वस्थ रखता हूँ। मैं ऊर्जा व स्फूर्ति से भरे जीवन का आनंद लेता हूँ।

मेरी सारी इंद्रियाँ सही और जीवंत हैं। मेरी देखने, सुनने, स्वाद लेने, स्पर्श करने और सूँघने की शक्तियाँ पहले से कहीं अधिक तीव्र हैं।

मैं नहीं मानता कि धूम्रपान किसी भी प्रकार से शक्ति, बुद्धिमानी और ग्लैमर का प्रतीक है। मैं इसकी वास्तविकता से परिचित हूँ और मेरे जीवन में इसके लिए कोई स्थान नहीं है।

मैं सुकून से रहता हूँ, अच्छा महसूस करता हूँ, गहरी और पूरी साँस लेता हूँ। मैं सारा समय तथा सभी परिस्थितियों में धूम्रपान न करने वाला स्वस्थ व्यक्ति बनने का आनंद लेता हूँ।

मेरे आस-पास रहने से लोगों को ख़ुशी मिलती है। मुझमें आत्मविश्वास और आत्मसम्मान है। मैं स्वयं को पसंद करता हूँ और यह सामने दिखता है।

धूम्रपान न करने वाला बनना मेरे लिए आसान है। आख़िर, मैं ऐसा ही पैदा हुआ था और यही मेरी स्वाभाविक अवस्था है।

यदि आप धूम्रपान करते हैं और इस आदत को छोड़ना चाहते हैं, तो ऊपर दिए शब्दों का प्रयोग करें। इन्हें दिन में तीन-चार बार अपने अवचेतन मन के सामने तीन सप्ताह तक पढ़ें और देखें कि आप पर उनका क्या प्रभाव होता है। मुझे लगता है कि अन्य लोगों की तरह आप भी पाएँगे कि आप अपने आप को जो नए निर्देश दे रहे हैं, उनका उस पुराने प्रोग्राम पर ख़तरनाक प्रभाव होता है, जिसके आप आदी हो चुके थे। देखिए, पुरानी आदतें और कुछ नहीं, बल्कि पुरानी प्रोग्रामिंग है, जिसे हमने स्वीकार कर लिया है और जिसके हम आदी हो चुके हैं।

यदि आप किसी पुरानी आदत को बदलना चाहते हैं, तो अपनी पुरानी प्रोग्रामिंग को खोजें, उसकी असलियत को पहचानें, उसके बारे में कुछ करने का छोटा सा निर्णय लें और उसे मिटाकर उसके स्थान पर कोई नया बेहतर प्रोग्राम रख दें।

आदत बदलने वाली आत्म-चर्चा का एक और उदाहरण देखें। इस प्रकरण में हम आत्म-चर्चा का प्रयोग एक ऐसी आदत से निबटने में करेंगे, जो बहुत से लोगों को उनकी पूरी संभावना तक पहुँचने से रोकती है, अर्थात चिंता करने में समय बर्बाद करने की आदत। केवल इस एक नकारात्मक आदत को जीतकर कई असफल लोग विजेताओं में बदल चुके हैं। यही नहीं, इससे उन्हें अतिरिक्त समय, मानसिक शांति और जीवन के बारे में एक बिल्कुल नया दृष्टिकोण भी मिल चुका है।

एक बार फिर, आदत बदलने वाली आत्म-चर्चा के उदाहरण पढ़ते समय ध्यान दें कि आत्म-चर्चा केवल लक्षणों के बारे में ही बात नहीं करती है, यह पुरानी आदत को तोड़ती है और उसे जड़ से उखाड़ फेंकती है। सकारात्मक नई आत्म-चर्चा प्रत्येक कोण से समस्या पर प्रहार करती है। यह एक नया और बेहतर मानसिक परिवेश बनाती है। यह आपको अपनी एक स्वाभाविक, नई तस्वीर दिखाती है। आप अपने आप को चिंतारहित *अवस्था* में देखते हैं। आप स्वयं को उस अधिक उत्पादक व्यक्ति के रूप में देखते हैं, जो आप बनना चाहते हैं।

इस बार जब आत्म-चर्चा को ज़ोर से पढ़ने का प्रयास करें, तो इसे किसी पुस्तक के पन्नों पर लिखे शब्दों से अधिक जीवंत बनाएँ। आत्म-चर्चा तभी सक्रिय होती है, जब आप इसे लिखित पन्ने से बाहर

निकालते हैं और सीधे स्वयं को संबोधित करते हैं।

चिंता से छुटकारा पाने के लिए सकारात्मक आत्म–चर्चा

मैं चिंता नहीं करता। अपनी सोच पर मेरा पूरा नियंत्रण है और मैं केवल उन विषयों पर ही विचार करता हूँ, जो मुझे सर्वश्रेष्ठ बनाते व संतुष्ट करते हैं।

मेरा मस्तिष्क सकारात्मकता के साथ सतत लय में है। यह तेजस्वी, प्रसन्नतादायक, उत्साही और अच्छे, सकारात्मक विचारों से भरा हुआ है।

मैं अपने शरीर और मन से आराम व चैन से रहने में समर्थ हूँ। मैं शांत, आत्मविश्वासी और आत्म-संतुष्ट हूँ।

मेरा मस्तिष्क क्रमबद्ध और अच्छी तरह व्यवस्थित है। मैं चेतन होकर चुनता हूँ कि क्या सोचूँ। मैं हमेशा वही विचार चुनता हूँ, जो मेरे लिए सर्वाधिक सकारात्मक और लाभकारी होते हैं।

मेरे सभी विचार मेरे स्वास्थ्य में वृद्धि करते हैं। मेरा मन केवल उन्हीं विचारों पर ठहरता है, जो मेरे भीतर और आस-पास के संसार में अधिक सद्भाव, संतुलन व कल्याण उत्पन्न करते हैं।

मैं अपने आप सदैव निर्णायक और कृतसंकल्प होकर सोचता हूँ।

मैं संकल्प से भरा हुआ हूँ और मुझे पूरा विश्वास है कि मैं जो भी करता हूँ, उसका प्रत्येक क्षेत्र में सर्वश्रेष्ठ संभव परिणाम मिलेगा।

मैं अपने आस-पास के संसार को आशावाद और आत्म-आश्वस्ति के तेज एवं स्वस्थ प्रकाश में देखने का चयन करता हूँ।

मैं केवल वही काम करता हूँ, जो मेरे लिए सर्वश्रेष्ठ है। मैं अपने भीतर सर्वश्रेष्ठ का निर्माण करता हूँ। मैं दूसरों के सर्वश्रेष्ठ स्वरूप को आकर्षित करता हूँ और अपने आस-पास के संसार में सर्वश्रेष्ठ ही पाता हूँ।

मैं इच्छा से और बिना चूक के उन सारे कर्तव्यों और दायित्वों को

निभाता हूँ, जिन्हें मैंने स्वयं के लिए स्वीकार किया है।

मैं केवल वही उत्तरदायित्व स्वीकार करता हूँ, जिन्हें मैं पूरा कर सकता हूँ।

मैं अपने मन का ध्यान केवल उन्हीं चीज़ों पर केंद्रित करता हूँ, जिनके बारे में मैं कुछ कर सकता हूँ। यदि मैं उसे प्रभावित नहीं कर सकता या नहीं बदल सकता, तो उसे अस्वीकार कर देता हूँ।

मैं अच्छे, स्वस्थ, सकारात्मक, रचनात्मक एवं उत्पादक विचार सोचने में अपने मन को इतना व्यस्त रखता हूँ कि चिंता के लिए समय ही नहीं रहता।

मैं जो विचार चुनता हूँ, उन पर मेरा पूरा नियंत्रण रहता है। मेरे मन में कोई भी विचार, किसी भी समय, मेरे अनुमोदन या अनुमति के बिना नहीं रह सकता।

मैं कभी चिंता नहीं करता।

आप चाहे जिस भी आदत को बदलना चाहें, उसके लिए सही आत्म-चर्चा मौजूद है। हमने अब तक आदत बदलने वाली आत्म-चर्चा के जो उदाहरण दिए हैं, उनसे आपको अंदाज़ा लग जाएगा कि आत्म-चर्चा कैसे तैयार की जाती है। यह न केवल समस्या पर ध्यान केंद्रित करती है, अपितु आस-पास का मानसिक *परिवेश* भी बनाती है, जो परिवर्तन करने के निर्णय का समर्थन करता है और उसका पोषण करता है।

हम जिन्हें बुरी आदतें कहते हैं, वास्तव में, उनमें से अधिकतर हमारे भीतर चल रही किसी दूसरी चीज़ की द्योतक होती हैं। वे अपने बारे में हमारी ढेरों मान्यताओं का परिणाम होती हैं। ये मान्यताएँ जब घनीभूत होकर एकत्रित होती हैं, तो हमें व्यवहार के ऐसे चक्र में धकेल देती हैं, जिससे अंततः हमारे लिए समस्याएँ खड़ी हो जाती हैं। आत्म-चर्चा संपूर्णतावादी दृष्टिकोण से "पूरे अस्तित्व" की ओर देखती है। यह केवल लक्षणों का ही उपचार नहीं करती, यह तो उन मूल समस्याओं को भी जड़ से उखाड़ फेंकती है, जिनके कारण वे लक्षण उत्पन्न हुए थे।

आदत बदलने के लिए, शब्दों को बदल दें

हम आदतों के ग़ुलाम हैं। लेकिन जो भी आदत सीखी जाती है, उसे बाद में बदला भी जा सकता है। समस्या यह है कि अतीत में आदतों को बदलना कठिन रहा है; क्योंकि तब हम पुरानी प्रोग्रामिंग को बदले बिना दिशा बदलने का प्रयास कर रहे थे। आत्म-चर्चा का प्रयोग करके हम दोनों उद्देश्य प्राप्त कर लेते हैं, हम नए का निर्माण करके पुराने को मिटा देते हैं।

आप किसी ऐसी आदत को चुनें, जिसे आप बदलना चाहते हों। अपने जीवन को रातोंरात बदलने का प्रयास न करें। किसी छोटी आदत से आरंभ करें, चाहे वह कितनी ही छोटी क्यों न हो। फिर उन शब्दों को बदल दें, जिनसे आप अपनी जानकारी देते हैं। एक बार आरंभ कर दें और फिर उसमें लगे रहें। सकारात्मक परिवर्तन होते देखना रोमांचक होता है। मूल्यवान, उपयोगी और नई आदतों के उदय के साथ उन पुरानी आदतों को हटते देखना अच्छा लगता है, जो कभी आपकी राह में रोड़ा बनी हुई थीं।

अध्याय सत्रह

दृष्टिकोण बदलना

हमारा प्रत्येक कार्य प्रत्यक्ष या अप्रत्यक्ष रूप से हमारे दृष्टिकोण से प्रभावित होता है, इसलिए दृष्टिकोण बदलने से इंसान के जीवन की प्रत्येक चीज़ पर प्रभाव पड़ सकता है। हम क्या करते हैं और उसे कैसे करते हैं, इस पर भी "दृष्टिकोण में छोटे से परिवर्तन" का प्रभाव पड़ता है। यदि आपका कोई बच्चा कभी स्कूल-कॉलेज में रहा है, तो आप जानते होंगे कि यह कितना सच है। दृष्टिकोण बदलने से ग्रेड, पोशाक, आदतें और मित्र सब कुछ बदल सकते हैं।

दृष्टिकोण जितना अच्छा होता है, लगभग प्रत्येक चीज़ में हमारे परिणाम भी उतने ही अच्छे होते हैं। दृष्टिकोण हमारी भावनाओं को प्रभावित करता है और भावनाएँ इस बात को प्रभावित करती हैं कि हम क्या करते हैं और उसे कितनी अच्छी तरह करते हैं, इसलिए अच्छे दृष्टिकोण का होना या न होना हमारी सफलता अथवा असफलता निश्चित करने वाला निर्णायक तत्व हो सकता है। सही दृष्टिकोण हमें बहुत शक्ति प्रदान करता है।

हमारे दृष्टिकोण हमारी प्रोग्रामिंग का परिणाम होते हैं, इसलिए समझदारी इसी में है कि हम उन दृष्टिकोणों पर ध्यान दें, जिनके साथ हम जी रहे हैं। हमें यह सोचना चाहिए कि वे वैसे क्यों हैं और हमें उनमें से किसे बदलना चाहिए। हमारा प्रत्येक दृष्टिकोण *सीधे-सीधे* इस बात पर प्रभाव डालता है कि हम अपने आस-पास की प्रत्येक चीज़ के बारे में कैसा अनुभव करते हैं और उसके बारे में क्या करते हैं। इसलिए हमारे दृष्टिकोण अत्यंत *महत्वपूर्ण* हैं! सही दृष्टिकोण के बिना हमें वह कुंजी

नहीं मिल सकती, जो प्रसन्नता और सफलता के ख़ज़ाने का ताला खोलती है, जिसे हम इतना चाहते हैं और जिसकी समृध्दि के हम अधिकारी हैं।

दृष्टिकोण ही काफ़ी हद तक हमारी वह तस्वीर बनाते हैं, जिसे हम देखते हैं। दृष्टिकोण ही वे छननी हैं, जिनसे हम प्रत्येक चीज़ को देखते हैं। हमारे दृष्टिकोण हमारी प्रवृत्तियाँ हैं। वे "मानसिक अवस्थाएँ" हैं, जिनमें हम जीते हैं। हमारे दृष्टिकोण ही हमारी मनोदशा, स्वभाव, इच्छा और झिझक के माध्यम से अपने आप को व्यक्त करते हैं।

हमारे दृष्टिकोण हमें या तो विजय की ओर धकेल सकते हैं या पराजय के दलदल में धँसा सकते हैं। वे हमारे प्रत्येक क़दम की पकड़ हैं। दूसरे लोग उन्हें हमारे आंतरिक व्यक्तित्व के रूप में देखते हैं। दृष्टिकोण ही हमारा वर्णन करते हैं और हमें परिभाषित करते हैं। वही निर्धारित करते हैं कि हम आस-पास के संसार के सामने कैसी छवि पेश करते हैं। हमारे दृष्टिकोण ही हमें अमीर या ग़रीब, प्रसन्न या दुखी, पूर्ण या अपूर्ण बनाते हैं। वे हमारे प्रत्येक कार्य को अधिकाधिक तय करने वाले तत्व होते हैं। हम और हमारे दृष्टिकोण अभिन्न रूप से जुड़े हुए हैं। हम ही अपने दृष्टिकोण हैं और हमारे दृष्टिकोण ही *हम* हैं।

दूसरों के दृष्टिकोण का प्रबंध करना

यदि आप किसी प्रकार से दूसरों के दृष्टिकोण के विकास के लिए प्रबंधक, अभिभावक, शिक्षक या मित्र के रूप में उत्तरदायी हैं, तो यह उम्मीद न करें कि प्रोत्साहन, भाषण, दंड, शिकायत या चापलूसी का प्रयोग करके "पुरस्कार और तिरस्कार दोनों" की नीति से आप किसी दूसरे के दृष्टिकोण को बदल सकते हैं। दृष्टिकोण इस प्रकार नहीं बदलते।

बिज़नेस मैनेजर्स उत्पादन को बेहतर बनाने या बिक्री बढ़ाने के लिए दृष्टिकोण बेहतर बनाने के लिए प्रोत्साहन देते आ रहे हैं। हालाँकि इससे थोड़े समय के लिए सुधार दिखाई देता है, लेकिप कुछ समय बाद कंपनियों को कोई नई प्रोत्साहन योजना बनानी पड़ती है; क्योंकि इस प्रकार किसी का दृष्टिकोण नहीं बदलता। उन्होंने तो केवल कर्मचारियों के *बाहरी व्यवहार* पर एक अल्पकालीन व अस्थाई प्रभाव डाला था, उनके

दृष्टिकोण में कोई बदलाव नहीं किया था।

यदि आप किसी दृष्टिकोण को बदलने के लिए एक या दूसरी प्रकार के प्रोत्साहन का प्रयोग करते हैं, तो यह कारगर *नज़र* आ सकता है, लेकिन ऐसा प्रभाव स्थाई नहीं बना रहेगा। आप पाएँगे कि जब पुराना प्रोत्साहन कमज़ोर हो जाएगा, तो आपको नया प्रोत्साहन देने की आवश्यकता पड़ती रहेगी।

दृष्टिकोण को बदलने के लिए प्रायः उस समय भी ग़लत उपाय प्रयोग में लाया जाता है, जब हम उस व्यक्ति के दृष्टिकोण को सुधारने का प्रयास करते हैं, जो उसके विपरीत काम करता नज़र आता है। स्कूल के परामर्शदाता, अभिभावक, पति, पत्नी, मैनेजर और मित्र उस व्यक्ति को प्रायः यही बताते हैं, "आपको अपना दृष्टिकोण बदलने की आवश्यकता है।" लेकिन किसी भी व्यक्ति को यह बताने से आज तक कभी कोई लाभ नहीं हुआ।

वास्तव में, इसका ग़लत प्रभाव हो सकता है; क्योंकि यह नकारात्मक प्रोग्रामिंग है। यह उसके पक्ष में काम करने की अपेक्षा उसके विरुद्ध काम करेगी। यह उसके पहले से प्रोग्राम किए हुए विश्वास की *दोबारा पुष्टि* करती है कि वह अपने बारे में जो बुरी चीज़ें सोच रहा था, वे सच हैं। वास्तव में, जब किसी व्यक्ति का दृष्टिकोण "नीचे" होता है, तभी उस व्यक्ति को उसे बदलने के बारे में सोचने में कठिनाई आती है। उसे यह क्यों करना चाहिए या वह इसे कैसे कर सकता है?

हमारे दृष्टिकोण हमारे विश्वास से तय होते हैं और यदि हमें यह विश्वास होता है कि हम सर्वश्रेष्ठ से कुछ कम हैं, तो यह हमारे लिए *तथ्य है*, वास्तविकता है। यह सदा ऐसा ही होता है। स्पष्ट है, यह बिल्कुल सच नहीं है। यह तो बस उस व्यक्ति के लिए सच है, जो इसमें विश्वास करता है।

एक पल के लिए उस स्वभाविक प्रक्रिया को याद करें, जिसके द्वारा हममें से प्रत्येक के दृष्टिकोण बनते हैं। "प्रोग्रामिंग विश्वासों को उत्पन्न करती है, विश्वास दृष्टिकोण को बनाते हैं, दृष्टिकोण भावनाओं को उत्पन्न करते हैं, भावनाएँ कार्यों को तय करती हैं और कार्य परिणाम

प्रदान करते हैं।" व्यवहार, भावनाएँ, दृष्टिकोण और विश्वास- इनमें से प्रत्येक क़दम हमारी कंडीशनिंग का तार्किक एवं अपेक्षित परिणाम है। कुल मिलाकर, निष्कर्ष यह है कि हमारा प्रत्येक दृष्टिकोण, चाहे वह अच्छा हो, बुरा या उदासीन हो, पहले की प्रोग्रामिंग का ही स्वाभाविक परिणाम होता है।

समय-समय पर हममें से प्रत्येक का दृष्टिकोण आदर्श से कम होता है। "बुरा दृष्टिकोण" उस विद्यार्थी का ही नहीं होता, जो पढ़ाई नहीं करता। यह कंपनी के उस कर्मचारी का भी नहीं होता, जिसे वेतनवृद्धि नहीं मिली थी या उस सबसे अच्छे मित्र का भी नहीं होता, जिसका व्यक्तिगत जीवन बिखर चुका हो। अच्छे और बुरे दृष्टिकोण हमारे जीवन का दैनिक हिस्सा होते हैं।

अपने दृष्टिकोण को बदलना

हम जिस दृष्टिकोण को बदलना चाहते हैं, ज़रूरी नहीं कि वह अनर्थकारी या अत्यधिक बुरा ही हो। यह कोई छोटी सी समस्या भी हो सकती है, जिसे यदि कुछ ठीक कर लिया जाए, तो वह हमारे दैनिक जीवन के किसी छोटे हिस्से को पहले से अच्छा बना सकती है। हम अपनी प्रोग्रामिंग के एक-दो हिस्सों को बदलकर अपने सबसे सरल या सबसे महत्वपूर्ण दृष्टिकोण को बदल सकते हैं, बशर्ते हम बदलना चाहें और यह जानते हों कि बदलने की प्रोग्रामिंग कैसे की जाती है अथवा कहीं कोई बड़ी बाधा हमें यह काम करने से रोक तो नहीं रही है।

आपके अपने बारे में जो दृष्टिकोण हैं, उनका एक अतिरिक्त महत्वपूर्ण परिणाम यह होता है कि अपने बारे में आपके दृष्टिकोण आस-पास की प्रत्येक चीज़ के बारे में दृष्टिकोण को तय करेंगे। इसलिए यदि आप किसी दूसरी चीज़ के बारे में अपने दृष्टिकोण को बदलना चाहते हैं, तो आपको पहले अपने बारे में और अपने दृष्टिकोण से ही आरंभ करने की आवश्यकता है।

इसीलिए दृष्टिकोण बदलने वाली आत्म-चर्चा आपसे सरोकार रखती है और इस बात से भी कि *आप* अपने आप को कैसे देखते हैं।

उदाहरण के लिए, हम दृष्टिकोण बदलने वाली आत्म-चर्चा की एक पहले से लिखी पटकथा की जाँच करते हैं। आत्म-चर्चा की इस श्रेणी में जो विषय सम्मिलित होते हैं, वे प्रायः "चिंता से छुटकारा," "स्वयं की ज़िम्मेदारी लेना," "आत्मसम्मान बढ़ाना," "किशोरों के लिए सकारात्मक आत्म-चर्चा," "बाधाओं को पार करना," "संकल्प और इच्छाशक्ति," "सफल वैवाहिक जीवन," "व्यक्तिगत सीमाओं से उबरना," और "अपने अविश्वसनीय स्वरूप में विश्वास करना" आदि ही होते हैं।

इस उदाहरण में हम "स्वयं की ज़िम्मेदारी" वाली आत्म-चर्चा की पटकथा का प्रयोग करते हैं। सांसारिक परिप्रेक्ष्य में हममें से प्रत्येक क्या भूमिका निभाता है, इस बारे में हमारा दृष्टिकोण अत्यंत महत्वपूर्ण होता है। हम जो हैं और जो करते हैं, उसका उत्तरदायित्व स्वीकार करना एक दृष्टिकोण ही होता है। बहाने बनाना या अपने जीवन को दूसरों के हवाले करना दूसरा दृष्टिकोण है। इनके बीच का अंतर "आत्म" का एहसास होता है, जो व्यक्तिगत पूर्णता प्राप्त करने की हमारी योग्यता के लिए अनिवार्य है, यही हमारे भीतर आत्म-उत्तरदायित्व उत्पन्न करता है।

यह दृष्टिकोण हममें से प्रत्येक के जीवन में जो भूमिका निभाता है, उस पर विचार करते समय ध्यान दें कि आत्म-चर्चा के कुछ कथन भी प्रत्यक्ष और कारगर ढंग से किसी विषय को बेहतर बना सकते हैं, उसे सरल बना सकते हैं तथा उस दृष्टिकोण की दोबारा प्रोग्रामिंग करने की प्रक्रिया आरंभ कर सकते हैं, जो हम सभी के लिए अनिवार्य है।

स्वयं का उत्तरदायित्व लेने के लिए आत्म-चर्चा

मैं अपने बारे में प्रत्येक चीज़ का पूरा उत्तरदायित्व लेता हूँ। उन विचारों का भी, जो मैं सोचता हूँ। अपने मस्तिष्क की विराट शक्तियों पर मेरा पूरा नियंत्रण है।

मैं क्या करता हूँ और अपने बारे में अपने आप को क्या बताता हूँ, उसके लिए केवल मैं उत्तरदायी हूँ। यह उत्तरदायित्व मेरे साथ कोई नहीं बाँट सकता।

मैं दूसरों को भी उनके उत्तरदायित्व स्वीकार करने की अनुमति

देता हूँ, उनके उत्तरदायित्व स्वीकार करने का प्रयास नहीं करता।

मुझे उत्तरदायी बनने में प्रसन्नता होती है। इससे नियंत्रण मेरे हाथ में रहता है और यह चुनौती मुझे पसंद है।

मैं कभी भी किसी दूसरे को अपने जीवन या अपने किसी कार्य का उत्तरदायित्व या नियंत्रण लेने की अनुमति नहीं देता। दूसरों के प्रति मेरा उत्तरदायित्व अपने प्रति मेरे उत्तरदायित्व का विस्तार है।

मैं अपने बारे में किसी चीज़ को संयोग पर छोड़ने का चुनाव नहीं करता। जब मेरी और मेरे बारे में किसी चीज़ की बात आती है, तो चुनाव करने का विचार मैं ही करता हूँ।

अपने लिए मेरे चुनाव केवल मेरे हैं। मैं किसी भी समय किसी दूसरे को अपने लिए चुनाव करने की अनुमति नहीं देता। मैं अपने किए प्रत्येक चुनाव तथा लिए गए प्रत्येक निर्णय के लिए पूरा उत्तरदायित्व स्वीकार करता हूँ।

मैं जिन दायित्वों को स्वीकार करता हूँ, उन सभी को पूरा करता हूँ और मैं ऐसे किसी भी दायित्व को स्वीकार नहीं करता, जिसे मैं पूरा न कर सकूँ।

मैं विश्वसनीय हूँ। मुझ पर विश्वास किया जा सकता है। मैंने अपने लिए विजेता का उत्तरदायित्व स्वीकार किया है और मैं जिन उत्तरदायित्वों को स्वीकार करता हूँ, उन्हें हमेशा निभाता हूँ।

ऐसे कोई "वे लोग" नहीं हैं, जिन पर मैं दोष मढ़ता हूँ या जिनके साथ मैं अपने उत्तरदायित्व बाँटता हूँ। मैंने अपने भाग्य की बागडोर थामने का रहस्य सीख लिया है। मैंने सीख लिया है कि वास्तव में, "वे लोग" और कोई नहीं, अपितु "मैं" ही हूँ!

मुझे बहाने बनाने की कोई आवश्यकता नहीं है और किसी को भी मेरा उत्तरदायित्व लेने की आवश्यकता नहीं है। मैं ख़ुशी-ख़ुशी अपना बोझ ढोता हूँ और अच्छी तरह ढोता हूँ।

मैं प्रतिदिन उत्तरदायित्व स्वीकार करता हूँ, न केवल अपने कार्यों का, बल्कि अपनी भावनाओं, विचारों और दृष्टिकोण का भी।

मैं अपना जीवन इस प्रकार जीने का उत्तरदायित्व स्वीकार करता हूँ, जिससे मेरी शक्तियों, मेरी प्रसन्नता तथा मेरे सकारात्मक व स्वस्थ विश्वासों में वृद्धि हो। अपने अतीत, वर्तमान और भविष्य को मैं ही तय करता हूँ।

यह एक अच्छा दृष्टिकोण है! ऐसा दृष्टिकोण, जिसे हममें से अधिकतर लोग थोड़ा और बढ़ा सकते हैं। यह ऐसा दृष्टिकोण है, जिसकी सहायता से हम अपने लिए खड़े हो सकते हैं और महत्वपूर्ण बन सकते हैं। यह ऐसा दृष्टिकोण है, जिसे चुनकर हम जब चाहें अपने जीवन में प्रयोग कर सकते हैं। लेकिन यह उन कई दृष्टिकोणों में से एक है, जिसे हम केवल स्वयं को विश्वास दिलाकर अथवा पुरानी प्रोग्रामिंग को मिटाकर (जो हमें बताती थी कि भाग्य के कारण दूसरे लोग हमसे अधिक महत्वपूर्ण हैं) गतिमान कर सकते हैं।

ऐसे कई दृष्टिकोण हैं। उनमें से कुछ कम ऊँचे हैं और शायद उनमें इतने परिश्रम की आवश्यकता नहीं होती। लेकिन उनका निर्माण शायद सबसे महत्वपूर्ण आत्म-चर्चा से होता है। इसे *आत्मविश्वास* की आत्म-चर्चा कहते हैं। दृष्टिकोण इसी के बारे में है।

यहाँ दृष्टिकोण बदलने वाली आत्म-चर्चा का एक उदाहरण दिया जा रहा है, जिसका हममें से कोई भी समय-समय पर प्रयोग कर सकता है। यदि मुझे कभी दोबारा किसी क्लासरूम में पढ़ने का अवसर मिले, तो मैं आत्म-चर्चा के इस पाठ को प्रतिदिन के पाठ्यक्रम में शामिल करूँगा। यह आत्म-चर्चा के प्राथमिक रूपों में से एक है, लेकिन इससे उत्पन्न होने वाला दृष्टिकोण हमारे जीवन के प्रत्येक पहलू को स्पर्श करता है। यह वह धागा है, जिससे हर प्रकार की सफलता की पोशाक बुनी जाती है। यह परमेश्वर का दिया हुआ जन्मजात अधिकार है, जिसके साथ हम पैदा हुए हैं। हम जीवन में इसे दोबारा प्राप्त करने, इसे आत्मसात करने, इसका आनंद लेने और इसे ग्रहण करने के अधिकारी हैं। यह हमें और भी अच्छा बनाता है और ऊपर ले जाता है। यह हमारे चरित्र का निर्माण करता है, हमारी शक्ति को बढ़ाता है और हमारे साहस में वृद्धि करता है। यही आत्मविश्वास का आंतरिक मूल है और यही *आत्मसम्मान* की आत्म-चर्चा है।

आत्मसम्मान बढ़ाने के लिए आत्म–चर्चा

मैं सचमुच विशिष्ट हूँ। मैं जो हूँ, उसे पसंद करता हूँ। मैं अपने बारे में अच्छा महसूस करता हूँ।

हालाँकि मैं सदा ही अपने आप को और भी अच्छा बनाने के लिए काम करता हूँ और प्रतिदिन और भी अच्छा बनता जाता हूँ, लेकिन मैं आज जो हूँ, उसे पसंद करता हूँ और कल, जब मैं और भी अच्छा हो जाऊँगा, तब भी मैं अपने आप को पसंद करूँगा।

यह सच है कि पूरे संसार में मेरे जैसा दूसरा कोई नहीं है। मेरे जैसा दूसरा इंसान न पहले कभी रहा है, न ही आगे रहेगा।

मैं सिर से पैर तक अनूठा हूँ। मैं कई अर्थों में कुछ दूसरे लोगों जैसा दिख सकता हूँ, काम कर सकता हूँ और बोल सकता हूँ, लेकिन मैं उनका प्रतिबिंब नहीं हूँ। मैं मैं हूँ।

मैं कुछ बनना चाहता था और अब मैं जानता हूँ कि मैं हूँ! मैं संसार में किसी दूसरे की अपेक्षा अपने ही स्वरूप में रहना चाहता हूँ।

मैं जैसा अनुभव करता हूँ, वह मुझे पसंद है। मैं जैसा सोचता हूँ, वह मुझे पसंद है। मैं जिस प्रकार का काम करता हूँ, वह मुझे पसंद है। मैं अपने आप को स्वीकार करता हूँ और मैं उसे स्वीकार करता हूँ, जो मैं हूँ।

मुझमें कई सुंदर गुण हैं। मुझमें योग्यता एवं प्रतिभा हैं। मुझमें कई ऐसी योग्यताएँ हैं, जिनके बारे में मैं अब तक जानता भी नहीं हूँ। मुझे प्रतिदिन नई योग्यताएँ मिलती जा रही हैं।

मैं सकारात्मक हूँ। मैं आत्मविश्वासी हूँ। मैं अच्छी चीज़ें प्रकाशित करता हूँ। यदि आप ध्यान से देखें, तो मेरे चारों ओर एक चमक भी देख सकते हैं।

मैं जीवन से भरा-पुरा हूँ। मैं जीवन को पसंद करता हूँ और जीवित होने पर प्रसन्न हूँ। मैं अतिविशिष्ट इंसान हूँ और बहुत ही विशिष्ट समय में जी रहा हूँ।

मैं बुद्धिमान हूँ। मेरा मस्तिष्क तीव्र, चौकस, चतुर और आनंददायक

है। मैं अच्छे विचार सोचता हूँ और मेरा मस्तिष्क मेरे लिए सब कुछ ठीक ही कर देता है।

मुझमें बहुत ऊर्जा, उत्साह और स्फूर्ति है। मैं रोमांचक हूँ और वास्तव में, अपने स्वरूप से बेहद आनंदित हूँ।

मुझे दूसरे लोगों के आस-पास रहना पसंद है और दूसरे लोग मेरे आस-पास रहना पसंद करते हैं। मेरी कही बातें सुनना और मेरे विचार जानना लोगों को अच्छा लगता है।

मैं बहुत मुस्कुराता हूँ। मैं भीतर से प्रसन्न हूँ और बाहर से भी प्रसन्न हूँ।

मैं कई चीज़ों में रुचि लेता हूँ। मेरे पास जो नियामतें हैं, वे सारी चीज़ें जो मैंने सीखी हैं और वे सारी चीज़ें जो मैं आज, आने वाले कल और आजीवन सीखूँगा, मैं उन सभी की प्रशंसा करता हूँ।

मैं गर्मजोशी से भरा, ईमानदार और एक वास्तविक इंसान हूँ। मैं इससे भी अधिक हूँ और ये सारी चीज़ें मैं ही हूँ। मैं जो हूँ, उसे पसंद करता हूँ और अपने स्वरूप से प्रसन्न हूँ।

ये कितने सरल शब्द हैं! ये हमारे आंतरिक स्वरूपों की सच्चाई उजागर करते हैं। जब कोई व्यक्ति इन पर विश्वास कर लेता है, तो इन सरल शब्दों में एक ऐसी शक्ति आ जाती है, जिस पर हममें से बहुत कम लोगों को विश्वास होता है। लेकिन आत्मविश्वास या आत्मसम्मान का यह एहसास हम सबके लिए उपलब्ध है। क्या आप प्रतिदिन इस प्रकार से जीने और इसे जानने की कल्पना कर सकते हैं? कल्पना करें कि बच्चे जब बड़े हो रहे हों, तो उनके उत्सुक एवं नन्हे दिमाग़ पर इस प्रकार के शब्द विश्वास के साथ अमिट रूप से अंकित हो जाएँ। कल्पना करें कि वे किस प्रकार का विश्व बना सकते हैं। लेकिन आज के लिए, अभी के लिए, बस, अपने बारे में सर्वश्रेष्ठ पर ही विश्वास करें। प्रतिदिन, प्रत्येक समय, प्रत्येक परिस्थिति में, सदा उन दृष्टिकोणों के साथ रहें, जो आपका समर्थन करते हों, आपको आस्था देते हों, आपको ऊपर उठाते हों और आपको साहस व विश्वास देते हों, ताकि आप जीवन को संतुष्टिदायक और सकारात्मक अंदाज़ में जी सकें।

यदि आपको यह असंभव लग रहा हो, तो मैं याद दिलाना चाहूँगा कि यह आपकी *पुरानी* प्रोग्रामिंग है, जो बता रही है कि यह कारगर नहीं हो सकता। ऐसा इसलिए है; क्योंकि इसी विश्वास के साथ आपकी प्रोग्रामिंग हुई है, जो सरासर ग़लत है।

अपने दृष्टिकोण की जाँच–परख करें

अपने दृष्टिकोण पर ध्यान दें, उनका मूल्यांकन करें, उनकी जाँच-परख करें। अपने बारे में अपने विश्वासों को परखें, जाँचें। अपने अच्छे-बुरे दृष्टिकोण की मानसिक सूची बनाएँ और स्वयं निर्णय करें कि उनमें से कौन से दृष्टिकोण आपके पक्ष में काम करते हैं और कौन से विरोध में। जिन्हें आप नहीं रखना चाहते, उन्हें बाहर फेंक दें, उनसे छुटकारा पा लें और जो आपको पसंद हों, उन्हें रख लें। जिन्हें आप बदलना चाहते हों, उन्हें बदल डालें। अपने दृष्टिकोण की बागडोर को थामें। अपने आप को दोबारा नियंत्रण में ले आएँ। इससे आप दोबारा अपने असली स्वरूप को पा लेंगे।

रोमांचक यात्रा आरंभ कर दें। हीरे-जवाहरात के उस ख़ज़ाने को खोजें, जो आपके अपने मस्तिष्क में छिपा हुआ है। अपने भीतर "दृष्टिकोण" के समृद्ध भंडार खोजें, जो बाहर निकलने और दोबारा जीवित होने की प्रतीक्षा कर रहे हैं। स्वयं से ही *उचित* प्रकार से बातचीत आरंभ करें।

दृष्टिकोण में छोटे-छोटे परिवर्तन से जीवन में बड़े परिवर्तन हो सकते हैं। आपके दृष्टिकोण आपके आस-पास की सभी महत्वपूर्ण चीज़ों को प्रभावित करते हैं। वे इस बात पर भी प्रभाव डालते हैं कि आप अपने बारे में कैसा अनुभव करते हैं। वे आपके कामकाज, मित्रों और प्रियजनों पर भी प्रभाव डालते हैं। जब आपके दृष्टिकोण अच्छे होते हैं, तो जीवन भी अच्छा हो जाता है। यदि आप इक्का-दुक्का परिवर्तन करना चाहते हैं, तो एक दृष्टिकोण दुरुस्त कर लें और जीवन को थोड़ा और अच्छा बना लें। आरंभ करने के लिए यह कोई ग़लत जगह नहीं है।

अध्याय अठारह

समस्याएँ सुलझाना और लक्ष्य प्राप्त करना

यह एक विशिष्ट आत्म-चर्चा है, जिसका हमारी आदतों और दृष्टिकोण पर सकारात्मक प्रभाव पड़ता है, लेकिन इसका प्रयोग कुछ समस्याएँ सुलझाने या लक्ष्य तक पहुँचने के लिए भी किया जाता है। समस्याएँ और लक्ष्य प्रायः साथ-साथ चलते हैं। आमतौर पर "समस्याओं" को हमारे लक्ष्य की राह के रोड़े माना जाता है। पल-भर के लिए "समस्या" की जगह पर "चुनौती" शब्द रख दें, तो लक्ष्य चुनौतियाँ उत्पन्न करते हैं और चुनौतियाँ लक्ष्यों का निर्माण करती हैं।

आपकी समस्याएँ सुलझाने में सहायक आत्म-चर्चा वही है, जो लक्ष्यों तक पहुँचने में आपकी सहायता करेगी। समस्याओं को सुलझाना और लक्ष्य प्राप्त करना एक ही बात है। अपने आप को किसी चुनौती से उबरते देखना, किसी समस्या को सुलझाते देखना और किसी लक्ष्य तक पहुँचते देखना- इन सबके लिए आपके अवचेतन मन को एक समान दिशानिर्देश की आवश्यकता होती है, आत्म-चर्चा समान ही रहती है।

यद्यपि मैं इससे सहमत हूँ कि मन "समस्याओं" और "लक्ष्यों" को समान ढंग से देखता है, तथापि मैं उन लोगों से सहमत नहीं हूँ, जो सभी समस्याओं को "अवसर" मानते हैं। कुछ समस्याओं में अवसर हो सकते हैं, लेकिन सभी में नहीं। यदि कोई व्यक्ति इस पल रिवॉल्वर हाथ में लेकर आए और आपके सिर पर निशाना साध ले, तो यह कोई अवसर *नहीं* है, यह एक समस्या है।

अवचेतन मन समस्याओं को ठीक उसी प्रकार पहचानता और स्वीकार करता है, जिससे हमें अपने लक्ष्यों तक पहुँचने में सहायता मिले। यदि हम इसे समझ लें, तो जीवन के प्रति अपने दृष्टिकोण को सकारात्मक बना सकते हैं, जिनके बारे में हमें बताया गया है कि वे जीवन की स्वाभाविक परिस्थितियाँ हैं, जिनसे उबरने पर लक्ष्य अपने आप और स्वाभाविक रूप से प्राप्त हो जाएगा। *अपने लक्ष्य तक पहुँचे बिना आप किसी समस्या को नहीं सुलझा सकते।*

"लक्ष्य" का सही अर्थ

यदि हम सबसे उत्पादक रूप से आत्म-चर्चा करना चाहते हैं, तो हमें "लक्ष्य" शब्द का वास्तविक अर्थ भी समझ लेना चाहिए। इस शब्द का बहुत दुरुपयोग हुआ है। इसे इतनी शक्तिशाली स्थिति में रख दिया गया है, जिसका यह अधिकारी नहीं है। मैंने आत्म-सुधार के साहित्य और शिक्षण में जितनी गहराई तक पैठ बनाई, मुझे उतना ही अधिक समझ में आया कि हमारी भाषा में कई शब्द हैं, जिन्हें चंद लेखकों ने दोबारा परिभाषित किया था और उन्हें इतने ऊँचे स्थान पर बैठा दिया था, जिसके वे अधिकारी नहीं थे।

उदाहरणार्थ, "सफलता" नामक अद्‌भुत शब्द का प्रयोग खेलने, दौलतमंद बनने, नंबर एक बनने, महँगी विदेशी कार चलाने या किसी धनाढ्य क्षेत्र में रहने की अपेक्षा बहुत बार "जीतने" के अर्थ में भी किया गया है। सफलता का यह अर्थ नहीं है। लेकिन चूँकि हमें बार-बार बताया गया है कि सफलता क्या है, इसलिए अपने क्षेत्र में सफल कई लोगों ने इस ऊँची परिभाषा को ही भूल से सही परिभाषा मान लिया। फलस्वरूप, वे अपने आप को सफल के स्थान पर पराजित मान लेते हैं।

इसी प्रकार "लक्ष्य" शब्द का भी ग़लत प्रयोग हुआ है, ग़लत व्याख्या हुई है और इसे ग़लत समझा गया है। "लक्ष्य" शब्द प्राथमिकताओं और माँगों से इतना लदा हुआ है कि "लक्ष्य तय करने और उन तक पहुँचने" के विचार को बहुत अधिक महत्वपूर्ण बना देता है। परिणाम यह होता है कि हम इसे एक ऐसे कार्य के रूप में देखने लगते हैं, जिसे संभवतः अधिक लोग कर सकते हैं या कोई ऐसी चीज़, जिस पर किसी

फ़ुर्सत वाले दिन सोच-विचार करने के लिए हम उसे एक ओर सरका देते हैं।

लक्ष्य तय करना आसान होना चाहिए। "सफलता" के सर्वोच्च शिखर पर पहुँचने की इच्छा में कुछ भी ग़लत नहीं है। लेकिन जब हम अपनी श्रेष्ठ इच्छाओं पर नज़र डालते हैं, तो हमें उन छोटे लक्ष्यों को नहीं भूलना चाहिए, जो हमें वहाँ तक ले जाते हैं- ऐसे लक्ष्य, जिन्हें हम प्रतिदिन लगभग *अचेतन रूप से* तय करते हैं, जो प्रतिदिन, क़दम दर क़दम बचे रहने, सहन करने, उबरने, क़ायम रखने और प्राप्त करने में हमारी सहायता करते हैं। वे हमारी इच्छाएँ हैं, हमारी आवश्यकताएँ हैं, हमारी सबसे छोटी अपेक्षाएँ हैं। वे महत्वपूर्ण लक्ष्य हैं, वे दैनिक जीवन के लक्ष्य हैं।

लक्ष्यों को अल्पकालीन, मध्यकालीन और दीर्घकालीन तक ही सीमित नहीं रखना चाहिए। यद्यपि सही आत्म-चर्चा कल्पना के सबसे ऊँचे लक्ष्यों तक पहुँचने में आपकी सहायता कर सकती है, तथापि किसी सोमवार की सुबह राष्ट्रपति या करोड़पति बनने जैसा लक्ष्य हममें से अधिकतर लोग नहीं बनाते।

आपका लक्ष्य इससे कहीं अधिक व्यावहारिक हो सकता है, जैसे थोड़ा वज़न कम करना, ऑफ़िस में बेहतर प्रदर्शन करना, तरक्की पाना, अधिक कमाना या अधिक बचत करना, अवसाद से उबरना, अधिक व्यवस्थित होना, बेहतर बिज़नेस प्लान बनाना या अधिक बिक्री करना।

आप किसी भी लक्ष्य को चुन सकते हैं

लक्ष्य महत्वपूर्ण या साधारण हो सकते हैं, जैसे- कुछ अधिक ख़ाली समय होना, अधिक नियमितता से चर्च जाना, घर को बेहतर ढंग से चलाना, अच्छे अंक पाना, व्यक्तिगत संबंध बेहतर बनाना, अधिक स्वस्थ बनना, संगीत सुनने जाना, घर पर पत्र भेजना, कई बार फूल भेजना, किसी दूसरे के लिए कुछ विशेष करना, क्लास रियूनियन के समय अच्छा दिखना, अधिक बार मुस्कुराना, गोल्फ़ में अपनी किसी कमज़ोरी पर विजय पाना या अधिक मछलियाँ पकड़ना।

आपके तथा उन लक्ष्यों के बीच की समस्याएँ कैसी भी हो सकती हैं - बड़ी भी और छोटी भी। लेकिन आपका अवचेतन मन उन सभी से यथार्थवादी अंदाज़ में निबटता है। यदि आप अपने अवचेतन मन से यह करवाना चाहते हैं, तो अपने आप को सही निर्देश और सही शब्द दें। आप अपने मन को जो सबसे अधिक बताते हैं, मन उसे करने के प्रति स्वाभाविक रूप से समर्पित रहता है। मन की इस प्रवृत्ति से लाभ उठाएँ।

किसी समस्या को सुलझाने या किसी लक्ष्य (चाहे वह छोटा हो या बड़ा) तक पहुँचने के लिए हम जिन आंतरिक मानसिक प्रक्रियाओं से गुज़रते हैं, वे एक समान होती हैं। यदि आप अपनी नौकरी में और भी अच्छा प्रदर्शन करना चाहते हैं, वज़न कम करना चाहते हैं या जीवन में दौलत कमाना चाहते हैं, तो यह आपके अवचेतन मन के लिए समान ही रहता है। इसके लिए एक निर्देश भी वैसा ही है, जैसा कि कोई अन्य निर्देश। आप इसके सामने जो उद्देश्य रखते हैं, उस तक पहुँचने में सहायता करने के लिए इसे जितनी अधिक प्रोग्रामिंग मिलती है, यह उस दिशा में उतना ही अधिक जाता है।

किसी विशेष समस्या या लक्ष्य को उद्देश्य बनाने से पहले आइए, उस आत्म-चर्चा का उदाहरण लें, जो इस व्यापक क्षेत्र पर प्रकाश डालती है कि हम साधारणतः समस्याओं को कैसे देखते हैं या हमें आने वाली समस्याओं के बारे में क्या *विश्वास* होता है। हम अपनी समस्याओं को जिस दृष्टिकोण से देखते हैं, वह दृष्टिकोण इस बारे में महत्वपूर्ण भूमिका निभाता है कि हम उनके बारे में क्या करते हैं। क्या हम उनका विश्लेषण करते हैं, उनसे बचते हैं, उनसे मुक़ाबला करते हैं, उनके चारों और गोल-गोल घूमते रहते हैं या उन्हें सुलझाते हैं?

इस बात से हमारे आंतरिक कंप्यूटर को कोई फ़र्क़ नहीं पड़ता कि समस्या क्या है या यह कितनी बड़ी है। लेकिन हम अपनी समस्याओं के बारे में अपने आप को जो बताते हैं, उससे हमारा वह प्रत्येक कार्य प्रभावित होता है, जो हम उस समय के बाद करने वाले हैं।

समस्याएँ सुलझाना

आगे आत्म-चर्चा के कुछ शब्द दिए जा रहे हैं, ताकि आप समझ सकें कि "समस्याएँ सुलझाने" की समस्या से किस प्रकार निबटा जाएः

मैं समस्याएँ सुलझाने में माहिर हूँ। मैं चुनौतियों को पसंद करता हूँ और उनका सामना करता हूँ।

समस्याएँ मेरी शिक्षक हैं। वे सीखने और विकास करने में मेरी सहायता करती हैं। उनके बिना मैं कहीं नहीं पहुँच सकता। उनके होने का अर्थ है कि मैं अपने लक्ष्यों की दिशा में आगे बढ़ रहा हूँ।

ऐसी कोई समस्या नहीं है, जिसे मैं न जीत सकूँ। मेरा मन, शरीर और भावना दृढ़ है। मेरी इच्छाशक्ति, मेरी शक्ति और मेरा संकल्प सामने खड़ी किसी भी समस्या से अधिक बड़ा है।

जब भी किसी नई समस्या से मेरा सामना होता है, तो मैं समस्या को शत्रु के रूप में नहीं देखता। मैं जानता हूँ कि उस समस्या का समाधान खोजने से मेरे व्यक्तिगत विकास में वृद्धि होगी।

मैं जानता हूँ कि समस्याएँ मेरी आध्यात्मिक और मानसिक शिक्षा व तैयारी का एक प्रमुख घटक हैं, इसलिए मैं यह जानता हूँ कि सब समस्याएँ मेरे लिए महत्वपूर्ण हैं।

मैं समस्याओं से नहीं घबराता, मैं उन्हें सुलझाता हूँ। मैं समस्याओं की उपेक्षा नहीं करता, मैं उनका सामना करता हूँ। मैं समस्याओं से कतराता नहीं हूँ, मैं तो उन्हें जीत लेता हूँ।

मैं जानता हूँ कि प्रत्येक समस्या के भीतर उसके समाधान की कुंजियाँ छिपी रहती हैं। इसलिए मैं किसी समस्या को जितना अच्छा समझता हूँ, उसके समाधान को उतनी ही स्पष्टता से देखने में समर्थ होता हूँ।

समस्याएँ होना मेरे लिए कोई समस्या नहीं है। मैं आत्मविश्वासी, आश्वस्त, सकारात्मक और संकल्पवान हूँ। मैं जानता हूँ कि मैं अपने सामने आने वाली किसी भी समस्या से उबर सकता है और मैं हमेशा ऐसा कर लेता हूँ।

मैं बड़ी-बड़ी बाधाओं को छोटे-छोटे टुकड़ों में तोड़ने में माहिर हूँ, जिन्हें सँभालना अधिक आसान होता है। मैं कभी किसी समस्या को वास्तविकता से अधिक बड़ी नहीं होने देता।

मैं कभी चिंता नहीं करता। मैं "चिंता के समय" को सकारात्मक, सृजनात्मक एवं "समाधान समय" में बदल देता हूँ। मैं अपने मस्तिष्क को सभी समाधानों के प्रति खुला व चौकस रखता हूँ, इसीलिए समाधान भी मेरे पास जल्दी तथा आसानी से पहुँच जाते हैं।

मैंने यह पहचानना सीख लिया है कि अनेक समस्याओं के साथ संभावित लाभ और अवसर जुड़े रहते हैं, जो समस्याओं के बिना मेरे सामने नहीं आते।

मैं ऐसा जीवन जीना नहीं चाहता, जिसमें एक भी समस्या न हो। इसकी अपेक्षा, मैं तो समाधान खोजने और उनसे लाभ का आनंद लेने वाला जीवन जीने का चुनाव करता हूँ।

चुनौती, विजय, समाधान और जीत वे शब्द हैं, जिनके अनुरूप मैं प्रतिदिन जीता हूँ। "चुनौतियाँ" अवसर हैं और "उन पर विजय पाना" अवश्यंभावी परिणाम है।

"समाधान" मेरी सफलता की सीढ़ियाँ हैं और "जीतना" मेरी जीवनशैली है।

मुझे लगता है कि आप भी वही पाएँगे, जो दूसरों ने पाया है। यदि आप किसी आत्म-चर्चा की पटकथा के केवल एक उदाहरण को एक-दो सप्ताह तक प्रतिदिन तीन-चार बार पढ़ने से अधिक कुछ न करें, तब भी उस समय के अंत तक आप अपनी समस्याओं को अलग ढंग से देखने लगेंगे। यद्यपि हमने आत्म-चर्चा के जिन उदाहरणों का अभी-अभी प्रयोग किया है, वे किसी विशेष समस्या के बारे में नहीं हैं। उनका सरोकार तो समस्याओं की ओर देखने के आपके अंदाज़ से है।

आइए, अब थोड़े और सटीक बनते हैं। किसी ऐसी समस्या पर दृष्टि डालते हैं, जो हममें से कई लोगों के सामने उस समय आ खड़ी होती है, जब हम अपने बनाए किसी भी लक्ष्य की ओर बढ़ते हैं। यह है "व्यवस्थित होने", अर्थात अपने समय और संसाधनों का अधिक

प्रभावी व उत्पादक ढंग से प्रबंधन करने की समस्या।

समय का प्रबंधन करने और अधिक व्यवस्थित होने से संबंधित अनेक उत्कृष्ट पुस्तकें हैं। सोचें कि यदि हम पहले व्यवस्थापन और व्यक्तिगत नियंत्रण का "आंतरिक माहौल" बना लें, तो वे पुस्तकें हमें कितना कुछ सिखा सकती हैं। लक्षणों को सुलझाने वाली तकनीकों का प्रयोग करने से पहले एक नया आंतरिक प्रोग्राम बनाने की कल्पना करें, जिससे एक नई एवं अधिक व्यविस्थत आत्म-अवधारणा का निर्माण हो। व्यवस्थित होने, समय का प्रबंधन करने और अधिक उत्पादक बनने के कई उत्कृष्ट तंत्र और उपाय हैं। ये प्रत्येक उस व्यक्ति के लिए उपलब्ध हैं, जो उस विषय पर एक-दो पुस्तकें पढ़ने का समय निकाल सकता हो।

जब आप समय का प्रबंधन करने या अधिक व्यवस्थित बनने के लिए पुस्तकें पढ़ते हैं, तो सोचें कि स्वीकार करने वाले मन की ज़मीन कितनी बेहतर होगी- एक ऐसा मन, जिसकी दोबारा प्रोग्रामिंग हो चुकी है, जिसका विश्वास अब दृढ़ है, भले ही आपने अतीत में कुछ भी विश्वास किया हो, लेकिन अब आप यही विश्वास करते हैं कि "व्यवस्थित" रहना आपका स्वाभाविक ढंग है।

यदि आपका लक्ष्य अपने विचारों, अपने समय और अपनी गतिविधियों को व्यवस्थित करना है, ताकि आप और अधिक काम कर सकें और तय किए लक्ष्यों तक पहुँचने में सहायता प्राप्त कर सकें, तो पुरानी प्रोग्रामिंग का अनुसरण करने की अपेक्षा भिन्न आंतरिक निर्देशों का प्रयोग उतना ही आसान और कहीं अधिक प्रभावी सिद्ध होगा।

मैं व्यवस्थित हूँ और मेरा जीवन मेरे नियंत्रण में है। मेरे विचार, मेरा समय, मेरे कार्य और मेरा भविष्य भी मेरे नियंत्रण में है।

मैं जानता हूँ कि मुझे क्या और कब करना है। मैं प्रत्येक वह कार्य करता हूँ, जो मुझे करने की आवश्यकता है।

मैं अपने मस्तिष्क की प्रोग्रामिंग करता हूँ, ताकि यह मेरे समय का अधिकतम उपयोग करे। मेरा अपने समय पर पूर्ण नियंत्रण है और मैं यह भी जानता हूँ कि मैं इसका किस प्रकार प्रयोग करूँ। मैं व्यवस्थित, कार्यकुशल और नियंत्रण में रहना पसंद करता हूँ।

अपने समय को नियंत्रित करने से मैं ऐसा बन जाता हूँ।

मैं कभी समय को बर्बाद नहीं करता, मैं हमेशा समय की "योजना" बनाता हूँ। इसलिए मेरे पास हमेशा उन चीज़ों के लिए समय रहता है, जिन्हें करने का मैं चुनाव करता हूँ।

मैं प्रतिदिन अधिक व्यवस्थित बनता हूँ और जीवन के सभी क्षेत्रों में नियंत्रित रहता हूँ- घर पर, ऑफ़िस में, अपने मन में, विचारों में और अपने प्रत्येक कार्य में।

मैं बहुत अच्छी तरह व्यवस्थित हूँ। प्रत्येक रात को मैं उन कार्यों की सूची बनाता हूँ, जो मुझे अगले दिन करने चाहिए। मैं अपनी प्राथमिकताएँ तय करता हूँ और उनका अनुसरण करता हूँ।

मैं सदैव समय पर पहुँचता हूँ। मैं हमेशा बिल्कुल वहीं होता हूँ, जहाँ मुझे रहने की आवश्यकता होती है। समय पर पहुँचना मेरे लिए आसान है और मैं अपने समय पर जितना अधिक नियंत्रण करता हूँ तथा जितना अधिक व्यवस्थित रहता हूँ, यह उतना ही अधिक आसान होता जाता है।

मेरी भावनाओं, दृष्टिकोण और अवश्यकताओं की कमान मेरे हाथ में रहती है। मैं उन्हें नियंत्रित रखता हूँ, वे मुझे नियंत्रित नहीं करते।

अपने कार्यों के परिणाम में मेरा मत सदा किसी विजेता का ही होता है। मैं संयोग नहीं, बल्कि चयन से जीने का चुनाव करता हूँ। इसलिए मैं नियंत्रण अपने हाथ में लेने का समय निकाल लेता हूँ।

मेरा मस्तिष्क व्यवस्थित और क्रमबद्ध है। चूँकि मैं सुव्यवस्थित ढंग से सोचता हूँ, इसलिए मैं सुव्यवस्थित ढंग से ही जीवित भी रहता हूँ।

मैं हर समय और सभी चीज़ों के बारे में सबसे सकारात्मक एवं उत्पादक ढंग से सोचता हूँ। मैं जिस ढंग से सोचता हूँ, उसी ढंग से जीता हूँ और मैं "सही" सोचता हूँ।

मैं अपने भाग्य का नियंता हूँ। मैं जानता हूँ कि मैं कहाँ जा रहा हूँ और यह भी जानता हूँ कि मैं वहाँ क्यों जा रहा हूँ। मेरे जीवन की बागडोर मेरे हाथों और मेरे नियंत्रण में है।

मैं अपने लक्ष्यों और उन्हें प्राप्त करने को नियंत्रित करता हूँ। मैं अपने प्रत्येक लक्ष्य को, उन क़दमों को भी लिखकर व्यवस्थित करता हूँ, जिनके द्वारा मैं उस तक पहुँच सकता हूँ। मेरी सफलता का एक कारण यह है कि मेरे लक्ष्य स्पष्ट रूप से परिभाषित एवं व्यवस्थित होते हैं।

मैं क्या सोचता हूँ और कैसे सोचता हूँ, इस बारे में मेरा पूरा नियंत्रण रहता है। इसलिए मैं केवल उसी पर विचार करता हूँ, जो मेरी सहायता करे और मेरे लिए सचमुच लाभकारी हो।

बरसों तक अपने लिए आत्म-चर्चा का प्रयोग करने और ऐसी ही आत्म-चर्चा सुनने और प्रयोग में लाने वाले हज़ारों लोगों के साथ बातचीत करने के बाद भी मैं इसकी सटीकता के मूल्य और महत्व से प्रभावित हूँ। आपकी आत्म-चर्चा जितनी आसान और सटीक होती है, वह उतने ही अच्छे ढंग से काम करती है।

जब मैं वज़न कम करने के विषय पर आत्म-चर्चा की पटकथाएँ लिख रहा था, तो मैंने वज़न पर क़ाबू पाने की मुख्य समस्या से संबंधित आत्म-चर्चा के सभी विषयों की एक लंबी सूची बनाई। इस सूची में मानसिक रूप से शुरू करना, इच्छाशक्ति, स्वस्थ रहना और अच्छा महसूस करना, खाने के लिए बैठना, वज़न कम करने के अवरोधों से पार पाना, वज़न को दूर रखना आदि विषय शामिल थे।

प्रत्येक विषय के लिए आत्म-चर्चा के एक महत्वपूर्ण संदेश की आवश्यकता थी, जो सीधे उस समस्या के एक महत्वपूर्ण पहलू से निबट सके। सब मिलाकर उन पटकथाओं ने उन सारे व्यक्तिगत मानसिक प्रोग्राम्स को ठीक कर दिया, जिन्होंने वज़न की समस्या उत्पन्न करने में योगदान दिया था। इससे यह सिद्ध हो जाता है कि आपकी व्यक्तिगत आत्म-चर्चा सरल तो होनी ही चाहिए, *सीधी भी होनी चाहिए। इसे उस समस्या अथवा लक्ष्य के प्रत्येक उस पहलू से सरोकार होना चाहिए, जिस पर आप काम कर रहे हों।*

सही प्रकार की आंतरिक चर्चा कितनी स्पष्ट और सीधी हो सकती है, इसका उदाहरण देने के लिए मैं आपको वज़न कम करने के विषय पर लिखे गए आत्म-चर्चा के निर्देशों के बारे में बताना चाहूँगा। यह

विशेष निर्देश एक समस्या और एक लक्ष्य से सरोकार रखता है, जिससे वज़न संबंधी समस्या वाले प्रत्येक व्यक्ति को किसी न किसी समय निबटना होता है। "खाने के लिए बैठने" की समस्या। यह नियंत्रण में होने के महत्वपूर्ण आत्म-निर्देश से आरंभ होती है और फिर समस्या के विवरणों को खंगालती है:

मैं हर समय और हर स्थिति में हर ढंग से अपने नियंत्रण में हूँ।

मैं जब भी खाना खाने बैठता हूँ, तो हर बार अपने लक्ष्य को प्राप्त करने के संकल्प की पुष्टि करता हूँ। सही ढंग से खाकर और प्रलोभन के सामने हार न मानकर मैं मनचाहे वज़न तक पहुँच रहा हूँ।

चाहे मैं घर में खा रहा होऊँ या बाहर, मुझे कम भोजन करने में आनंद मिलता है।

मुझे कभी सामने रखे भोजन को पूरा ख़त्म करने की आवश्यकता का अनुभव नहीं होता। मैं केवल उतना ही खाता हूँ, जितना मुझे खाना चाहिए, उससे एक कौर भी अधिक नहीं।

वज़न कम करने का एक आसान और कारगर ढंग है- प्लेट में कम भोजन और काँटे में उससे भी कम!

जब मैं बाहर खाता हूँ, तब कम का ऑर्डर देता हूँ। घर पर खाते समय प्रतिदिन कम भोजन परोसकर मैं अपने लक्ष्य तक पहुँचने के बारे में जागरूक रहता हूँ। "मेरी प्लेट में कम भोजन का अर्थ है कि मेरी कमर पर कम चर्बी।"

जब मैं भोजन करने के लिए बैठता हूँ, तो कभी किसी दूसरे को यह अनुमति नहीं देता कि वह किसी भी नकारात्मक ढंग से मुझे प्रभावित करे, प्रलोभन दे या हतोत्साहित करे।

मैं क्या खाता हूँ और किन लक्ष्यों तक पहुँचता हूँ, यह मुझ पर है। मैं अपनी सफलता में बाधा डालने या उसे नियंत्रित करने का अधिकार किसी को नहीं देता।

हो सकता है कि मेरी सफलता से दूसरों को लाभ हो, लेकिन मैं

वज़न कम करने के अपने लक्ष्य निजी कारणों से प्राप्त कर रहा हूँ - स्वयं के लिए, अपने जीवन के लिए, अपने भविष्य और व्यक्तिगत कल्याण के लिए।

मैं कभी, किसी भी समय, उससे अधिक एक कौर भी खाने के लिए नहीं ललचाता, जितना मुझे खाना चाहिए। मैं शक्तिशाली हूँ, मैं अपने लक्ष्य तक पहुँचने में सक्षम हूँ और मैं ऐसा ही कर रहा हूँ।

मेरे सामने ढेर सा भोजन रखा होने की स्थितियाँ अब मेरे लिए समस्या की बात नहीं रह गई है। मैं भोजन को "ना" और अपनी सफलता को "हाँ" कह देता हूँ।

मैं खाने के लिए बैठने पर आनंद मनाता हूँ। मैं प्रत्येक बार जब ऐसा करता हूँ, तो अपने अतीत को जीत लेता हूँ और एक अधिक छरहरे, अधिक सुखी एवं अधिक आत्मविश्वासी भविष्य का निर्माण कर लेता हूँ।

मैं जब भी खाने बैठता हूँ, तो मुझे यह आवश्यकता नहीं होती कि कोई दूसरा मुझे मेरे लक्ष्य की याद दिलाए या कोई ऐसी चीज़ खाने से रोके, जो मुझे नहीं खानी चाहिए। मैं अपना पूरा उत्तरदायित्व लेता हूँ और किसी दूसरे को मेरे लिए ऐसा करने की आवश्यकता नहीं पड़ती।

अपने वज़न और भूख को नियंत्रित करना अब मेरे लिए आसान हो गया है। मैं कम भोजन, छोटे निवालों और धीमे-धीमे, अधिक स्वस्थ, अधिक आरामदेह ढंग से खाने का आनंद लेता हूँ।

मैंने अपना लक्ष्य तय कर लिया है और मैं उसे प्राप्त करने में जुटा हुआ हूँ। मैंने भोजन के समय को "उपलब्धि के समय" में बदल दिया है।

यह स्वस्थ नई आत्म-चर्चा का ऐसा तरीक़ा है, जिसका कुछ समय तक अभ्यास करने पर यह अपने आप उस पुरानी आत्म-चर्चा का स्थान ले लेता है, जिसने हमें मनचाहे लक्ष्य तक पहुँचने से दूर रखा था। जब आप उसमें छोटा सा परिवर्तन करने के आदी हो जाते हैं, तो नए आत्म-निर्देश अपने आप आने लगते हैं।

अध्याय उन्नीस

आंतरिक प्रेरणा

वह ऊर्जा ही है, जिसकी उपस्थिति या अभाव से हमारे जीवन में गति या जड़ता आ सकती है। यह ऊर्जा हमारे पास प्रेम, डर, प्रसन्नता, क्रोध, जोश या हताशा के रूप में आती है। यह हमारे पास उल्लास, परवाह, गर्व, ईर्ष्या, इच्छा, दुःख, करुणा या प्रफुल्लता के रूप में भी आती है। वे हमारी भावनाएँ हैं। वे हमें प्रेरित या अप्रेरित करती हैं। वे हमें गतिमान करती हैं या बीच रास्ते में ही रोक देती हैं। वे ऐसी आग हैं, जो हमारे जीवन को कर्म से सुलगा देती हैं या फिर वादों के धधकते अंगारों से जला डालती हैं।

पहले मैंने आपको उन मैनेजरों का उदाहरण दिया था, जो "पुरस्कार और तिरस्कार" तकनीक का प्रयोग करके कर्मचारियों का दृष्टिकोण बदलने का प्रयास करते हैं। मैंने संकेत किया था कि इस उपाय से दृष्टिकोण नहीं बदलते। इसमें हमारे भीतर पहले से मौजूद इच्छा या डर जैसी स्वाभाविक भावनाओं का प्रयोग होता है, ताकि किसी व्यक्ति को कुछ समय के लिए सक्रिय किया जा सके।

हम अपने भावनात्मक अभिप्रेरकों को कारगर कैसे बनाएँ? हम अपने और दूसरों के भीतर से सर्वश्रेष्ठ को बाहर कैसे निकालें और इसके प्रयोग में सहायता कैसे करें? पहले वाले एक अध्याय में हमने बाहरी प्रेरणा का प्रयोग करने वाली लोकप्रिय तकनीकों पर चर्चा की थी। अब हम इस बारे में विस्तार से बात करते हैं कि अपने आप को प्रेरित करने के लिए आत्म-चर्चा का प्रयोग कैसे करें।

प्रेरणा का सबसे साधारण रूप बाहरी है। हम अपने *बाहर* की किसी चीज़ पर निर्भर होते हैं, ताकि वह हमारी पीठ थपथपाए, हमें कुरेदे, हमें राज़ी करे या हमें पीछे से लात मारे, ताकि हम आगे बढ़कर वह काम कर दें, जो हम जानते हैं कि हमें करना चाहिए।

यह आवश्यक नहीं है कि बाहरी प्रेरणा किसी सहायक मित्र की ओर से ही आए, जो आपको अपना सर्वश्रेष्ठ करने के लिए प्रोत्साहित करता हो। अनेक बाहरी प्रेरणाएँ इंसानों के रूप में नहीं आतीं और सच बात तो यह है कि उन्हें इस बात की परवाह ही नहीं होती कि हम सफल होते हैं या नहीं।

इस बिंदु को रेखांकित करने के लिए मैं आपको बाहरी प्रेरकों के कुछ उदाहरण देता हूँ, जो हमारा मार्गदर्शन करने और दिशा देने से कुछ अधिक करते हैं। ये वे प्रेरक हैं, जो हमारा ध्यान खींचते हैं और हमें उचित प्रतिक्रिया करने के लिए मजबूर करते हैं। बॉस, बैंक का क़र्ज़, क़िस्त का भुगतान, अगले शुक्रवार का डिनर, जिसके लिए हम सहमत तो हुए थे, लेकिन जिसमें हम नहीं जाना चाहते थे, दंत चिकित्सक, डेस्क पर अधूरे काग़ज़, काम का ढेर, मिड-टर्म परीक्षा, प्रिय टीवी कार्यक्रम, बिजली का बिल या शनिवार का बॉल गेम।

पहली नज़र में हमें इस बात का एहसास हो या न हो, ये सभी हमें प्रेरित करते हैं और इनमें से अधिकांश को सकारात्मक प्रेरक कहा जा सकता है। अंततः इन्हीं की बदौलत हम किराया चुकाते हैं, समय पर ऑफ़िस पहुँचते हैं, अपनी सामाजिक आवश्यकताओं की पूर्ति करते हैं, अपने परिवार की देखभाल करते हैं और अपने आप को कुछ ख़ाली समय भी प्रदान करते हैं।

सकारात्मक धक्का

सर्वश्रेष्ठ प्रेरक वे होते हैं, जिन्हें हम सबसे अधिक पसंद करते हैं, जो हमें स्वयं का विस्तार करने, थोड़ा अधिक प्राप्त करने, अपने लक्ष्यों तक पहुँचने और एक बेहतर जीवन जीने के लिए प्रेरित करते हैं। ऐसे प्रेरक प्रायः तब आते हैं, जब कोई हमें बताता है कि हम महान काम करने में

सक्षम हैं या यह कि हम किसी भी बाधा को जीत सकते हैं या किसी भी लक्ष्य तक पहुँच सकते हैं। प्रेरक वक्ता इस प्रकार की प्रेरणा देने में विशिष्ट रूप से सिद्धहस्त होते हैं। लेकिन चाहे हमें किसी दूसरे से यह सुनने में कितना भी मज़ा आए कि हम कितने उत्कृष्ट हैं, बाहरी प्रेरणा का प्रत्येक रूप अल्पकालीन ही होता है, भले ही वह कितना भी आकर्षक, रोमांचक या उत्साहवर्धक क्यों न दिखता हो।

इस सबका यह अर्थ है कि हम सभी के पास बहुत सी प्रेरणाएँ और बहुत से प्रेरक होते हैं। मूल प्रश्न है- नियंत्रण में कौन है? क्या आप अपने आप को आगे और ऊपर पहुँचाने का उत्तरदायित्व ले रहे हैं या फिर आप दैनिक जीवन की परिस्थितियों को अपना उत्तरदायित्व सौंप रहे हैं? क्या आप सावधानी से यह निर्णय ले रहे हैं कि आपको कौन प्रेरित करता है और कौन नहीं? और मुख्य बात यह है कि क्या आप बाहरी प्रभावों से प्रेरित हो रहे हैं या स्वयं ही अपने जीवन के सबसे प्रेरक घटक हैं?

यदि आप अपने जीवन की प्रत्येक चीज़ को प्रभावित करने वाली शक्तियों के नियंत्रण में रहना चाहते हैं, तो निश्चित रूप से आप अपनी प्रेरणा के नियंत्रण में रहना चाहेंगे। इसका अर्थ यह है कि आप अपने आप को सर्वश्रेष्ठ संभव ढंग से प्रेरित करना चाहेंगे- किसी ऐसे ढंग से, जो आपको शक्तिशाली, ध्यान आकर्षित करने वाली, सतत, विश्वसनीय और कारगर प्रेरणा दे सके, जिसकी आपको आवश्यकता है। इस प्रकार की प्रेरणा आपको कभी किसी दूसरे से नहीं, अपितु अपने आप से ही मिलेगी।

एकमात्र प्रेरणा, जिस पर आप विश्वास कर सकते हैं, आपके भीतर से उत्पन्न होने वाली "आंतरिक" प्रेरणा होती है। यही वह प्रेरणा है, जिसमें किसी दूसरे की सहायता की आवश्यकता नहीं होती, कोई सहयोग या समर्थन नहीं चाहिए, जिसमें कोई दूसरा व्यक्ति या चीज़ हमारे लिए असली प्रेरणा का काम करे। आत्म-प्रेरणा ही वह प्रेरणा है, जो उद्देश्य, आत्मसम्मान और आत्म-संकल्प के विश्वास से उत्पन्न होती है।

वह चीज़ जो प्रत्येक व्यक्ति के लिए आवश्यक है

इससे कोई फ़र्क़ नहीं पड़ता कि हम आजीविका के लिए क्या करते हैं या अपने जीवन में इस समय क्या कर रहे हैं, हम सबको प्रेरणा की आवश्यकता होती है। चाहे आप सेल्सपर्सन हों या खिलाड़ी, मैनेजर या कर्मचारी, आपमें प्रेरणा की कितनी मात्रा है, इससे आपके लक्ष्य तक पहुँचने या उनसे कम होने से कोई अंतर पैदा हो सकता है। आपकी प्रेरणा आपके पद, आमदनी, संकल्प और परिणामों को प्रभावित करती है। आपके दृष्टिकोण की तरह ही आपकी प्रेरणा भी प्रत्येक उस चीज़ को प्रभावित करती है, जो आप करते हैं।

भले ही आप किसी प्रतिस्पर्धा वाले क्षेत्र में न हों, लेकिन आगे बढ़ते रहने के लिए आपको प्रेरणा की आवश्यकता होती है। मैंने ऐसे अभिभावकों को देखा है, जिनकी प्रेरणा समाप्त हो गई। जब परिवार के पालन-पोषण की बात आई, तो उनका ईंधन समाप्त हो गया। एक प्रेरित पादरी अपने धर्मसमुदाय को अधिक प्रेरित कर सकता है, जबकि वह पादरी कम प्रेरित करेगा, जिसकी स्वयं की प्रेरणा खो गई है। जो विद्यार्थी अच्छे ग्रेड लाने के लिए बेहद प्रेरित होता है, वह पढ़ने में अधिक समय लगाएगा। दूसरी ओर, जो विद्यार्थी जैसे-तैसे उत्तीर्ण होने के लिए ही प्रेरित होता है, वह कम समय तक पढ़ेगा।

जिस पल हम प्रातःकाल सोकर उठते हैं, तबसे रात को सोने तक, हमें एक या दूसरी प्रकार की प्रेरणा की आवश्यकता होती है। वास्तव में, जब हमें प्रेरित होने की आवश्यकता *नहीं* होती, वह समय हमारे सोने का होता है। उस समय हम आराम तो कर रहे होते हैं, लेकिन कहीं जा नहीं रहे होते। समस्या यह है कि हममें से अधिकतर लोग बाहरी प्रेरणा पर निर्भर रहना सीख लेते हैं, जबकि हमें आत्म-निर्भरता सीखनी चाहिए। अपने क्षेत्र में सर्वाधिक सफल व्यक्ति (चाहे क्षेत्र कोई भी हो) वही होते हैं, जो स्वयं अपने सबसे अच्छे प्रेरक होते हैं। वे अपने पैरों पर खड़े होते हैं, अपनी निर्धारित की हुई दिशा में चलते हैं और अपनी सफलता को पूरे नियंत्रण में रखते हैं।

यदि आपको किसी व्यक्ति को, कुछ करने के लिए प्रेरित करना है, तो आपको उसकी *भावनाओं* को प्रभावित करना होगा। वास्तव में, कई

प्रेरक मनोवैज्ञानिक यह मानते हैं कि आप कभी किसी को कोई ऐसी चीज़ करने के लिए प्रेरित कर ही नहीं सकते, जिसे करने के लिए सामने वाला अपने मन से सहमत न हो। हमारी भावनाएँ ही हमें प्रेरित करती हैं, इसलिए प्रेरणा उत्पन्न होने से पहले भावनाओं को बदलने या नई दिशा देने की आवश्यकता होती है। यही स्वयं को प्रेरित करने के बारे में भी सही है।

स्वयं को प्रेरित करने के लिए *किसी* बाहरी स्रोत पर निर्भर रहने की अपेक्षा यदि हम उस प्रेरणा के लिए हमेशा स्वयं पर निर्भर रह सकें, तो कितना अच्छा रहेगा? यदि हम आत्म-चर्चा करते समय सही शब्दों का प्रयोग करना सीख लें, तो आवश्यकता पड़ने पर हम आसानी से अपने आप को वह प्रेरणा देना सीख सकते हैं, जिसकी हमें आवश्यकता है।

आत्म-प्रेरणा के लिए आत्म-चर्चा का पहला उदाहरण वही है, जो हमें भावनात्मक रूप से "ऊपर" उठाने के लिए तैयार किया गया है। यह *आपके बारे में* इस तरह से बात करता है कि आप सक्रिय हो जाएँ। साथ ही, ऐसी आत्म-चर्चा से वह समर्थन दिया जाता है, जो अतिरिक्त आत्मविश्वास प्रदान करे। आप न केवल चुनौती से मुक़ाबला करने के लिए अपनी प्रोग्रामिंग कर रहे होते हैं, बल्कि आप अपने आप को इस अतिरिक्त विश्वास की गारंटी भी दे रहे होते हैं कि आप जो काम पूरा करने के लिए निकल रहे हैं, उसे कर सकते हैं और कर ही लेंगे।

इस आत्म-चर्चा का प्रयोग कोई भी, किसी भी समय कर सकता है। यह आत्म-चर्चा किसी ख़ास क्षेत्र (अधिक बिक्री करना, समय पर उठना, किसी बास्केटबॉल मैच में पॉइंट्स स्कोर करना या अपने काग़ज़ी कामकाज में उलझ जाना) के लिए नहीं है, यह आपके लिए वह सब करेगी और उससे भी अधिक करेगी। यही वह आत्म-चर्चा है, जो आपके अवचेतन मन को नए निर्देश देगी, जो आपको जीवन के प्रत्येक क्षेत्र में प्रेरित करेंगेः

> *मैं ऐसा कोई भी काम कर सकता हूँ, जिसके बारे में मुझे विश्वास है कि मैं उसे कर सकता हूँ। मुझे इस बात पर विश्वास है और मेरा यह विश्वास प्रतिदिन बढ़ता जा रहा है। मुझमें योग्यता और प्रतिभा है।*

मैं लक्ष्य निश्चित करता हूँ और उन तक जा पहुँचता हूँ। मैं जानता हूँ कि मुझे जीवन से क्या चाहिए। मैं उसका पीछा करता हूँ और उसे प्राप्त कर लेता हूँ।

लोग मुझे पसंद करते हैं और मैं अपने बारे में अच्छा महसूस करता हूँ। मैं जो हूँ, उस पर मुझे गर्व है और मुझे अपने आप पर विश्वास है।

कोई भी चीज़ मुझे रोक नहीं सकती। मुझमें बहुत संकल्प है। मैं समस्याओं को अवसरों में बदल लेता हूँ। मैं उन चीज़ों में संभावनाएँ खोज निकालता हूँ, जिन्हें दूसरे लोग देख भी नहीं पाते।

मुझमें बहुत ऊर्जा है, मैं बहुत जीवंत हूँ। मैं जीवन का आनंद लेता हूँ। यह मुझे भी दिखाई देता है और दूसरों को भी। मैं अपने आप को ऊपर उठाता हूँ, आगे देखता हूँ और उसे पसंद भी करता हूँ।

मैं जानता हूँ कि मैं अपनी चुनी हुई कोई भी चीज़ प्राप्त कर सकता हूँ। मैं किसी भी नकारात्मक चीज़ के कारण नहीं रुकता, उसे अपनी राह में आड़े नहीं आने देता।

मैं किसी वस्तु या व्यक्ति से नहीं घबराता। मेरे पास शक्ति, विश्वास और आत्मविश्वास है। मैं चुनौतियों को पसंद करता हूँ और उनसे सीधे सामना करता हूँ।

मैं संसार के शिखर पर हूँ और उसी ओर बढ़ रहा हूँ। मेरे मन में एक स्पष्ट तस्वीर है कि मैं क्या चाहता हूँ। मैं इसे अपने सामने देख सकता हूँ। मैं जानता हूँ कि मैं क्या चाहता हूँ और मैं उसे पाने का ढंग भी जानता हूँ। मैं जानता हूँ कि सब कुछ मुझ पर निर्भर करता है और यह भी जानता हूँ कि मैं इसे कर सकता हूँ।

अड़चनों से मुझे कोई परेशानी नहीं होती। उनका तो बस इतना ही अर्थ है कि मैं जीवित हूँ और प्रगति कर रहा हूँ। मैं किसी चीज़ के लिए स्थिर नहीं रहने वाला।

मुझे अपने आप पर भरोसा है और मैं जानता हूँ कि आवश्यकता के अनुसार इसका प्रयोग कैसे किया जाए। आज मैं अजेय हूँ। मैंने

अपने आप को तैयार कर लिया है और मैं प्रतिदिन अधिक तैयार होता जा रहा हूँ। दुनिया वालो देखो! मैं आ रहा हूँ।

सीमाएँ? मैं उन्हें सीमाएँ मानता ही नहीं हूँ। ऐसी कोई चुनौती नहीं है, जिसे मैं जीत नहीं सकता। ऐसी कोई दीवार नहीं है, जिसके ऊपर मैं चढ़ नहीं सकता। ऐसी कोई समस्या नहीं है, जिसे मैं पराजित नहीं कर सकता या उलट नहीं सकता और अपने लिए लाभप्रद नहीं बना सकता।

मैं सीना तानकर खड़ा हूँ। मैं ईमानदार हूँ। मैं लोगों के साथ व्यवहार करना पसंद करता हूँ और वे मुझे पसंद करते हैं। मैं अच्छी तरह सोचता हूँ, मैं स्पष्ट सोचता हूँ। मैं व्यवस्थित हूँ, मुझे अपने और आस-पास की प्रत्येक चीज़ पर नियंत्रण है।

मैं अवसर अपने आप बनाता हूँ और किसी दूसरे को मेरे लिए उन्हें बनाने की आवश्यकता नहीं होती। मैं अपने जीवन की परिस्थितियों के लिए किसी दूसरे को कभी दोष नहीं देता। मैं अपनी सफलताओं को स्वीकार करता हूँ और उतनी ही सहजता से उनके पार भी निकल जाता हूँ, जितनी सहजता से विजय के पुरस्कारों को स्वीकार करता हूँ।

मैं कभी अपने आप आदर्श होने की माँग नहीं करता, लेकिन मैं उस सबसे श्रेष्ठ की उम्मीद करता हूँ, जो मेरे पास देने के लिए है और वही मुझे मिलता भी है।

मैं कभी अपने आप से बहाने नहीं बनाता। मैं चीज़ों को समय पर और सही ढंग से कर लेता हूँ। आज मुझमें यह करने की पहले से कहीं अधिक आंतरिक शक्ति है।

मैं असाधारण हूँ। मेरा संकल्प और स्वयं में मेरा अविश्वसनीय विश्वास मेरे लक्ष्यों को वास्तविकता में बदल देता है। मुझमें अपने सपनों का जीवन जीने की शक्ति है। मैं उनमें उसी प्रकार विश्वास करता हूँ, जिस प्रकार स्वयं में करता हूँ और मेरा यह विश्वास इतना शक्तिशाली है कि कोई चीज़ ऐसी नहीं है, जो मेरी अजेय भावना को कम कर सके।

कुछ दिनों तक आप प्रतिदिन आईने के सामने अपने आप से यह सब कहने का अभ्यास करें। क्या यह अद्‌भुत नहीं रहेगा कि हमारे पास कोई हो, जो हम पर इतना विश्वास करे कि हमें अपने बारे में ये अविश्वसनीय, प्रेरक सच्चाइयाँ बार-बार बताए? ऐसा व्यक्ति हो, तो निश्चित रूप से वह हमारा सबसे सच्चा और अच्छा मित्र होगा।

सच्चाई यह है कि हमारे पास ऐसा मित्र है। हममें से प्रत्येक के पास है। हमारे अपने भीतर। बस, कहने भर की देर है और हमारा मित्र वहाँ आ जाएगा, बिना किसी चूक के, किसी भी समय, किसी भी परिस्थिति में।

आत्म–चर्चा में प्राण फूँकना

जब आप आत्मविश्वास और आत्म-प्रेरणा जैसे नए शब्द पहली बार पढ़ते हैं, तो हो सकता है कि वे आपको आश्वस्त करने वाले प्रेरक विचारों से अधिक न लगें। उनमें प्राण फूँकें। उन्हें बाहर निकालें। यदि आवश्यकता हो, तो उन्हें अकेले में चिल्लाकर कहें, लेकिन उन्हें पकड़ लें, पकड़े रहें और अपना बना लें।

यदि आप एकांत में हों, तो एक पल के लिए ठहरकर एक-दो पन्ने पलटें और उन्हीं शब्दों को दोबारा पढ़ें। इस बार ज़ोर से पढ़ें। अपने अविश्वास को शिथिल करें। अपनी शंकाओं को दरकिनार कर दें। केवल कुछ पलों के लिए अपने आप से इस प्रकार बोलें, मानो आप पूरे संसार में सबसे महत्वपूर्ण व्यक्ति हों। (आप जानते हैं कि आप हैं।)

यदि पहलेपहल आपको नए ढंग से अपने आप से बातचीत करने में कुछ अजीब सा लगे, तो चिंता न करें। जब तक आप आत्म-चर्चा के अभ्यस्त नहीं हो जाते, यह विचित्रता महसूस होनी ही *चाहिए*। आप अपनी पुरानी प्रोग्रामिंग को ज़ोर से झटका दे रहे हैं। शायद यह आपके आश्चर्यजनक नए स्वरूप का वर्णन सुनने की आदी नहीं है।

आप इस कार्य को जितना अधिक करेंगे, वह उतना ही आसान और स्वाभाविक होता जाएगा। हो सकता है कि आपकी पुरानी प्रोग्रामिंग कुछ समय के लिए आपसे जूझने का प्रयास करे। वह आपको मूर्ख महसूस करवा सकती है या रुकने के लिए भी उकसा सकती है, लेकिन

यदि आप काम करते रहेंगे, तो जीत नए शब्दों की ही होगी।

यदि इसे पढ़ते समय आप ज़ोर से बोलकर नए निर्देश अपने आप को नहीं दे सकते, तो दोबारा आत्म-चर्चा को मन ही मन पढ़ें- इस बार शब्द दर शब्द। अपने आप को सुनने के लिए कहें। अपने मन की तस्वीरों को देखें, जिनमें आप अपने आप को सचमुच वैसा ही देखें, जैसा आप वर्णन कर रहे हैं।

आत्म-चर्चा पुस्तक के पन्नों पर छपे उत्साहवर्धक शब्दों की चंद पंक्तियाँ ही नहीं है। जब आप आत्म-चर्चा पर सचमुच काम करते हैं, तो वही शब्द जीवंत हो जाते हैं। जिस पल आप उन्हें बोलना या पढ़ना और चेतन रूप से आत्मसात करना आरंभ करते हैं, वे एक व्यक्तिगत अर्थ और अपना स्वयं का जीवन जीने लगते हैं और एक ऐसी भूमिका निभाते हैं, जो आपके जीवन के लिए महत्वपूर्ण बन सकती है। वे आपके सबसे अच्छे मित्र हैं, वे आपका वह हिस्सा हैं, जो आपको आपकी सच्चाई बता रहा है।

यदि आप नए शब्दों और नए क़िस्म की आत्म-चर्चा से अपने अवचेतन को आघात पहुँचाने जा रहे हैं, तो अच्छा यही रहेगा कि आप अपने जीवन में *अप्रेरकों* को यह अवसर न दें कि वे आपको कमज़ोर करें या पल-भर के लिए भी घुटनों के बल बैठा दें। इसकी अपेक्षा उन्हें लात मारकर बाहर करें! सीना तानकर खड़े हो जाएँ, उनका सामना करें, दरवाज़े की ओर इशारा करें और उन्हें अपने जीवन से बाहर निकलने को कहें। आपने उनसे संबंध समाप्त कर लिया, तो अब आपको उनकी कोई आवश्यकता नहीं है। उन्हें उनके मार्ग में ही रोक दें। उन्हें जीत लें।

जब आपका अवचेतन सोचता है कि अब बहुत हो गया, उसे तभी न छोड़ दें, उसे कुछ और समय दें। और इस बार चेतन निर्णय लेकर यह माँग करें कि आपका आंतरिक स्वरूप आपकी बात को *बहुत ध्यान से सुनेः*

> *मैं जानता हूँ कि महानता महान लोगों के मस्तिष्क से ही आरंभ होती है। मैं जानता हूँ कि मैं अपने बारे में जो विश्वास करता हूँ, वही बन जाऊँगा, इसलिए मैं अपने लिए सर्वश्रेष्ठ पर ही विश्वास करता हूँ।*

मैं व्यावहारिक तथा यथार्थवादी हूँ और मेरे पैर ठोस ज़मीन पर हैं। लेकिन मैं स्वयं को अपनी सभी अपेक्षाओं के अनुरूप जीने की स्वतंत्रता भी देता हूँ।

मैं दूसरों के अदूरदर्शी विश्वासों से कभी नहीं बँधता। इसकी अपेक्षा मैं असीमित संभावना के व्यापक क्षितिजों के लिए स्वयं को खोल देता हूँ।

जब कोई कहता है, मैं "नहीं कर सकता," तो मैं कहता हूँ, "क्यों नहीं?" जब कोई कहता है, "यह असंभव है?" तो मैं कहता हूँ कि कोई चीज़ असंभव नहीं है, जब तक कि मैं उसके असंभव होने पर विश्वास न कर लूँ। मुझे विश्वास है कि आस्था का कवच हो, तो मेरे लिए प्रत्येक चीज़ संभव है।

मुझमें प्रबल इच्छा, संकल्प, लगन और सहनशीलता है। अपने प्रत्येक काम के बारे में मेरा दृष्टिकोण प्रबल है। मैं व्यावहारिक और यथार्थवादी हूँ, लेकिन मैं किसी स्थिति के सर्वश्रेष्ठ संभव परिणाम में ही विश्वास करता हूँ।

यदि मुझे अतीत में अपने बारे में कभी कोई शंकाएँ रही हैं, तो आज उन्हें परे रखने के लिए अच्छा दिन है। जिस अविश्वास ने मुझे पीछे रोककर रखा है, उसे बाहर फेंकने के लिए आज अच्छा दिन है।

मैं जानता हूँ कि मैं विजय की दिशा में आगे बढ़ रहा हूँ। मैं आगे की ओर देखता हूँ, कभी पीछे की ओर नहीं देखता। मुझमें एक समय में एक चीज़ पर ध्यान केंद्रित करने की योग्यता है, इसलिए मैं अपना पूरा ध्यान हाथ के काम पर एकाग्र रखता हूँ और उसे पूरा कर देता हूँ।

आज के दिन कोई चीज़ मेरे रास्ते में आड़े नहीं आ सकती। जब मुझे अतिरिक्त संकल्प की आवश्यकता होती है, तो वह मेरे पास होता है। जब मुझे अधिक ऊर्जा और प्रबल इच्छा की आवश्यकता होती है, तो वह मेरे पास होती है। मुझमें काम पूरा करने की शक्ति और धैर्य है- चाहे काम या चुनौती कोई भी हो।

आज और अब, जब मैं अपने बारे में अपने आप को ये सच्चाइयाँ बता रहा हूँ, तब मैं जानता हूँ कि मैं सफल हो सकता हूँ और मैं सफल हो रहा हूँ। इस पल यदि मैं अपने सामने की किसी चुनौती के बारे में सोचता हूँ, तो मैं जानता हूँ कि उसके द्वारा मुझे अधिक विजय मिलेगी।

मैं अपनी ठुड्डी ऊपर रखता हूँ और सिर को तानता हूँ। मैं उस विजेता जैसा दिखता हूँ, कार्य करता हूँ, बोलता हूँ, सोचता हूँ और महसूस करता हूँ, जो कि मैं हूँ। जब भी कोई समस्या मुझे नीचे ले जाना आरंभ करती है, तो मैं दोबारा ऊपर पहुँच जाता हूँ। मैं समस्याओं का सामना करता हूँ और उन्हें सुलझा देता हूँ। जब कुंठा या पराजय का ख़तरा सामने आता है, तो मैं पहले से अधिक शक्तिशाली, अधिक सकारात्मक, अधिक व्यवस्थित और अधिक संकल्पवान हो जाता हूँ।

इस समय, आज, इसी पल मैं अपने आप को पूर्ण आत्मसंतुष्टि, प्रबल आत्मविश्वास और विश्वास का उपहार देने में सक्षम हूँ।

जिस चीज़ में मेरे सर्वश्रेष्ठ की आवश्यकता हो, उसे मैं कर सकता हूँ और मैं जानता हूँ कि में उसे कर सकता हूँ।

आज एक बेहतरीन दिन है और मेरे पास वह सब है, जिसकी मुझे आवश्यकता है। इसलिए मैं इसे सही ढंग से, अच्छी तरह करने का चुनाव करता हूँ। मैं आज आनंद और प्रेम के साथ जीने का चुनाव करता हूँ।

मैं जानता हूँ कि यह मुझ पर है। शत-प्रतिशत! सब कुछ इस पर निर्भर है कि मैं इसकी ओर कैसे देखता हूँ और इस बारे में क्या करता हूँ! यही विजय है। इसीलिए मैं विजेता हूँ।

मैं अपने लक्ष्य निर्धारित करता हूँ, मैं अपना संतुलन बनाए रखता हूँ। मैं झिझकता नहीं हूँ। मैं पीछे नहीं रुका रहता। मैं जानता हूँ कि संसार अवसरों से भरा है। देखें कि मैं क्या कर सकता हूँ, देखें कि मैं कहाँ पहुँच सकता हूँ। देखें कि मैं अपने आप को "हाँ" कहकर क्या कर सकता हूँ।

बस देखें कि आज मैं क्या कर सकता हूँ। मैं अद्‌भुत हूँ... और आज यह दिखाने के लिए बेहतरीन दिन है!

जब चीज़ें सही न हों, तब ऊपर उठना

एक और पेशे का उदाहरण लें, जो आंतरिक प्रेरणा के लिए आत्म-चर्चा की अवधारणाओं को अपनाने लगा है। यह है सेल्स का क्षेत्र। मैं चर्चा कर चुका हूँ कि सेल्स से जुड़े लोगों को आत्मविश्वास का सतत दृष्टिकोण रखना होता है; क्योंकि उन्हें कई बार ठुकराया जाता है। जब कोई प्रतिस्पर्धी जीतता है, तो हर बार कोई न कोई हारता भी है। सेल्सपर्सन के मन में इसका अर्थ होता है कि बिक्री चली गई और उस नुक़सान का अर्थ होता है असफलता। इसीलिए सेल्स का क्षेत्र योग्य एवं पेशेवर प्रेरकों के लिए सबसे बड़ी माँग उत्पन्न करता है।

मैं सलाह देता हूँ कि जो संगठन अपने प्रॉडक्ट्स या सेवाओं को पेश करने और बेचने के लिए सेल्सपर्सन पर निर्भर हैं, वे अपने मौजूदा प्रशिक्षण कार्यक्रमों में आत्म-चर्चा का प्रशिक्षण शामिल कर दें। यह क़दम बहुत आसान है, लेकिन इसके परिणाम बहुत गहरे हो सकते हैं।

यद्यपि यह हो सकता है कि आप प्रबंधन अथवा बिक्री के पेशे में न हों, फिर भी आप जानते होंगे कि हममें से प्रत्येक अपने वयस्क जीवन के लगभग प्रतिदिन अपने आप को या अपने विचारों को "बेचता" है। यदि आप प्रबंधन या सेल्स के किसी पद पर हों, तो आत्म-चर्चा के अगले उदाहरण को ध्यान से पढ़ें। यदि आप पेशेवर बिक्री के क्षेत्र में न हों, तो ध्यान दें कि बिक्री वाली आत्म-चर्चा का कितना बड़ा हिस्सा आपके जीवन की उन स्थितियों पर समान रूप से लागू होता है, जब आप किसी दूसरे व्यक्ति को प्रभावित या राज़ी करना चाहते हैं, ताकि वह आपके विचार को स्वीकार कर ले या वह काम कर दे, जो आप उससे करवाना चाहते हैं।

बिक्री से संबंधित बारह क्षेत्र होते हैं, जिनमें से प्रत्येक की अपनी अलग आत्म-चर्चा होती है। इनमें ऐसे विषय शामिल होते हैं, प्रॉस्पेक्टिंग, प्रस्तुति देना, मानसिक रूप से आपत्तियों से उबरना, फ़ॉलो-थ्रू और

निराशाजनक परिस्थितियों में भी अपने मनोबल को बनाए रखना। इस उदाहरण में मैं कई क्षेत्रों को मिला दूँगा और आपको "बिक्री" के लिए आत्म-चर्चा के प्रमुख नमूने ही दिखाऊँगाः

मैं साफ़ मन और विशिष्ट योजना के साथ प्रतिदिन का आरंभ करता हूँ, ताकि अपने समय और प्रयास से अधिकतम लाभ उठा सकूँ। मैं अपनी योजना का अनुसरण करता हूँ और अपने लक्ष्यों तक पहुँच जाता हूँ।

मेरा सटीक वर्णन इन शब्दों के द्वारा किया जा सकता है- पेशेवर, परिश्रमी, योग्य, ऊर्जावान, उत्साही, व्यवस्थित, संकल्पवान और बेहद सफल।

मैं दूसरों को अपने दृष्टिकोण पर सहमत करने में सिद्धहस्त हूँ। ऐसा इसलिए है; क्योंकि मैं सबसे पहले और सदा सामने वाले का दृष्टिकोण पहचानता व समझता हूँ, जिसके सम्मुख मैं अपने विचार, प्रॉडक्ट या सेवा प्रस्तुत कर रहा हूँ।

मैं जानता हूँ कि कैसे सुना जाता है और मैं पूरी तरह सुनता हूँ। मैंने न केवल कहे जाने वाले शब्द सुनना सीखा है, बल्कि उनके पीछे के अनकहे विचारों को सुनना भी सीख लिया है।

मैं सदा तैयार रहता हूँ। मैं सही काम करने के लिए समय लेता हूँ। मैं जो भी काम करता हूँ, उसके लिए तैयार, आत्मविश्वासी, आश्वस्त और सफल रहता हूँ।

मैं हमेशा अपने कार्य के विवरणों पर ध्यान देता हूँ। मैं बेचने के विवरणों का आनंद लेता हूँ और मुझमें सदा समय पर तथा पूरे ध्यान के साथ उन पर ध्यान देने की प्रवृत्ति है।

मैं अपने आप को "ऊपर" रखता हूँ। मैं जानता हूँ कि अच्छी सेल्स प्रस्तुतियों का अर्थ है- अपने आप को ऊपर, ऊर्जावान और नियंत्रण में बनाए रखना। मैं बिल्कुल ऐसा ही हूँ और मेरी सेल्स प्रस्तुतियाँ सदा पेशेवर तथा प्रभावशाली होती हैं।

मैं कभी किसी समस्या का सामना करने या किसी प्रकार की सेल्स

कॉल से कतराता नहीं हूँ। मै काम में जुटा रहता हूँ और इसीलिए जीतता रहता हूँ।

मैं जिसे उत्पन्न करता हूँ, उसकी बिक्री करने का अधिकारी हूँ। मैं जानता हूँ कि बिक्री में सफलता अपने आप को समर्थ, उत्पादक एवं व्यक्ति मानने से आरंभ होती है, जैसा कि मैं हूँ।

मैं हमेशा संजीदा और ईमानदार रहता हूँ। मैं मानता हूँ कि बिक्री करने में विश्वास, योग्यता और संकल्प से ही उपलब्धि प्राप्त होती है। मैं अक्सर बिना झिझक के ऑर्डर माँगता हूँ। प्रत्येक "ख़रीदारी के संकेत" पर मैं ऑर्डर माँगता हूँ और बिक्री पूरी कर देता हूँ।

"ना" सुनने से मुझे कभी परेशानी नहीं होती। "ना" शब्द सुनकर तो मेरा संकल्प दोगुना हो जाता है और मेरा सकारात्मक उत्साह बढ़ जाता है।

यदि तकनीकी योग्यताएँ समान हों, तो ऊपर बताए गए संक्षिप्त आत्म-निर्देशों वाला सेल्सपर्सन (यदि वह मानसिक रूप से वैसा व्यक्ति "बन जाता है," जैसा हमने अभी वर्णन किया है) किसी भी सेल्स संगठन के सफल लोगों की सूची में बिना किसी संदेह के ऊँचे स्थान पर होगा। अतीत में कई सेल्सपर्सन के साथ काम करते समय मैंने प्रायः इसकी विपरीत आत्म-चर्चा ही सुनी है।

हमारी अतीत की प्रोग्रामिंग के कारण शिकायतों, बहानों और शंकाओं की पुरानी आत्म-चर्चा के प्रयोग में फिसलना बहुत आसान होता है। ऐसे सारे कारण हैं, जो सफलता और कम उपलब्धि का दोष किसी दूसरे व्यक्ति या चीज़, उदाहरण के तौर पर, सेल्स मैनेजर, कंपनी, कमीशन का तंत्र या प्रतिस्पर्धा, पर मढ़ने के लिए आवश्यक होते हैं।

आत्मविश्वास की चिंगारी को सुलगाने की अपेक्षा अनेक सेल्सपर्सन, हममें से कई लोगों के करियर की तरह, दिन की समस्याओं को सुलझाने के लिए वह कार्य ही नहीं करते, जो हम जानते हैं कि हमें करना चाहिए। क़दम उठाने के लिए अपने आप को प्रेरित करने की उच्च उत्पादक गतिविधि में संलग्न होने के लिए कुछ मिनट बिताने की अपेक्षा हम काम से मुँह मोड़ लेते हैं और कॉफ़ी पीने लगते हैं।

प्रकाश, जो कभी असफल नहीं होता

हम अपने आप को प्रेरित करना सीख सकते हैं। हम स्वचलित, कर्मठ और सफल बनना सीख सकते हैं। इसमें इतने कम समय और प्रशिक्षण की आवश्यकता होती है, जितनी किसी अन्य प्रेरक विकास में नहीं लगती। हमें तो केवल आरंभ करने की आवश्यकता होती है। इसके बाद हमारा आंतरिक स्वरूप और हमारा वह हिस्सा, जो प्राप्त करना चाहता है, जल्द ही उन नए निर्देशों पर काम करने लगता है, जो हम उसे देते हैं।

हममें से प्रत्येक का एक अंदरूनी हिस्सा प्रतीक्षा कर रहा है कि हम उसे बताएँ कि "आगे बढ़ना और प्राप्त करना सही है।" यह आरंभ से ही ऐसा करना चाहता था। इसे तो कुछ नए शब्दों की आवश्यकता थी।

हम सभी के भीतर एक महामानव सोया हुआ है। यह *उस प्रकाश* को खोज रहा है, *जो कभी असफल नहीं होता*, वह प्रेरणा, जो भीतर से आती है। यदि हम इसे प्रतिदिन, बिल्कुल सही ढंग से पोषण दें, तो यह हमारा एक ऐसा हिस्सा बन जाएगा, जो हमारे डर को जीत लेगा, राक्षसों को मार डालेगा और हमें विजयश्री की ओर ले जाएगा। यह अनकही शक्तियों वाला जादुई जिन्न है, जो बड़ी अधीरतापूर्वक अपनी मुक्ति की प्रतीक्षा कर रहा है। यह हममें से प्रत्येक का अनिवार्य एवं पूर्णता चाहने वाला हिस्सा है। यह लंबे समय से हमारे निर्देशों की राह देख रहा है, आगे बढ़ें, अपने आप को सही निर्देश दें, अपने आप को रोमांचक यात्रा पर ले जाएँ, महामानव की बेड़ियाँ खोलें और कल प्रातःकाल ही इसे जगा दें।

अध्याय बीस

परिस्थितिजन्य आत्म–चर्चा

इस अध्याय में दैनिक जीवन के लिए आत्म-चर्चा की अत्यंत सरल, परंतु बहुत प्रभावशाली तकनीक बताई जा रही है। यह इतनी आसान है कि इसी कारण से हम इस पर ग़ौर करना भूल जाते हैं। यह एक ऐसा तरीक़ा है, जिस पर कोई भी काम कर सकता है, बशर्ते वह ऐसा करने का निर्णय ले ले। यह कोई ऐसी तकनीक नहीं है, जिसे सीखने के लिए बहुत अध्ययन की आवश्यकता है। इसे करने के लिए तो आपको इस बारे में जागरूक होना है और इस पर काम करना है। हालाँकि यह बात सही है कि आप इसका जितना अधिक अभ्यास करते हैं, यह उतने ही बेहतर ढंग से प्रभावशाली सिद्ध होती है, लेकिन यह न भूलें कि जब आप इसका पहली बार प्रयोग करेंगे, तब भी यह आपके लिए प्रभावशाली सिद्ध होगी।

मुझे स्वीकार करना होगा कि जब मैंने पहली बार "परिस्थितिजन्य" आत्म-चर्चा के प्रयोग को देखा, तो मैं हैरान रह गया कि इतनी स्पष्ट और सरल चीज़ इतनी अधिक प्रभावशाली कैसे हो सकती है। स्व-सहायता की कई भिन्न-भिन्न तकनीकों का अध्ययन करने और अवलोकन करने के कारण मैं अच्छी तरह जानता था कि अधिकतर प्रभावशाली तकनीकें सदा ही बहुत सरल और स्पष्ट होती हैं। परिस्थितिजन्य आत्म-चर्चा बिल्कुल ऐसी ही है। यदि इस प्रकार की आत्म-चर्चा इतनी सरल और मूल्यवान है, तो मेरा आग्रह है कि आप इसे स्वयं आज़माकर देखें। इसे एक दिन के लिए आज़माएँ, फिर एक सप्ताह तक और फिर पूरे महीने। तब तक आपको परिस्थितिजन्य आत्म-चर्चा के प्रयोग की आदत पड़ जाएगी और यह आपको महत्वहीन या हास्यास्पद रूप से सरल नहीं लगेगी। यह आपके

व्यक्तिगत विकास और सफलता में आपकी कट्टर समर्थक बन जाएगी। अब प्रश्न यह है कि वह सरल कुंजी कौन सी है, जिसके बारे में यह दावा किया जाता है कि वह इतने बड़े ख़ज़ाने का ताला खोल देगी?

तुरंत सामंजस्य स्थापित करना

मेरे एक मित्र ने अपनी चाची की कहानी सुनाई, जिन्हें भोजन पकाना पसंद नहीं था, लेकिन अपने बड़े परिवार के लिए उन्हें कई वर्षों तक भोजन पकाना पड़ा। जब भी भोजन की तैयारी करने के लिए चाची किचन में जातीं, तो वे ज़ोर से अपने आप से कहती थीं, "यह मज़ेदार होने वाला है। आज भोजन पकाने में मेरा अच्छा समय गुज़रेगा।"

बाद में जब भोजन ख़त्म हो जाता और बर्तन साफ़ हो जाते थे, तो वह कहती थीं, "यह इतना बुरा भी नहीं था।" वास्तव में, ऐसा नहीं था। अपने आप को आत्म-चर्चा के कुछ आसान शब्द देकर उन्होंने मजबूरी के काम को एक स्वीकार करने योग्य काम में बदल दिया। उन्होंने काम नहीं बदला, अपितु उसके बारे में अपने एहसास को बदल दिया।

"परिस्थितिजन्य आत्म-चर्चा" यही है। *यह उस प्रकार की आत्म-चर्चा है, जो परिस्थितियों को देखने के हमारे दृष्टिकोण को संतुलित करती है।* यह एक व्यावहारिक, तात्कालिक, हाल ही में विकसित आत्म-चर्चा है, जिसकी सहायता आप किसी भी समय ले सकते हैं। जिस पल आप इसका प्रयोग करते हैं, उसी पल यह आपकी सहायता करने लगेगी। परिस्थितिजन्य आत्म-चर्चा वास्तव में आत्म-चर्चा के उन प्रकारों से भिन्न है, जिनके बारे में हमने पिछले कुछ अध्यायों में बात की है। अंतर यह है कि परिणाम पाने के लिए इसमें आत्म-चर्चा की किसी "पटकथा" की आवश्यकता नहीं पड़ती। यह एक क्षण में ही हो सकती है। इसे ज़ोर से बोलकर भी किया जा सकता है और मौन रहकर भी। यह एक अकेला विचार हो सकती है या इसमें कुछ अच्छी तरह चुने गए शब्दों का प्रयोग भी किया जा सकता है।

परिस्थितिजन्य आत्म-चर्चा सकारात्मक आत्म-चर्चा के अन्य रूपों से भिन्न है; क्योंकि इसमें वर्तमान काल में कहे जाने का बंधन नहीं

होता। यह उसी समय, आज या निकट भविष्य की किसी समस्या से ही निबट रही होती है। इसका पहला उद्देश्य अपनी नई, दीर्घकालीन आंतरिक तस्वीर बनाने की कोशिश करना नहीं होता। इसका मूल काम तो आज से आज ही निबटना होता है। इसलिए जब आप अपने आप से कहते हैं, "आज मैं इस काम का आनंद लेने वाला हूँ," तो आप *वर्तमान* स्थिति से निबटने के लिए *भविष्य काल* के वाक्य का प्रयोग कर रहे होते हैं।

आत्म-चर्चा के अन्य प्रकारों की तरह ही परिस्थितिजन्य आत्म-चर्चा भी तात्कालिक रूप से आपके दृष्टिकोण को बेहतर बना सकती है, किसी बुरी आदत पर विजय दिला सकती है, किसी समस्या को सुलझाने या लक्ष्य तक पहुँचने में सहायता कर सकती है या आपको कुछ बेहतर करने के लिए प्रेरित कर सकती है, लेकिन यह इस काम को एक अलग ढंग से करती है।

परिस्थितिजन्य आत्म-चर्चा का प्रयोग उस समय किया जाता है, जब आपके सामने कोई ऐसी स्थिति आ जाए, जिसमें रहना आपको पसंद न हो या जब आपके सामने कोई अप्रत्याशित अवसर आ जाए, जिस पर तत्काल ध्यान देने की आवश्यकता हो। अधिकतर मामलों में इस प्रकार की आत्म-चर्चा का प्रयोग ऐसी अल्पकालीन परिस्थिति से उबरने के लिए किया जाता है, जो आकस्मिक रूप से सामने आ गई हो। यहाँ मैं आपको एक उदाहरण देता हूँ।

आप कार्यस्थल पर हैं और फ़ोन की घंटी बजने लगती है। यह किसी ऐसे व्यक्ति का फ़ोन है, जिससे बात करना आप टालते आ रहे हैं, पर आप जानते हैं कि फ़ोन सुन लेना चाहिए। आप यह काम नहीं करना चाहते, लेकिन आपको पता है कि उस समस्या से देर-सवेर निबटना ही पड़ेगा। आपके पास उस व्यक्ति से उसी समय बात करने या बातचीत को किसी दूसरे समय तक टाल देने का विकल्प होता है, लेकिन तब तक शायद समस्या अधिक जटिल हो जाएगी। इसके बाद आप क्या करते हैं, यह पूरी तरह आप पर निर्भर है। फ़ोन सुनना या उसे टाल देना पूरी तरह आप पर निर्भर होता है।

ऐसे समय पर सही आत्म-चर्चा के कुछ शब्द सही काम करने में आपकी सहायता कर सकते हैं। आप अपने आप से यह नहीं कहते हैं,

"ओह नहीं, दोबारा वह व्यक्ति नहीं! उससे कह दो कि मैं उसे बाद में फ़ोन करूँगा।" इसकी अपेक्षा आप आत्म-चर्चा का प्रयोग करके समस्या को वहीं, उसी समय सुलझा सकते हैं :

> *मुझे समस्याएँ सुलझाना पसंद है। मैं हमेशा समस्याओं से निबटता हूँ और उनसे कभी बचता नहीं हूँ। मैं यह फ़ोन सुनूँगा और समस्या से सीधे निबटूँगा।*

इस मामले में, आत्म-चर्चा के इन चंद वाक्यों को बोलने में पाँच-छह सेकेन्ड ही लगते हैं। लेकिन ऐसा करके आप कई घंटों के आने वाले कल से बच जाते हैं। इस प्रकार सही कार्य करने का विश्वास करके आपने न केवल अपना समय बचा लिया है, बल्कि एक ऐसा काम भी कर दिया, जो आपके लिए अन्य काम से कहीं अधिक महत्वपूर्ण है। इससे आपकी व्यक्तिगत विश्वसनीयता में वृद्धि होती है और आत्मसम्मान के आपके रिपोर्ट कार्ड पर एक छोटा, लेकिन महत्वपूर्ण गोल्ड स्टार बढ़ा दिया जाता है।

मुझे प्रायः लगता है कि परिस्थितिजन्य आत्म-चर्चा, यानी आत्म-चर्चा का यह सबसे सरल दिखने वाला रूप कई बार सर्वाधिक मूल्यवान है। यदि आप अपने जीवन को सही करने और कई अन्य महत्वपूर्ण मायनों में स्वयं को बेहतर बनाने के लिए आत्म-चर्चा के दूसरे प्रकारों का अभ्यास कर रहे हों, तो परिस्थितिजन्य आत्म-चर्चा का प्रयोग दूसरी आत्म-चर्चा के प्रयोग का स्वचलित सह-उत्पाद बन जाता है। लेकिन जब तक आप आत्म-चर्चा के इस विशेष प्रकार के बारे में जागरूक न हों, तब तक आप यह नहीं पहचान सकते कि इसका प्रयोग करना कितना आसान है और इससे आपका कितना भला हो सकता है।

गाड़ी चलाते समय विचलित होना

कई साल पहले में उन लोगों में से एक था, जिन्हें ट्रैफ़िक में गाड़ी चलाते समय छुटपुट भावनात्मक दौरे पड़ते रहते हैं। मैं ऐसे लोगों को जानता हूँ, जो ट्रैफ़िक लाइट्स के ग़लत समय बदलने पर या दूसरे चालकों के अचानक ब्रेक या कट मारने पर गालियाँ बकने लगते हैं। जब उन्हें देर

हो रही होती है, तो वे ब्रेक, एक्सीलरेटर और हॉर्न का प्रयोग समान शक्ति से करते हैं।

वे सोचते ही नहीं हैं कि ग़लती उनकी है, जो वे समय पर नहीं निकले। वास्तव में, स्टियरिंग व्हील के पीछे सारा प्रतिशोध समान आवेश से लिया जाता है। जब इस प्रकार की भावनात्मक ड्राइविंग शैली आदत बन जाती है, तो ये अच्छे इंसान तनाव की अवस्था में गाड़ी चलाने के इतने आदी हो जाते हैं कि वे स्टियरिंग व्हील को तब भी उसी पकड़ से जकड़ते हैं, जब उन्हें किसी काम के लिए देर नहीं हो रही होती या वे किसी विशेष जगह नहीं जा रहे होते।

मेरा एक मित्र लॉस ऐंजलिस इलाक़े में एक सफल कारोबार का मालिक है। वह आमतौर पर बहुत ही शांत और संयत रहता है। वह हमेशा दयालु, विनम्र, सदाशयी और समझदार रहता है- सिवा उस समय के, जब वह लॉस ऐंजलिस फ्री-वे पर लेन के पार जाने की कोशिश करता है और कोई अनजाने में अपनी गाड़ी उसके सामने ले आता है।

मानवता की नेकी में मेरा बुनियादी विश्वास बताता है कि सेकेन्ड-हैंड कार चलाने वाला जो युवक मेरे मित्र की लेट-मॉडल फ़ॉरेन इंपोर्टेड कार के सामने फ्री-वे पर अपनी कार ग़लत दिशा में लाया था, वह संभवतः एक अच्छा इंसान है। काश उसे पता होता है कि उस पर किन विशेषणों की बौछार की गई थी और इसके कुछ पल बाद ही- जब तक कि अगला दुर्भाग्यशाली व्यक्ति अपनी कार ग़लत दिशा में नहीं मोड़ता है और मेरा मित्र फिर से दूसरे वाहन के ड्राइवर पर भड़ास नहीं निकालने लगता, मेरा मित्र एक बार फिर शांत, संयत, परवाह करने वाला और संतुलित इंसान बन जाता है।

कार चलाते समय कुछ ख़ास बातों या चीज़ों से मेरा तनाव भी बढ़ जाया करता था। ये थीं स्टॉप लाइट्स और धीमी गति से रेंगने वाला ट्रैफ़िक। एक दिन जब मैं कार से ऑफ़िस जा रहा था, तो रास्ते में मिलने वाली प्रत्येक ट्रैफ़िक लाइट में परिवर्तन को लेकर चिंतित हो गया। आधे रास्ते पहुँचकर मुझे यह एहसास हुआ कि मैं अपने दृष्टिकोण और शायद अपने स्वास्थ्य को भी, बहुत नुक़सान पहुँचा रहा हूँ। मैं अपने स्वास्थ्य के साथ इंसाफ़ नहीं कर रहा हूँ। इससे भी अधिक मुझे एहसास

हुआ कि मेरा व्यवहार वैसा नहीं था, जिसकी उम्मीद किसी परिपक्व वयस्क से की जानी चाहिए। मैं ट्रैफ़िक से उसी स्तर पर निबट रहा था, जिस स्तर पर कोई अठारह महीने का बच्चा भूख से निबटता है।

मैंने एक त्वरित निर्णय लिया। मैंने तय किया कि किसी भी स्थिति में ट्रैफ़िक को लेकर दोबारा कभी तनाव में नहीं आऊँगा। मैंने परिस्थितिजन्य आत्म-चर्चा की कुछ सरल पंक्तियों का प्रयोग करके अपने निर्णय को सशक्त बना लियाः

मैं कार चलाते समय आराम और आनंद से रहता हूँ।

मैं जब भी कहीं जा रहा होता हूँ, तो हमेशा पर्याप्त समय का अंतर रखकर निकलता हूँ। मैं हमेशा सही समय पर या उससे पहले ही वहाँ पहुँच जाता हूँ, जहाँ मैं पहुँचना चाहता हूँ।

ट्रैफ़िक लाइट्स मेरे नहीं, अपने हिसाब से बदलती हैं। यदि लाइट मेरे पहुँचने से पहले बदल जाती है, तो मैं रुकूँगा, सिग्नल मिलने की प्रतीक्षा करूँगा और इस दौरान आराम कर लूँगा।

धीमी गति से रेंगने वाला या ठहरा हुआ ट्रैफ़िक मेरे लिए कोई समस्या नहीं है। मैं अब उस समय का आनंद लेता हूँ। उसमें मैं अपने विचारों को व्यवस्थित कर लेता हूँ और उन चीज़ों के बारे में सोचने लगता हूँ, जो मेरे लिए लाभकारी हैं। मैं वहाँ जब पहुँचूँगा, तभी पहुँचूँगा।

इन आत्म-सुझावों ने अपना प्रभाव दिखाया। तब से कई बार हवाई अड्डे की ओर जाते समय जब थोड़ी देर हो जाती है, तो मैं अपनी आत्म-चर्चा को चेतन रूप से दोहराता हूँ। लेकिन उस दिन के बाद से गाड़ी चलाते समय मेरा एहसास बदल गया है। क्या यह परिवर्तन करना मुश्किल था? नहीं। क्या कोई दूसरा भी यह कर सकता है? हाँ!

तनाव के रसायन

हम अपने आप को कितना तनाव देते हैं, हम अपने आप को कौन-कौन सी नकारात्मक भावनाएँ झेलने के लिए विवश करते हैं, मस्तिष्क

शोधकर्ताओं ने इस बारे में बहुत ज्ञान प्राप्त कर लिया है कि केवल एक-दो मिनट के नकारात्मक भावनात्मक तनाव के कारण ही हमारा मस्तिष्क कौन से *स्वाभाविक* रसायन हमारे शरीर में प्रवाहित करने लगता है और उनका क्या प्रभाव होता है।

जैसा मैंने पहले बताया था, क्रोध, चिंता, नकारात्मक तनाव और कुंठा के केवल कुछ मिनट हमारे शरीर में रसायनों के हानिकारक स्तर को घंटों तक बढ़ा सकते हैं। हम ऐसा क्यों करते हैं? हम अपने आप को बेक़ाबू होने की अनुमति क्यों देते हैं? हम ऐसा इसलिए करते हैं; क्योंकि हमने सोचा था कि इस प्रकार रहना ठीक है। बड़े होते समय हमने अपरिपक्वता के अतिम अवशेष को पूरी तरह से नहीं हटाया था।

हमने अपने बचपन की कुछ नकारात्मक व्यवहार शैलियों को अपने साथ बनाए रखा, ताकि जब चीज़ें हमारे मनचाहे ढंग से न हों, तो हम उन्हें दोबारा ला सकें। व्यवसायों में मैंने प्रायः कुछ संतुलित लोगों (संचालक मंडल के चेयरमैन से लेकर पहली बार बने सेक्रेटरी तक) को देखा है, जिन्होंने पल-भर के लिए अपनी बुद्धिमानी को खिड़की से बाहर फेंक दिया था; क्योंकि उन्हें अपना जीवन उस समय वैसा नहीं लग रहा था, जैसा वे उसे देखना चाहते थे।

हम सभी बहुत मानवीय होते हैं, लेकन हमें कोई नहीं रोकता कि हम इक्का-दुक्का मानवीय कमज़ोरियों से उबरकर भीड़ से ऊपर उठ जाएँ। यदि आपके आस-पास के लोग स्थितियों और परिवर्तनों से नियंत्रित होने का चुनाव करते हैं, तो शायद आप इस बारे में अधिक कुछ नहीं कर सकते। लेकिन आप अपने बारे में कुछ अवश्य कर *सकते* हैं। आप अपने सामने की प्रत्येक स्थिति, प्रत्येक उस अप्रत्याशित परिस्थिति से (जिसे आप बदल नहीं सकते या नियंत्रित नहीं कर सकते) कैसे निबटते हैं।

हम सभी के पास दर्जनों चीज़ें हैं - हमारे काम में, हमारे व्यक्तिगत जीवन में, घर पर, स्कूल में, अपने दोस्तों के साथ, उन नियमों के साथ, जिनके अनुरूप हम जीते हैं, हमें नियंत्रित करने वाले व्यक्तियों के साथ, अपना समय व्यतीत करने के ढंग के साथ यानी अपने बारे में प्रत्येक चीज़, जिसे हम बदलना चाहते हैं।

चेतन क्रियाएँ या अनियंत्रित प्रतिक्रियाएँ

हम उन चीज़ों पर कैसी प्रतिक्रिया करते हैं, जिनके बारे में हम कुछ नहीं कर सकते? यह हमारे स्वरूप के वैयक्तिक एहसास और हमारे मन तथा स्वयं का प्रबंधन इस प्रकार करने की हमारी योग्यता और शांति के साथ शिखर पर रखे हमारे आत्म-नियंत्रण की सबसे सच्ची परीक्षा होगी। यह परिपक्वता का भाग है। यही है प्रतिदिन अपने लिए उत्तरदायित्व लेना और जीना।

मैं प्रायः हैरान होता हूँ कि कितने लोग लगातार उन चीज़ों को लेकर शिकायत करते रहते हैं, जिनके बारे में वे कुछ नहीं कर सकते। हम प्रायः किसी न किसी को *मौसम* जैसी पूरी तरह नियंत्रण से बाहर की चीज़ की शिकायत करते सुनते हैं। हम सभी किसी न किसी को जानते होंगे, जो बारिश या बादलों भरे आसमान के कारण अपना पूरा दिन बर्बाद कर लेता है। मौसम बिल्कुल वही करता है, जो वह करना चाहता है। सबसे बुलंद शिकायत भी इसे नहीं बदल सकती। हमारे नियंत्रण के बाहर की किसी चीज़ के बारे में शिकायत करना न केवल मूर्खता है, बल्कि शिकायत करने में हम जिस नकारात्मक आत्म-चर्चा का प्रयोग करते हैं, उसका इस बात पर सीधा प्रभाव होता है कि हम मानसिक *और* शारीरिक रूप से उस दिन कैसे कार्य करते हैं।

प्रायः स्थिति की वास्तविकता को पहचानना कहीं अधिक आसान और स्वस्थ ढंग है। यह कहीं अधिक आसान होता है कि हम इसे स्वीकार करने और इसका आनंद लेने के लिए आत्म-चर्चा का प्रयोग करें। बारिश तो वैसे भी होगी ही। इसे भिन्न दृष्टिकोण से देखने का प्रयास करें। अपने आप को आत्म-चर्चा के कुछ ऐसे शब्द दें, जो कम से कम उस दिन आपके अवचेतन और चेतन मन को भिन्न दृष्टिकोण से परिस्थितियों को देखने के लिए निर्देशित करें।

> *आज बारिश हो रही है और यह मेरे लिए अच्छा है। मेरा दिन बेहतरीन होने वाला है और थोड़ी सी बारिश मुझे रोक नहीं सकती।*

इस बारे में चिकित्सकीय और वैज्ञानिक प्रमाण बढ़ते जा रहे हैं, जो हमें बताते हैं कि "अच्छा दृष्टिकोण रखने" जैसी आसान चीज़ केवल एक

अच्छा विचार ही नहीं है, बल्कि उससे भी कहीं अधिक शक्तिशाली है।

हम बरसों से जानते हैं कि मानसिकता अच्छी रहने पर चीज़ें हमारे लिए अधिक अच्छी तरह काम करती हैं, लेकिन अब हम यह भी जानते हैं कि सही "मानसिकता" जैसी सामान्य चीज़ एक मानसिक और जीववैज्ञानिक चेन रिएक्शन में अपनी भूमिका निभाती है, जिसमें इस बात का प्रत्येक पहलू शामिल होता है कि हम अपने पूरे जीवन में और हर क्षण *क्या* हैं और *कौन* हैं?

न्यूरोसाइंस के क्षेत्र में हुए शोध से पता चलता है कि विचार, मनोदशाएँ, दृष्टिकोण और क्रियाएँ आदि बातें हमारी मानसिक और शारीरिक केमिस्ट्री में हमारे अनुमान से कहीं अधिक महत्वपूर्ण भूमिका निभाती हैं। वैज्ञानिक शोध के इस क्षेत्र के लाभ प्राप्त करने वालों के लिए, यानी हमारे लिए निष्कर्ष आश्चर्यजनक हो सकते हैं। कुछ आकस्मिक विचार हमारी कल्पना से कहीं अधिक महत्वपूर्ण हैं।

हमारा जीववैज्ञानिक परिवेश, हमारी शारीरिक संरचना और स्वास्थ्य, हमारी मानसिक अवस्था को प्रभावित करते हैं। हमारा आंतरिक जीववैज्ञानिक परिवेश जितनी बेहतर स्थिति में होता है, हम उतना ही बेहतर सोचते और कार्य करते हैं, परंतु इसका विपरीत भी सत्य है। हम जितने उत्पादक ढंग से सोचते हैं, हम अपने आप को भावनात्मक एवं शारीरिक दृष्टि से उतने ही अधिक सकारात्मक ढंग से प्रभावित करते हैं।

परिस्थिति चक्र

उदाहरण के लिए, आपका दिन "अच्छा" व्यतीत होने वाला है, अपने आप को यह बताने से आपको न केवल मानसिक रूप से विश्वास करने में सहायता मिलती है, बल्कि मस्तिष्क के रासायनिक/इलेक्ट्रिकल ट्रिगर्स भी सक्रिय हो जाते हैं, जो आपकी मानसिक अवस्था को प्रभावित करते हैं, आपके शरीर पर प्रभाव डालते हैं और इस बात पर भी प्रभाव डालते हैं कि आप कैसे सोचते हैं।

विचार, भावनात्मक प्रतिक्रिया, शारीरिक प्रतिक्रिया, विचार आदि (जब तक कि कोई चीज़ इस चक्र को तोड़ या बदल न दे) यह एक स्वयं

पूरा होने वाला चक्र है। इसीलिए सुबह-सुबह होने वाली कोई नकरात्मक घटना ऐसी प्रतिक्रिया उत्पन्न कर सकती है, जिसे यदि न रोका जाए, तो यह दिन-भर में होने वाली प्रत्येक चीज़ को प्रभावित कर सकती है। यह हमारी ऊर्जा, हमारे उत्साह, हमारी शक्ति और हमारे मनोबल को भी प्रभावित कर सकती है।

इससे यह निष्कर्ष निकलता है कि यदि आप किसी एक घटना को नकारात्मक चक्र का पहला क़दम उत्पन्न करने की अनुमति दे दें, तो आप किसी पूरे दिन को बिगड़ते देख सकते हैं। यह नकारात्मक चक्र किसी समस्या या घटना द्वारा उत्पन्न नहीं होता, हाँ, ऐसा दिखता अवश्य है। यह चक्र इस बात से आरंभ होता है कि आप समस्या पर कैसी *प्रतिक्रिया* करते हैं।

इसीलिए दैनिक जीवन की सामान्य चिढ़ाने वाली घटनाओं या उन चीज़ों के बारे में, जिनके संबंध में आप कुछ नहीं कर सकते, शिकायत करना या "हताश" होना शारीरिक या मानसिक रूप से व्यावहारिक नहीं है। इसकी अपेक्षा आप कुछ ही पलों में उनके बारे में अपना एहसास बदल *सकते* हैं। *नकारात्मक* चक्र की अपेक्षा आप जब चाहें एक *सकारात्मक* चक्र उत्पन्न कर सकते हैं। हममें से अधिकतर लोगों के लिए सकारात्मक चक्र बनाना दिन को अच्छी तरह व्यतीत करने का कहीं अधिक आनंददायक तरीक़ा है।

हम सभी ऐसे लोगों से भी मिल चुके हैं, जो दुखी होने पर भी आनंदित दिखाई देते हैं। चाहे उनके लिए चीज़ें कितनी भी अच्छी दिख रही हों, वे दुखी महसूस करने के लिए कोई न कोई चीज़ खोज ही लेंगे। सौभाग्य से हममें से अधिकांश लोग अच्छा महसूस करना चाहते हैं। हम अप्रसन्न होने की अपेक्षा प्रसन्न रहना चाहते हैं। हम बुरे की अपेक्षा अच्छा अनुभव करना चाहते हैं और सच्चाई यह है कि कोई भी किसी भी समय अपनी इच्छानुसार प्रसन्नता अथवा अप्रसन्नता अनुभव कर सकता है, नियंत्रण में या नियंत्रण के बाहर अनुभव कर सकता है। आपकी आंतरिक आत्म-चर्चा आने वाली प्रत्येक स्थिति का जादुई समाधान नहीं है, लेकिन यह अधिक वास्तविक और प्रभावी ढंग से आपको नियंत्रण में रख सकती है तथा स्थिति से निबटने की अनुमति दे सकती है।

हमें यह आशा नहीं करनी चाहिए कि हमारे चेहरे पर पूरे दिन मुस्कान बनी रहेगी। लेकिन मुझे लगता है कि हम सभी थोड़ा अधिक (शायद बहुत अधिक) मुस्कुराकर जीवन को कहीं अधिक बेहतर बना सकते हैं।

सर्वश्रेष्ठ से कम को *सर्वश्रेष्ठ* बनाना

कई बार हमारे सामने ऐसी स्थितियाँ आ जाती हैं, जो बहुत सामान्य होती हैं, लेकिन उनमें परम आनंद नहीं भरा होता। यदि आप कभी अपने किसी बच्चे को रात के ग्यारह बजे आपातकालीन कक्ष में ले गए हों और तीन घंटे बाद उसे सोलह टाँके लगे हों तथा आपके बैंक अकाउंट से कई सौ डॉलर कम हो गए हों, तो आप समझ सकते हैं कि मैं क्या कहना चाहता हूँ।

यदि आपके साथ ऐसा हुआ हो, तो कल्पना करें कि आपके दिमाग़ में क्या चल रहा होगा। भले ही चोट गंभीर न हो, लेकिन आप चिंतित अवश्य होंगे। जब बच्चा चोट के साथ दौड़ता हुआ आया होगा, तो आप जो भी काम कर रहे थे, उसमें तत्काल व्यवधान पड़ा होगा और आपने शायद आपातकालीन कक्ष के प्रतीक्षा हॉल में एक-दो घंटे प्रतीक्षा भी की होगी। यह किसी सुंदर दिन का आदर्श अंत तो नहीं होगा।

यदि आपके साथ ऐसा होता, तो आप कैसा महसूस करते? इस बात की अधिक संभावना है कि उस समय आपकी भावनाएँ क्रोध, चिंता और विशुद्ध तनाव के मध्य रही होतीं।

उस समय आप अपने आप से जो कहते हैं, वह आपकी मानसिकता को प्रभावित करता है। आप उस स्थिति को महसूस करते हैं और अपने आप को भी कितनी अच्छी तरह सँभालते हैं। आपका बेटा या बेटी कितनी जल्दी स्वास्थ्य लाभ करता है, यह डॉक्टर और आपके प्रोत्साहन के शब्दों पर निर्भर करता है। आप कितने ठीक रहते हैं, यह पूरी तरह आप पर निर्भर करता है। यदि आप नियंत्रण में रहने का निर्णय लेते हैं, तो अपने आप से भी सही ढंग से बात करेंगे- तत्काल, सीधे, यथार्थवादी और सकारात्मक ढंग से।

परिस्थितिजन्य आत्म-चर्चा आपसे यह आशा नहीं करती कि आप प्रत्येक बुरी स्थिति को तुरंत अच्छी स्थिति में बदल दें। यह तो आपको चेतन रूप से किसी भी स्थिति में सर्वश्रेष्ठ संभावना प्रदान करती है। यह आपको नियंत्रण में रखती है और आने वाली किसी भी स्थिति में आपको सर्वश्रेष्ठ स्तर पर कार्य करने की अनुमति देती है।

क्या आप कभी अकेले कार चलाकर जा रहे थे और आपका टायर पंचर हो गया था? मैं शर्त लगाता हूँ कि इसके बाद जो आत्म-चर्चा होती है, वह प्रायः सर्वश्रेष्ठ नहीं हो सकती।

यदि आपके पास अतिरिक्त टायर है और आप उसे बदल सकते हैं, तो आप कार एक ओर खड़ी करते हैं, बाहर निकलते हैं, और टायर को खींचकर ज़मीन पर उतारते हैं, फिर जैक खोजते हैं और किसी छिपी हुई जगह से उसे निकालते हैं, कार को जैक पर चढ़ाते हैं, नट खोलते हैं और पहियों से नट खोलने के लिए शारीरिक व शाब्दिक दोनों ढंग से जूझते हैं, पहिया लगाते हैं, नट कसते हैं और कार में बैठकर पुनः अपनी राह पर चल पड़ते हैं।

जब आप कार चलाकर जाते हैं, तो अपनी पैंट, पोशाक या सूट कोट पर लगे गंदे निशान साफ़ करने की कोशिश भी करते हैं। संयोग से इस घटना के समय आप टायर बदलने वाले कपड़े नहीं पहने थे।

जिस पल टायर पंचर होता है, उसके कुछ समय बाद तक शायद लंबे समय तक, जो आत्म-चर्चा होती है, वह या तो हमें नियंत्रण में लाती है और हमारे मनोबल को बनाए रखती है अथवा इस जैसी परिस्थिति में जो होता है, अर्थात हमारे अपने शब्द, हमारे अपने ही विचार समस्या को और दुःखद बना देते हैं।

प्रायः जब चीज़ें गड़बड़ होती हैं, तो जो शब्द हम अपने आप से कहते हैं, वे समस्या को बेहतर बनाने या सुलझाने में सहायता करने की अपेक्षा उसे विकराल करने में ही *सहयोग* करते हैं। यदि आप इस बारे में सोचें, तो क्या आपने सड़क किनारे ऐसे टायर बदलने वाले किसी व्यक्ति को ख़ुशी से सीटी बजाते या कोई धुन गुनगुनाते अथवा मुस्कुराते हुए देखा है?

आपके दिन को बिगाड़ने या *सँवारने* वाले अंतहीन अवसर

ऐसी अनेक चीज़ें हैं, तो हमें विचलित कर सकती हैं। प्रतिदिन अंतहीन बाधाएँ और आशंकाएँ हमारे सामने उपस्थित होती हैं, जो हमें विचलित कर सकती हैं, क्रोधित कर सकती हैं या भटका सकती हैं। जो दैनिक घटनाएँ हममें से कुछ के जीवन में होती हैं, उनकी सूची लगभग अंतहीन है। यदि उनमें से केवल एक-दो ही आपके साथ घटित हो जाएँ, तो ग़लत क़िस्म की आत्म-चर्चा करके आप भटक सकते हैं। यदि कुंठा बड़ी है, तो उससे आपका पूरा दिन भी बर्बाद हो सकता है।

हो सकता है कि परिस्थितिजन्य आत्म-चर्चा से समस्या न बदले, लेकिन यदि आवश्यकता पड़ने पर इसका प्रयोग चेतन रूप से और तुरंत किया जाए, तो इससे आपकी प्रतिक्रिया बदल सकती है। आप उस समस्या पर उस समय और शेष दिन कैसी प्रतिक्रिया करते हैं, यह भी बदल जाता है। इनमें से कुछ स्थितियाँ तो अत्यंत महत्वपूर्ण होती हैं, परंतु कुछ तो इतनी छोटी होती हैं कि यह समझना कठिन होता है कि वे हमें विचलित कैसे कर सकती हैं। उन सभी में समान बात यह होती है कि हम उन पर एक ही जैसी प्रतिक्रिया करते हैं।

वे स्थितियाँ बहस, कुंठाओं, चिंता, तनाव और बुरे दिनों के कारण बन जाती हैं और वे छोटी-बड़ी कैसी भी हो सकती हैं - टोस्ट जल गया, हवाई जहाज़ लेट है, बॉस आपको परेशान कर रहा है, आपका बच्चा बुरा रिपोर्ट कार्ड लेकर घर आए, आप अभी आधे ही नहाए थे कि गर्म पानी ख़त्म हो गया, आपके प्रिय टेलीविज़न कार्यक्रम में बाधा आ गई, आपको ऑफ़िस के लिए देर हो गई और आप पहनने के लिए सही कपड़े नहीं खोज पाते हैं, आपका प्रमोशन नहीं हुआ, आदि, आदि। जो चीज़ें गड़बड़ हुई हैं, क्या वे वास्तव में इतनी बुरी हैं ? हमारे अवचेतन मन के लिए वे उतनी ही बुरी होती हैं, जितना हम उन्हें मानते हैं या जैसा हम स्वयं को बताते है कि वे हैं।

जब आपको पंक्ति में खड़े होकर प्रतीक्षा करनी पड़ती है, तब अनावश्यक रूप से विचलित होने और इस प्रकार एक नकारात्मक चक्र आरंभ करने की अपेक्षा अपने आप से कुछ भिन्न कहने का अभ्यास करें। "मुझे पंक्ति में खड़े होने से घृणा है," यह सोचने की अपेक्षा अपनी

आत्म-चर्चा को बदलना भी उतना ही आसान होता है, जिससे अपना दृष्टिकोण बदल लें। यदि आपको इसके कारगर होने पर शंका हो, तो अगली बार मौक़ा पड़ने पर यह कहकर देखें:

> *मुझे पंक्ति में खड़े होने में कोई कठिनाई नहीं होती। मैं यहाँ हूँ और वही कर रहा हूँ, जो मुझे करना चाहिए। पंक्ति में खड़े होने से मुझे कोई तकलीफ़ नहीं है और मैं सचमुच ऐसी चीज़ों को पसंद करता हूँ।*

मैं कुछ लोगों को जानता हूँ, जो किसी को टेलीफ़ोन करते समय वॉइस-मेल सुनकर चिढ़ जाते हैं। "मुझे वॉइस-मेल से घृणा है" यह वह प्रोग्राम है, जिस पर विश्वास की आदत हो गई है। वास्तव में, आन्सरिंग मशीन इतनी बुरी नहीं होतीं। वे संपर्क में उस समय अनेक लोगों की सहायता करती हैं, जब आप फ़ोन के आस-पास नहीं रह सकते। इस मशीन की बदौलत यह संभव होता है कि हम कोई दूसरा काम कर लें और फ़ोन से पूरी तरह दूर भी न रहें। हम यह निर्णय ले सकते हैं कि वे हमें विचलित करती हैं या वे इस सदी की टेक्नोलॉजी का हिस्सा हैं। हम उन्हें स्वीकार करने का निर्णय ले सकते हैं और उन्हें ठीक मान सकते हैं, अन्यथा प्रायः फ़ोन का उत्तर ही नहीं मिलेगा।

आपको रिकॉर्डेड संदेश सुनना पसंद नहीं है, स्वयं से यह कहने के बाद भी लोग उनका प्रयोग करने से बाज़ नहीं आएँगे। इस स्थिति को तुरंत नहीं बदला जा सकता। आप अपनी प्रतिक्रिया को बदल सकते हैं, "मुझे प्रसन्नता है कि मुझे संदेश छोड़ने का अवसर मिला।"

यह जैसा है, वैसा ही है

स्थिति चाहे जो हो, इससे कोई फ़र्क़ नहीं पड़ता कि वह आपको पसंद है या नहीं। यदि कोई स्थिति है, तो वह *वही है*!

मैं ऐसे लोगों को जानता हूँ, जिन्हें कार चलाते समय या उसमें बैठते समय सीट बेल्ट बाँधना पसंद नहीं होता। इसके लिए वे हर संभव कारण गिनाते रहते हैं कि उन्हें सीट बेल्ट क्यों नहीं बाँधनी चाहिए। कुछ कारण ऐसे होते हैं - सीट बेल्ट बाँधने से उनके कपड़ों पर सलवटें आ

जाती हैं या वे बहुत असहज हो जाते हैं अथवा वे यह कहने से भी नहीं चूकते हैं कि सीट बेल्ट बाँधना क़ानून तो नहीं, वैकल्पिक होना चाहिए। आप गाड़ी चला रहे हों, तो आपके पास सीट बेल्ट बाँधने या न बाँधने का विकल्प होता है। लेकिन यदि आप नियमों का अनुसरण करना चाहते हैं, तो आपके पास स्वयं को बताने का यह विकल्प होता है कि आपके हिसाब से वे कितने झंझट का काम है या उनसे आपको ज़रा भी तकलीफ़ नहीं होती। वे दैनिक शिकायतों का विषय भी बन सकते हैं अथवा सुरक्षा तकनीक से अधिक भी कुछ नहीं हो सकते। इसे दूसरा, नकारात्मक विचार देने की कोई आवश्यकता नहीं होती।

जिस प्रकार परिस्थितिजन्य आत्म-चर्चा छोटी-छोटी असुविधाओं के लिए कारगर सिद्ध होती है, उसी प्रकार यह अधिक महत्वपूर्ण परिस्थितियों में भी कारगर सिद्ध होती है। उदाहरणार्थ, यह आपकी आमदनी और पेशेवर विकास को सीधे प्रभावित करती हैं। कॉरपोरेशंस और कंपनियों के साथ काम करते समय मैं कंपनी के प्रत्येक स्तर के कर्मचारियों के शिकवे-शिकायतें सुनता हूँ। उनमें से अधिकतर लोग उन चीज़ों को लेकर असंतोष प्रकट करते हैं, जिनके बारे में वे कुछ नहीं कर सकते। यह कंपनी की नीति, कोई सरकारी नियम या किसी मैनेजर का काम हो सकता है, जो किसी सामान्य व्यावसायिक दिन का एक हिस्सा होते हैं।

सकारात्मक आत्म-चर्चाकार व्यक्ति व्यवसाय की अपरिवर्तनीय सच्चाइयों को जल्दी ही पहचानना सीख लेता है। वह न केवल उनका सर्वश्रेष्ठ दोहन करता है, बल्कि वह कंपनी को आगे बढ़ाने में भी व्यस्त हो जाता है, ताकि उसे काम करने के लिए अच्छी जगह और अपने करियर को आगे बढ़ाने का अवसर मिल सके। कारोबारी परिवेश में कई वर्ष गुज़ारने के बाद मैं ऐसी किसी पुस्तक के कई अध्याय लिख सकता हूँ, जिनमें हमारी नौकरी और करियर में व्यक्तिगत दृष्टिकोण की बाधाओं से उबरने तथा उत्पादकता बढ़ाने में आत्म-चर्चा का प्रयोग करने की तकनीकों व उपायों का ज़िक्र हो। ज़रा कल्पना करें कि प्रतिदिन दृष्टिकोण में छोटे-छोटे परिवर्तन करने से हमारी नौकरी पर कितना प्रभाव पड़ सकता है।

मैंने कभी उन छोटी-बड़ी समस्याओं और परेशानियों की संख्या का

अनुमान लगाने का प्रयास नहीं किया है, जिनका सामना कोई साधारण व्यक्ति एक महीने या एक वर्ष में करता है। उनके बारे में सोचने की आवश्यकता ही क्या है, हमारे पास अपनी ही अनेक समस्याएँ हैं। आपको अंदाज़ा देने के लिए यहाँ मैंने कुछ उदाहरण दिए हैं। मुझे विश्वास है कि अब तक आपने अपने उदाहरण भी सोच लिए होंगे। राह में आड़े आने वाली दिन की किसी भी बात के बारे में सोचें, वह परिस्थितिजन्य आत्म-चर्चा का प्रयोग करने का अवसर ही होगी।

कभी-कभी हमारे आस-पास के लोग राज़ी करने वाली किसी तकनीक का प्रयोग करेंगे, ताकि हम सही दिशा में सोचने लगें। मुझे एक चालाक दुल्हन की कहानी याद आ रही है, जो अपने पति की नई स्पोर्ट्स कार में डेंट लगा लाई थी। पति को कार पर गर्व था और वह उसे जान से अधिक प्यार करता था। पत्नी भी जानती थी कि पेंट पर हलकी सी खरोंच भी घर में भूचाल ले आएगी। जब वह घर लौटी, तो यह चीख़ती हुई घर में घुसी, "अभी-अभी मैंने बहुत भयानक दुर्घटना कर दी है और तुम्हारी कार बर्बाद हो गई है।" पति तुरंत पत्नी की सुरक्षा को लेकर चिंतित हो गया। जब पत्नी ने रोते-रोते उसे बताया कि उसे खरोंच तक नहीं आई है, तो पति ने राहत की साँस ली।

पत्नी की सेहत की चिंता और कार को हुए नुक़सान के दुःख के बारे में सोचते हुए पति ने पत्नी से पूछा कि कार अभी कहाँ है। पत्नी ने स्वयं को शांत करने का प्रयास करते हुए कहा, "बाहर खड़ी है।" पति चिंतित था और डरा हुआ था। उसने पत्नी के कंधे को धीरे से दबाया और वे दोनों बाहर गए, ताकि उसकी नई चमचमाती कार के कुचले हुए हिस्से को देख सकें। जब पति ने छोटा सा डेंट देखा, तो उसका डर प्रसन्नता के उल्लास में बदल गया था। वह कह उठा, "यह तो कुछ भी नहीं है। मुझे तो इस बात की प्रसन्नता है कि तुम्हें चोट नहीं लगी। हम इसे ठीक करवा सकते हैं। यह देखो, यह छोटा सा डेंट ही तो है। यह तो दिखता भी नहीं है!"

अब यदि पत्नी घर में घुसते ही यह घोषणा करती, "मैंने अभी-अभी तुम्हारी कार में डेंट लगा दिया है," तो पति की प्रतिक्रिया कुछ अलग होती। मुझे लगता है कि तब उस शाम उसकी आत्म-चर्चा में राहत

और धन्यवाद के विचार नहीं होते। इस उदाहरण में नई दुल्हन ने अपने पति को काफ़ी अच्छी तरह समझ लिया था, उसने अपने पति के लिए उसकी आत्म-चर्चा तय कर दी। प्रायः हमारी आत्म-चर्चा इतनी अच्छी तरह तय नहीं होती। हमें अपनी आत्म-चर्चा खोजनी होती है और अपनी देखभाल स्वयं करनी होती है।

यदि पति को सकारात्मक आत्म-चर्चा की आदत होती और वह इसका अभ्यस्त होता, तो उसकी पत्नी समस्या के प्रति अधिक प्रत्यक्ष नीति का प्रयोग कर सकती थी। यहाँ महत्वपूर्ण बिंदु यह है कि स्थिति के अनुसार हमारी प्रतिक्रियाएँ हमारी मान्यताओं पर आधारित होती हैं। हम चेतन या अवचेतन रूप से आत्म-चर्चा करते हैं। बाद में पता चला, मुद्‌दा फ़ेंडर में लगा डेंट नहीं था। मुद्‌दा तो पति का दृष्टिकोण था।

अगली स्थिति प्रतिक्रिया करने का अवसर है

हममें से प्रत्येक व्यक्ति मन ही मन जिस स्थिति को अपनाता है, हमेशा उसी से तय होता है कि हम कैसे प्रतिक्रिया करते हैं, चाहे सामने आने वाली घटना कैसी भी हो। यदि ट्रैफ़िक में अटकने से आपका ब्लड प्रेशर उछाल मारने लगता है, तो क्या यह सही नहीं रहेगा कि आप अपने आप पर नियंत्रण करें?

यदि अतीत में आपको कुछ बातों पर तनाव होता था, तो आप उन्हें अपनी राह में आने से रोक सकते हैं। यदि आपने "जीवन के विवरणों" या दैनिक जीवन की स्वाभाविक घटनाओं को यह अनुमति दे रखी है कि वे नकारात्मक रूप से आपको प्रभावित करें, विचलित करें, राह से भटकाएँ अथवा आपके दिन को बर्बाद करें, तो आप उसे बदल सकते हैं और यह काम आप कभी भी आरंभ कर सकते हैं।

यदि पैदा होते समय हममें से प्रत्येक को ऊर्जा से भरा एक जार दे दिया जाता और हम उसका प्रयोग मनचाहे ढंग से कर सकते, तो हममें से अधिकतर लोग अपनी ऊर्जा का प्रयोग सार्थक एवं स्वस्थ ढंग से करते। मुझे विश्वास है कि हम ऐसा ही पसंद करते। यदि आप इसी समय यह चुन सकते कि आपके पास जितनी ऊर्जा बची है, आप उसका

प्रयोग किस प्रकार करें, तो आप क्या करते? क्या आप उसे क्रोध, शिकायतों और जीवन की गौण असंतुष्टियों में व्यर्थ बहा देते? या यदि आपके पास उसकी सीमित मात्रा ही होती, तो आप उसका प्रयोग सावधानी से करते, उसे उन विचारों और कामों में लगाते, जिनसे आपको संतुष्टि और मानसिक शांति मिल रही होती?

हममें से प्रत्येक को पैदा होने वाले दिन ही वह ऊर्जा दे दी गई थी (विद्युत रासायनिक ऊर्जा के ऐसे छोटे-छोटे हिस्से) जो हमारे मस्तिष्क में महत्वपूर्ण संदेशों की ख़ुराक़ देते हैं। एक दिन, जब ऊर्जा का जार ख़ाली हो जाएगा, तो वे विचार मिलकर हमारे द्वारा जीवन में की गई प्रत्येक सार्थक चीज़ का योग बनाएँगे। हमारे विचार हमारे ख़ज़ाने के सोने के सिक्के हैं और उनमें से प्रत्येक अपने आप में मूल्यवान है। ऐसे विचार हैं, जिनका प्रयोग हम अपने ढंग से कर सकते हैं। जब हम उन छोटे एवं ऊर्जावान विचारों में से प्रत्येक के अविश्वसनीय महत्व को पहचान लेते हैं, तो हम उन्हें लापरवाही से क्यों उछालना चाहेंगे, उन्हें बर्बाद क्यों करना चाहेंगे और उनमें से प्रत्येक से अधिकतम लाभ क्यों नहीं लेना चाहेंगे?

अगली बार जब किसी प्रकार की समस्या उत्पन्न हो, तो ध्यान करें कि उस पर आपकी प्रतिक्रिया कैसी रहती है। यदि आप अपने आप को परिपक्व और सक्षम व्यक्ति मानते हैं, स्वयं को नियंत्रण में मानते हैं, तो अपने विचारों की *बागडोर थाम लें*। केवल तभी नहीं, जब यह आपको अच्छा लगे और चीज़ें अच्छी तरह हों। जीवन की छुटपुट असुविधाओं के सामने हार मानकर अपने मस्तिष्क की शक्ति को नष्ट न करें। उस ऊर्जा का प्रयोग किसी अच्छी चीज़ के लिए करें! उसे सही दिशा में मोड़ें, उसे नियंत्रित करें, एकाग्र करें तथा अपने आप को वे शब्द और दिशाएँ दें, जो आपको नियंत्रण में रखें। यह कठिन नहीं है और सदा किए जाने योग्य है।

अध्याय इक्कीस

आरंभ करना

मैंने देखा है कि आत्म-चर्चा के बारे में सीखने और इसके प्रयोग को समझने के बाद लोग प्रायः तीन श्रेणियों में बँट जाते हैं :

अ. वे लोग, जो सक्रियता से आत्म-चर्चा के सिद्धांतों का पालन करने की योजना में जुट जाते हैं। वे समर्पण और आशा के साथ आत्म-चर्चा के अपने नए रूप के प्रयोग की संभावनाओं को टटोलते हैं और इसे अपने लक्ष्यों एवं उपलब्धि की राह का चेतन व सक्रिय हिस्सा बना लेते हैं।

ब. वे लोग, जो आत्म-चर्चा के बुनियादी सिद्धांतों को स्वीकार तो करते हैं, परंतु उन्हें अपने जीवन में कभी-कभार ही अनिश्चित ढंग से उतारते हैं। वे आत्म-चर्चा की अवधारणाओं को लागू तो करते हैं, लेकिन उन्हें विकसित करने के लिए सक्रिय श्रम नहीं करते। इसकी अपेक्षा वे जहाँ उपयुक्त समझते हैं, उन्हें लागू करके काम करने देते हैं।

स. जो इस बारे में कुछ भी नहीं करते और इससे कोई लाभ नहीं उठाते।

यदि आप पहली दो श्रेणियों में से किसी एक में हैं, तो मैं कुछ सुझाव देना चाहूँगा। ये सुझाव आत्म-चर्चा के उन सिद्धांतों से अधिकतम लाभ लेने में आपकी सहायता करेंगे, जिन पर हमने बातचीत की है। ऐसा इसलिए; क्योंकि आप जानते हैं कि किसी चीज़ को सीखना एक बात है और सीखी हुई चीज़ पर काम करना दूसरी बात है।

आइए, मान लेते हैं कि आपके मस्तिष्क का एक हिस्सा यह चाहता है कि आप आगे बढ़ें और उच्च स्तर पर पहुँचे- बाह्य संसार में भी और अपने भीतर भी। ऐसी स्थिति में आप आत्म-चर्चा के अनुसार बहुत कुछ कर सकते हैं और इसे अभी आरंभ कर सकते हैं। क़दम उठाने होंगे। कुछ परिश्रम करना होगा। आप चाहे उनमें से किसी एक को उठाएँ अथवा सभी को, प्रयास करेंगे, तो आपको अवश्य लाभ होगा।

कुछ व्यावहारिक क़दम

जैसा पहले कहा गया है, यदि आत्म-विकास करने वाली कोई चीज़ सरल नहीं है, तो वह कारगर भी नहीं होगी। मैं इन क़दमों को अधिकाधिक सरल और व्यावहारिक रखूँगा। कोई भी आपसे एक दिन में पहाड़ हटाने की उम्मीद नहीं करता, लेकिन जो भी आपकी चिंता करता है, वह आपसे हाथ पर हाथ धरकर बैठने और कुछ न करने की उम्मीद भी नहीं करता। इसलिए मैं कुछ क़दम चलने का सुझाव दूँगा।

यदि आप उनमें से किसी का भी अनुसरण नहीं करते हैं, तो आपके परिणाम बहुत कमतर होंगे। यदि आप अपने सर्वश्रेष्ठ प्रयास करते हैं और व्यक्तिगत उत्साह तथा संकल्प भी उसमें जोड़ देते हैं, तो आप जीवन में नए और रोमांचक अभियान रच लेंगे। आप नए द्वार खोलेंगे, नए अवसर खोजेंगे, नई चुनौतियों को जीतेंगे और नए पुरस्कार प्राप्त करेंगे। आप ऐसी चीज़ें प्राप्त करेंगे, जिनके सपने बहुत कम लोगों ने देखे हैं। आप ऐसे काम करेंगे, जो दूसरा कोई आपके लिए कभी नहीं कर सकता।

यदि आप सफलता के विद्यार्थी रहे हैं, तो ये शब्द आपको परिचित लगेंगे। वे गुरुओं और प्रेरक व्यक्तियों के वादों की गूँज होते हैं। यदि आप उनके सिस्टम पर चलें और उनकी विजेता तकनीकों का प्रयोग करें (भले ही प्रेरणा तथा सफलता अल्पकालीन हो) तो वे आपको सफलता की प्रेरणा प्रदान करते हैं। आत्म-चर्चा का प्रयोग करना सीखने से बहुत बड़ा फ़र्क़ पड़ता है।

मैं आपको कुछ व्यावहारिक विचार दूँगा और आप उन्हें जाँच

सकते हैं। लेकिन मैं आपको सफलता की कोई अंतिम प्रणाली प्रदान नहीं करूँगा। वह आपको कोई भी नहीं दे सकता। वह तो आपको अपने आप ही प्राप्त करना होता है। मैं केवल यह सुझाव देता हूँ कि आप अपने पर्सनल मानसिक कंप्यूटर का नियंत्रण दोबारा अपने हाथ में ले लें। की-बोर्ड दोबारा ले लें, अपनी प्रोग्रामिंग अपने आप करें, अपने चुने हुए साँचे में जीवन को ढालें और परिणामों को इस सुरक्षित ज्ञान के साथ स्वीकार करें कि उन्हें आपने ही उत्पन्न किया है।

जब आप दिशाएँ बदलना आरंभ करते हैं, तो जो विचार आप अपने अवचेतन मन को देते हैं, उनके माध्यम से आप नियंत्रण अपने हाथ में ले रहे होते हैं। यदि आप इसमें जुटे रहते हैं, तो आप अपने वास्तविक स्वरूप में आ जाएँगे। कोई दूसरा आपके वास्तविक स्वरूप को आपसे कभी नहीं छीन सके गा।

आत्म–निर्देशन के प्रभाव

पिछले कुछ वर्षों में मुझे बहुत से ऐसे व्यक्तियों को जानने का अवसर प्राप्त हुआ है, जिन्होंने सही ढंग से आत्म-चर्चा करने का महत्व सीखा है। वे आश्चर्यजनक लोग हैं। उनमें से कई की शुरुआत छोटी रही है, लेकिन आज उनके जीवन आत्म-प्रत्यक्षीकरण के आश्चर्यजनक परिणामों के प्रमाण हैं।

वे मेरी जान-पहचान के सबसे स्वाभाविक सफल व्यक्ति बन चुके हैं। करियर अथबा जीवन में उनकी भूमिका जो भी हो, वे दूसरों से हटकर खड़े दिखाई देते हैं। वे आत्मविश्वास के बारे में केवल बात नहीं करते, वे इसे संचारित करते हैं। उन्हें अपनी सफलता का प्रदर्शन करने की आवश्यकता नहीं होती है, वे इसे जीते हैं। वे *परवाह* करने का नाटक नहीं करते, वे वास्तव में परवा करते हैं। उनमें से प्रत्येक अपने ढंग से संसार को कुछ अधिक अच्छा बनाने में अपनी भूमिका निभा रहा है। मैंने प्रायः सोचा है कि यदि उन जैसे अन्य लोग भी होते, तो हम सभी बेहतर हो जाते।

मेरे दो बेटे हैं और दोनों ही बड़े हो चुके हैं। दोनों ने वयस्क होने

तक वैसा ही संघर्ष किया, जैसा अन्य लोग करते हैं, उनका सामना भी उन्हीं अनुवंशिकताओं, परिवेशों और चयनों से हुआ और उनके निर्धारक तत्व भी वही थे, जो हममें से अधिकतर लोगों के भविष्य को दिशा देते हैं, लेकिन वे मेरी जान-पहचान के दो बेहतरीन इंसान हैं, जिनसे मैं कभी मिला हूँ। मैं यह बात अभिभावक होने के गर्व से नहीं कह रहा हूँ, यह तो हम सभी करते हैं, लेकिन मैंने ध्यानपूर्वक देखा है कि उनमें कुछ तो असाधारण है।

वे बेहद बुद्धिमान, जागरूक और परवाह करने वाले इंसान हैं, भले ही उनका मेरे साथ किसी प्रकार का संबंध न होता, लेकिन मैं उनसे पहचान करना पसंद करता। वे अपने दिल की बात उजागर करते हैं, अपने दृष्टिकोण पर अडिग रहते हैं और अंत तक अपने सम्मान की रक्षा करते हैं। वे ऐसे लोग हैं, जिनके रहने से संसार पहले से अच्छा है। मैंने यह सोचने का प्रयास किया कि उनमें वह कौन सा महत्वपूर्ण गुण है, जो मैं अपने बचपन में सीखना पसंद करता। मैंने उनमें केवल एक ही चीज़ देखी। *उन्होंने सीखा था कि आत्म-चर्चा कैसे करनी चाहिए।*

मैंने साधारण व्यक्ति को एक नई जागरूकता में पल-बढ़कर तेजस्वी एवं शानदार इंसान बनने का आश्चर्यजनक कायाकल्प होते देखा है। मैंने उदासीनता के खोल से आत्मविश्वास के पंख निकलते देखे हैं। मैं उन लोगों को जानकर गौरवान्वित हूँ, जिन्होंने *अपने रूप* का इतना शक्तिशाली विकास कर लिया कि उनके पास दूसरों को देने के लिए पर्याप्त बच गया और वे जीवन-भर दूसरों को देने के लिए ही जीवित रहे।

मैं उनमें से कुछ से कभी नहीं मिला, लेकिन मैं उन्हें जानता हूँ। वे ऐसे लोग हैं, जिन्होंने अपने आप पर विजय प्राप्त की। उन्होंने अपने भीतर प्रेरणा का अटूट भंडार विकसित कर लिया और सही लक्ष्य पर निशाना लगाया। वे सत्य को जान चुके हैं। वे अपने वास्तविक स्वरूप को पहचान चुके हैं। वे अपने अस्तित्व के उद्देश्य और यहाँ रहने के कारण को जान चुक गए हैं। वे अपने आप से परामर्श करते हैं और अपनी बातें सुनते हैं। वे उस आशा का हिस्सा हैं, जो हममें से प्रत्येक में है। *वास्तव में,* वे ही सफल इंसान हैं।

क्या उनमें से कोई हम लोगों से भिन्न है? मैं ऐसा नहीं मानता।

उन्होंने अपने जीवन और अपने "स्वरूप" को व्यवस्थित करने में साधारण सा परिवर्तन किया है। उन्होंने इस पर नियंत्रण प्राप्त कर लिया है कि वे कौन हैं और वे अपने जीवन के साथ क्या करना चाहते हैं।

यदि आप भी फ़र्क़ पैदा करना चाहते हैं, यदि आप भी दोबारा नियंत्रण में लौटना चाहते हैं, जहाँ आप प्रारंभ में थे, तो नीचे दिए सुझावों में से कुछ को आज़माएँ। यदि यह आपके लिए कारगर हों, जो इन्हें बार-बार करें। यदि यह पहली बार में काम न करें, तो दोबारा करके देखें। मैं आज तक कभी किसी ऐसे व्यक्ति से नहीं मिला, जिसने इन्हें लाभकारी न पाया हो। यदि आप भी प्रयास करेंगे, तो यह अवश्य लाभप्रद सिद्ध होंगे।

स्वयं की आत्म–चर्चा को सुनें

अगले अड़तालीस घंटों के दौरान आप जो आत्म-चर्चा करें, उसके प्रत्येक शब्द को सुनें। अच्छा हो, बुरा या जैसा भी हो, प्रत्येक शब्द सुनें, जो आप ज़ोर से या मन ही मन अपने बारे में कहते हैं। जो भी विचार आप सोचते हैं, *चेतन होकर* उस प्रत्येक विचार को सुनें।

आप नकारात्मक एवं सकारात्मक दोनों प्रकार की आत्म-चर्चा को सुनें और उस आत्म-चर्चा पर विशेष ध्यान दें, जो अवचेतन रूप से भीतर प्रवेश कर जाती है। यदि कल सुबह टोस्ट जल जाए, तो सुनें कि इस बारे में आप अपने आप से क्या कहते हैं। यदि आप कोई काम करने के बारे में सोच रहे हैं, लेकिन उसे नहीं कर सके, तो उस विषय पर सोचें और देखें कि *भीतर* से आपको क्या प्रतिक्रिया मिलती है।

सुनें कि आप समस्याओं पर किस प्रकार प्रतिक्रिया करते हैं तथा अन्य अवसरों पर किस प्रकार प्रतिक्रिया करते हैं। "जोखिमों" पर भी अपनी प्रतिक्रिया पर ध्यान दें। आपकी पुरानी आत्म-चर्चा आपको कोनों में छिपाकर रख रही है या आप तनकर खड़े हुए हैं? क्या आपकी आत्म-चर्चा कहती है कि आप शिखर पर हैं, आत्मविश्वास से भरपूर हैं और लक्ष्य का पीछा कर रहे हैं या यह आपको पीछे रोककर रखती है? क्या आप अपने आप को "नकारात्मक" मानते हैं या "सकारात्मक"?

और सबसे महत्वपूर्ण बात तो यह है कि आपकी आत्म-चर्चा नकारात्मक है या सकारात्मक - इस विषय में ईमानदारी से सोचें।

आत्म-चर्चा करते समय सुनें कि आप क्या कहते हैं। यदि अगले दो दिनों तक आपके मित्र आपको कुछ अनमना सा मानते हैं, तो कोई बात नहीं। बस, आप अपनी बातें सुनते रहें। आप जो सुनेंगे, उससे आपको यह पता चल जाएगा कि आपको इस बारे में क्या करना चाहिए।

दूसरों की आत्म–चर्चा को भी सुनें

इसी दौरान, आप दूसरों की आत्म-चर्चा को भी सुनें, विशेष रूप से परिजनों, मित्रों और ऑफ़िस के साथियों की आत्म-चर्चा को। आप उस प्रत्येक बात को सुनें, जो वे अपने बारे में कहते हैं। सुनें कि जिस भी चीज़ के बारे में वे बात करते हैं, उसके बारे में वे क्या सोचते और महसूस करते हैं। जब आप दूसरों को देखेंगे, तो यह विश्वास जल्दी करेंगे कि नकारात्मक आत्म-चर्चा कितनी हानिकारक हो सकती है। अपने आप को विश्वास दिलाने के लिए इससे बढ़िया तरीक़ा दूसरा नहीं है।

अभी आप किसी दूसरे की आत्म-चर्चा के बारे में उससे कुछ न कहें, बस, अवलोकन करें। दूसरों को सिखाने के लिए आपके पास बाद में पर्याप्त समय रहेगा। विशेष रूप से उसे सुनें, जिसे हम "राय" कहते हैं। प्रत्येक राय या तो हमारे विश्वासों की झलक होती है या जब हमारे पास अपनी कोई राय नहीं होती, तो दूसरों के विश्वास की झलक होती है। ध्यान दें कि यह किसी व्यक्ति की आत्म-चर्चा को किस प्रकार प्रभावित करते हैं।

साथ ही उन लक्षणों को भी ध्यान से देखें कि उस व्यक्ति के जीवन का नियंत्रण कौन करता है। पुरस्कार या तिरस्कार किसके हाथ में है - बॉस, जीवनसाथी, सामाजिक छवि, धन या सुरक्षा के हाथों में? यदि आप पर्याप्त समय तक सुनते हैं, तो अन्य व्यक्तियों की आत्म-चर्चा आपको यह बता देगी कि उसकी बाहरी प्रेरणाएँ क्या हैं।

"सामाजिक चर्चा" सुनें। यह सामाजिक महत्त्व को प्राथमिकता देने वाली वह आत्म-चर्चा है, जिसका प्रयोग दूसरे लोग और कई बार हम भी

करते हैं, कुछ-कुछ पड़ोसियों से बराबरी करने की तरह। सामाजिक चर्चा बहुत प्रभावशाली होती है। यह हमारे भीतर इस विश्वास की प्रोग्रामिंग भर देती है कि हमें कुछ करना "चाहिए", भले ही इसमें समझदारी दिखती हो अथवा नहीं।

अपनी पिछली आत्म-चर्चा की सूची बनाएँ

इस अगले क़दम में परिश्रम की आवश्यकता होती, लेकिन यदि आप इसमें बीस-तीस मिनट का समय भी लगाते हैं, तो यह पर्याप्त ज्ञानवर्धक सिद्ध होगा। यदि आप यह प्रोजेक्ट अपने पति, पत्नी या मित्र के साथ आरंभ कर रहे हैं, तो इस क़दम के अंत में आप एक-दूसरे के नोट्स भी पढ़ सकते हैं।

सबसे पहले, किसी काग़ज़ पर नकारात्मक आत्म-चर्चा के दस महत्वपूर्ण सुझाव लिख लें, जो आप अपने आप को बार-बार देते हैं। ऐसा करने से न कतराएँ और न किसी की चिंता करें। आत्म-चर्चा के उन वाक्यांशों की सूची बना लें, जिनका प्रयोग आप सर्वाधिक करते हैं। यदि आप ऐसे दस वाक्यांशों के बारे में न सोच पाएँ, तो इसका अर्थ है कि आप प्रयास नहीं कर रहे हैं। हममें से अधिकांश लोग आत्म-चर्चा के दर्जनों वाक्यांशों का प्रयोग करते हैं, जिनके बारे में हमें पता ही नहीं होता।

याद रखें, "नकारात्मक" आत्म-चर्चा के वाक्यांश कुछ इस प्रकार होंगे, "मैं...नहीं कर सकता," "कोई चीज़ ठीक नहीं हो रही है," या "आज मेरा दिन नहीं है।" ये केवल उदाहरण हैं। आप सैकड़ों उदाहरणों में से के वल दस को चुन लें।

नकारात्मक आत्म-चर्चा के दस "सर्वाधिक प्रयुक्त" वाक्यांशों की इस सूची को सँभालकर रख लें। उन पर बाद में ध्यान देंगे।

"मीडिया-चर्चा" के प्रभाव से सजग रहें

अगले सात दिनों तक उसे सुनें, जिसे हम "मीडिया-चर्चा" कहते हैं। यह वह प्रोग्रामिंग है, जो आपको रेडियो, टेलीविज़न, दैनिक समाचारपत्रों,

पत्रिकाओं आदि से प्राप्त हो रही है। जब आप अपने आस-पास के दूसरे लोगों की आत्म-चर्चा सुनते हैं, तो आपको मीडिया-चर्चा का एक संपादित और विशेष रूप से व्यक्तिपरक संस्करण सुनने को मिलेगा।

जब आप मीडिया-चर्चा के उदाहरणों का अवलोकन कर रहे हों और उन्हें एकत्रित कर रहे हों, तो सबसे महत्वपूर्ण बात यह याद रखनी है कि आपको जो मीडिया-चर्चा की प्रोग्रामिंग मिल रही है, उस पर आप कैसी प्रतिक्रिया करते हैं। क्या आपने कभी टिशू के उस ब्रांड को ख़रीदा है, जिसका विज्ञापन आपने टीवी पर सर्वाधिक देखा है?

इस क़दम का कारण यह है कि आप "बाहरी प्रभाव" कही जाने वाली चीज़ से परिचित हो सकें। हम सब जानते हैं कि इसका क्या अर्थ है, लेकिन हम शायद ही कभी सोचते हैं कि इसका हमारे जीवन पर क्या प्रभाव पड़ता है। क्या आपने कभी सोचा है कि आप कितने काम केवल इसलिए करते हैं; क्योंकि आप उन्हें करने के लिए *बाध्य* हो जाते हैं?

आपका सबसे बड़ा उत्तरदायित्व

आपके जीवन में जो प्रोग्रामिंग और कंडीशनिंग होती है, जब आप उन सबके बारे में जागरूक रहते हैं, तो उनकी वास्तविकता पहचानना और उनके बारे में कुछ करना आपके लिए अधिक आसान हो जाता है। यदि आप कभी-कभार अपने आप से यह सवाल पूछें, *"यहाँ नियंत्रण में कौन है?"*, तो यह अच्छा रहेगा। जब आप एक बार जागरूक हो जाएँ कि प्रोग्रामिंग कैसे काम करती है और यह कहाँ से आती है, तब क्या आपको लगता है कि आपके मस्तिष्क में हो रही प्रोग्रामिंग के लिए कौन उत्तरदायी है? स्पष्ट है, आप स्वयं।

कुछ लोगों के लिए यह उत्तरदायित्व बहुत बड़ा बोझ होता है। लेकिन सोचें यह कितना मुक्तिदायी हो सकता है। अपने विचार उत्पन्न करना और अपने *भविष्य* की दिशा तय करना आपका सबसे महत्वपूर्ण व्यक्तिगत उत्तरदायित्व है और उस उत्तरदायित्व को लेने के बाद आपका अपने जीवन पर इतना अधिक नियंत्रण हो जाएगा, जितना आज तक नहीं हुआ।

एक बार जब आप अपने आस-पास की संदिग्ध अथवा नकारात्मक आत्म-चर्चा (दूसरों की भी और स्वयं की भी) के बारे में जागरूक हो जाते हैं, तो आप स्वाभाविक रूप से भविष्य में आत्म-चर्चा पर व्यक्तिगत नियंत्रण करना चाहेंगे। आपका अगला क़दम आत्म-चर्चा आरंभ करना है।

अध्याय बाईस

आत्म–चर्चा तैयार करना

आत्म-चर्चा के प्रयोग का अभ्यास आरंभ करने का सबसे अच्छा तरीक़ा अपने लिए नई आत्म-चर्चा तैयार करना है। यह कितना आसान हो सकता है, यह जानने के लिए कुछ समय निकालें और किसी अत्यंत सरल विषय पर आत्म-चर्चा की संक्षिप्त पटकथा लिख लें। आप यह अभ्यास मन ही मन में भी कर सकते हैं।

जब मैंने *'द सेल्फ़-टॉक सॉल्यूशन'* पुस्तक लिखी थी, तो मैंने आत्म-चर्चा के दैनिक जीवन से प्रत्यक्ष रूप से जुड़े हुए कुछ विशेष क्षेत्रों पर ध्यान दिया था- घर पर, ऑफ़िस में, आंतरिक तौर पर अपने आप से व्यवहार करने, दूसरे लोगों से व्यवहार करने, लक्ष्यों तक पहुँचने और व्यक्तिगत विकास करने के क्षेत्रों पर। उस पुस्तक में मैंने "दैनिक जीवन" के इन सभी क्षेत्रों में से प्रत्येक के लिए शब्द दर शब्द आत्म-चर्चा की पूरी पटकथाएँ लिखीं। यह पुस्तक किसी के लिए भी संदर्भ मैन्युअल के रूप में तैयार की गई थी। इसका लक्ष्य था कि आप जीवन के लगभग प्रत्येक क्षेत्र में, अर्थात नौकरी, घर, परिवार, लक्ष्यों, समस्याओं और व्यक्तिगत संभावना के लिए आत्म-चर्चा का प्रयोग तत्काल आरंभ कर सकें और शब्द दर शब्द आत्म-चर्चा का तुरंत लाभ ले सकें।

उस पुस्तक को लिखने में मैंने आत्म-चर्चा के *ढाई हज़ार* से अधिक वाक्यांशों और आत्म-सुझावों पर शोध किया था, उन्हें पहचाना था और सावधानी से लिखा था। इस प्रक्रिया में मैंने यह सीखा कि यदि किसी विचार ने पहले कभी हमारे विरुद्ध काम किया है, तो भी हम उसे नए

शब्दों में ढालकर अपने पक्ष में काम करने का आत्म-निर्देश दे सकते हैं। हमारी आत्म-चर्चा कभी काल्पनिक नहीं होती। इसमें ऐसी कोई भी और प्रत्येक चीज़ संमिलित होती है, जिसके बारे में हम आगे विचार करेंगे। प्रत्येक चीज़ को नए शब्दों में रखा जा सकता है, जिससे वह हमारे लिए थोड़े अथवा अधिक अच्छे ढंग से काम कर सके।

प्रत्येक विषय के लिए सही आत्म–चर्चा

जब आप अपनी आत्म-चर्चा को नए शब्दों में रखना आरंभ करें, तो मन में आने वाले किसी भी विषय को चुन सकते हैं और उसके लिए उचित आत्म-चर्चा लिख सकते हैं। आरंभ करने के लिए मैं आपको कुछ उदाहरण दूँगा।

पहले मैंने यह सुझाव दिया था कि आप अतीत में अपने द्वारा प्रयुक्त नकारात्मक आत्म-चर्चा के दस वाक्यांशों की सूची बनाएँ। कई बार यह जानना आश्चर्यजनक होता है कि थोड़े अभ्यास के बाद इन वाक्यांशों को बदलना कितना आसान होता है। आप नकारात्मक आत्म-चर्चा के जिस भी वाक्यांश का प्रयोग करते हैं, उसे सकारात्मक आत्म-चर्चा में बदला जा सकता है। कुछ ही समय में आप देखेंगे कि सही तरीक़े से उनका प्रयोग करना पुराने तरीक़े जितना ही आसान और स्वाभाविक है।

आइए, हम आत्म-चर्चा के वाक्यांशों के कुछ ऐसे उदाहरण लेते हैं, जो नकारात्मक आत्म-चर्चा की साधारण सूची में मिल सकते हैं। हो सकता है कि ये उदाहरण वे न हों, जिनका प्रयोग आप करते हों, लेकिन उन्हें बदलने की प्रक्रिया वैसी ही होगी, जो यहाँ बताई जा रही है। यहाँ नकारात्मक आत्म-चर्चा की एक सैंपल सूची दी जा रही है। हो सकता है कि ये उदाहरण आपकी आत्म-चर्चा के अनुरूप न हों और वे आपके सामने की समस्याओं या अवसरों से मेल न खाते हों, लेकिन फिर भी उनमें समानता होगी :

1. "ऑफ़िस में मेरे लिए चीज़ें ठीक नहीं हो रही हैं।"
2. "अब मैं अपने बेटे के साथ संवाद नहीं कर पाता।" (यह कोई भी व्यक्ति हो सकता है, जिसके बारे मे आपको लगता हो कि आपको

उससे बातचीत करने में कठिनाई आती है।)

3. "मुझे प्रातःकाल बिस्तर से उठने में कठिनाई होती है।"

4. "आज बड़ा कठिन दिन है।"

5. "मुझे अधिक व्यायाम करने की आवश्यकता है।"

6. "मैं अधिक पैसे बचाना चाहता हूँ, पर ऐसा कर नहीं पाता।"

7. "काश, मेरे पास अधिक समय होता!"

पिछले अध्यायों में हमने आत्म-चर्चा की जिन "पटकथाओं" के बारे में बात की है, उसे याद करें। यदि आपने अपनी नकारात्मक आत्म-चर्चा के उदाहरण लिखे हैं, तो आप अब उन्हें एक अलग तरीक़े से दोबारा लिख सकते हैं। सकारात्मक तरीक़े से और वर्तमान काल में। यदि आपने कोई सूची नहीं बनाई है, तो मस्तिष्क में आने वाली नकारात्मक आत्म-चर्चा के उन उदाहरणों के बारे में सोचें और मानसिक रूप से वही करें, उन्हें नए शब्दों में ढालें।

उदाहरण एक

"ऑफ़िस में मेरे लिए चीज़ें ठीक नहीं हो रही हैं।" इस आत्म-कथन को आसानी से इस रूप में बदला जा सकता है, *"मैं अपने काम का आनंद लेता हूँ। मैं समस्याओं को समझता हूँ और उनका समाधान भी पा लेता हूँ।"*

उदाहरण दो

"अब मैं अपने बेटे के साथ संवाद नहीं कर पाता।" स्वयं को पराजित करने वाले इन शब्दों के साथ अपने अवचेतन मन की प्रोग्रामिंग करने की अपेक्षा इसे आसानी से एक नए सेल्फ़-प्रोग्राम में ढाला जा सकता है, *"मैं सुनने, बात करने और संवाद करने के लिए समय निकालता हूँ। मैं धैर्यवान और समझदार हूँ। यह इतना महत्वपूर्ण है कि इस पर काम करना चाहिए और अब मैं इस पर काम करता हूँ।"*

उदाहरण तीन

"मुझे सुबह बिस्तर से उठने में कठिनाई होती है।" अपने आप को यह बताने से आपको बिस्तर से आसानी से उठने में कोई सहायता नहीं मिलेगी। जब यह विचार आए, तो प्रत्येक बार शब्दों को बदलकर इस प्रकार कर दें, *"सुबह बिस्तर से उठना मेरे लिए आसान है। मैं उठता हूँ और लक्ष्यों को प्राप्त करने में जुट जाता हूँ!"* कुछ दिनों तक या जितने लंबे समय तक आवश्यकता हो, इसे अपने सामने दोहराएँ। अंततः आपके वे पुराने प्रोग्राम नष्ट हो जाएँगे, जिनके कारण आपको प्रातःकाल उठने में कठिनाई होती थी।

ध्यान रखें कि एक-दो वाक्यांशों को बदलने से ही आपके जीवन में बड़ा भारी परिवर्तन नहीं हो जाएगा। यदि आप अधिक परिवर्तन करना चाहते हैं, तो आपको सभी पुराने वाक्यों को बदलना होगा। किसी विषय पर आत्म-चर्चा करते समय आप पुरानी आत्म-चर्चा को जितना अधिक बदलते हैं और नई आत्म-चर्चा का जितना अधिक प्रयोग करते हैं, परिवर्तन करने और उसे स्थाई रखने के मामले में आपका प्रदर्शन उतना ही अच्छा सिद्ध होगा।

उदाहरण चार

"आज कठिन दिन है।" ये शब्द दोबारा कहने की अपेक्षा सोचें कि आपका अवचेतन मन क्या सुन रहा है। यदि आप अपने आप को यह केवल इसलिए बता रहे हैं; क्योंकि यह कठिन दिन था, तो इस आत्म-चर्चा के कारण आप उस दिन कम सफल अनुभव करेंगे और इससे आपके अवचेतन मन को विश्वास हो जाएगा कि आप वास्तव में, असफल हो गए हैं।

आप असफल हो गए हैं, यह संकेत अपने अवचेतन तक पहुँचाने वाली किसी भी बात को दोहराने से उसे केवल यह विश्वास होगा कि उसे असफलता का पैटर्न बनाना चाहिए। आपको यह नाटक करने की आवश्यकता नहीं है कि वह दिन अद्भुत रहा था, अपने आप को यह विश्वास दिलाने की आवश्यकता भी नहीं है कि वह दिन तबाही का था। आपने कड़ा परिश्रम किया, पर चीज़ें वैसी नहीं हुईं, जैसी आप चाहते थे।

अपने आप को थोड़ा अवकाश दें और इस विचार को इस प्रकार नए अंदाज़ में दोबारा ढालें- *"आज अच्छा दिन था। मैं अपने बारे में अच्छा अनुभव करता हूँ और कल और भी अच्छा होगा।"* समस्याओं या कड़े परिश्रम से मुँह नहीं मोड़ना, आपको तो शिखर पर पहुँचना है।

उदाहरण पाँच

यदि आप सचमुच उत्तम शारीरिक गठन प्राप्त करना चाहते हैं और इस बारे में कुछ नहीं कर पाए हैं, तो अपने आप से यह वाक्य कहने की आवश्यकता नहीं है, **"मुझे अधिक व्यायाम करने की सचमुच आवश्यकता है।"** इसका परिणाम केवल यह होगा कि आप व्यायाम को टालते चले जाएँगे। मुझे आत्म-चर्चा का यह वाक्य पसंद है, *"मैं प्रतिदिन व्यायाम करता हूँ।"* मैं इसमें कुछ और समर्थनकारी वाक्य जोड़ दूँगा, *"मुझे व्यायाम करने में आनंद आता है और इससे मुझे जो एहसास होता है, उसे मैं सचमुच पसंद करता हूँ। मैं मानसिक और शारीरिक रूप से अपने को सही आकार में रखना पसंद करता हूँ। मैं अच्छा दिखता हूँ और अच्छा महसूस भी करता हूँ, दैनिक व्यायाम ही मुझे ऐसा बनाए रखता है। मैं प्रत्येक दिन की उत्सुकता से प्रतीक्षा करता हूँ, ताकि अपने शरीर और अपने मस्तिष्क की कसरत कर सकूँ और अपने आप को फ़िट तथा विजेता बनाए रख सकूँ।"*

उदाहरण छह

"मैं अधिक धन बचाना चाहता हूँ, लेकिन ऐसा कर नहीं पाता।" इस प्रकार की "धन" संबंधी आत्म-चर्चा का प्रयोग हममें से कई लोग करते हैं। इससे ज़रा भी सहायता नहीं मिलती। इससे इसका ठीक उलटा होता है - इससे आर्थिक असुरक्षा उत्पन्न होती है। हम उतनी ही आसानी से अपने आप को दिवालिया करने, काम चलाने या आगे निकलने के लिए अपनी प्रोग्रामिंग कर सकते हैं। पर्याप्त या थोड़ा अधिक होना कुछ लोगों के लिए बहुत महत्वपूर्ण होता है, लेकिन इसे संभव बनाने के लिए हमें जो सुनने की आवश्यकता होती है, प्रायः हमें उसका ठीक उलटा करना सिखाया गया है।

"मैं उतना कमाने के योग्य हूँ, जितनी मुझे आवश्यकता है और उससे भी अधिक! मैं पैसे बचाने में योग्य हूँ। हर महीने, बिना नागा, मैं थोड़ा पैसा अलग रख देता हूँ। प्रत्येक सप्ताह, प्रत्येक महीने और प्रत्येक वर्ष में आर्थिक दृष्टि से अधिक सुरक्षित बनता जा रहा हूँ।" अपने मन को सही दिशा और सही चुनौती दें। इसके बाद यह आपके जीवन में चीज़ों को सही करने के लिए उतना ही परिश्रम करेगा, जितना कि आपको पीछे रोके रखने में कर रहा था।

आपके अवचेतन मन को आर्थिक तंगी लाना कठिन नहीं लगा। इसने तो केवल वह किया, जो आपने इसे आदेश दिया। यदि आप परिवर्तन नहीं करते, तो यह भी नहीं करेगा। यदि आप बेहतर आर्थिक नींव बनाना चाहते हैं, तो अपने अवचेतन मन के साथ बातचीत करें। इससे वह करने को कहें, जो आप करना चाहते हैं। हो सकता है कि परिणाम रातोंरात न मिलें, लेकिन मिलेंगे अवश्य।

उदाहरण सात

"काश, मेरे पास अधिक समय होता!" अब इन शब्दों को बदलकर यूँ कर दें, *"मैं समय का सृजन करता हूँ और वह करने का समय निकाल लेता हूँ, जो मुझे करना होता है।"* संभवतः ऐसा एक भी इंसान नहीं होगा, जिसके पास कुछ भी ख़ाली समय न हो। व्यस्ततम व्यक्ति भी वह काम करने के लिए समय निकाल लेते हैं, जिसका वे सचमुच चुनाव करते हों। समस्याएँ तब पैदा होती हैं, जब हम भूल जाते हैं कि हमारे पास वह साधन है कि हम अपना समय कैसे बिताएँ। यदि पर्याप्त समय न होना एक समस्या है, तो मैं यह भी जोड़ूँगा, *"मैं यह चुनने के लिए उत्तरदायी हूँ कि मैं कब, कहाँ और कैसे समय बिताता हूँ। मैं अपना समय ऐसे ढंग से बिताने का चुनाव करता हूँ, जिससे मुझे जीवन में बड़े-बड़े लाभ मिलें।"*

आत्म-चर्चा के ये चंद शब्द यदि कई बार बोले जाएँ और प्रत्येक अवसर पर बोले जाएँ, तो ये आपको दोबारा नियंत्रण में ले आते हैं। तब इसका परिणाम यह हो सकता है कि आप समय-प्रबंधन पर कोई पुस्तक पढ़ें और उसमें दिए गए विचारों पर चलना आरंभ कर दें। हो सकता है कि आप कुछ कम उत्तरदायित्व लें, अधिक बार "ना" कहें, अपनी

दिनचर्या को दोबारा व्यवस्थित करें या कम समय बर्बाद करें और उन चीज़ों को करने में अधिक समय बिताएँ, जिन्हें आप करना चाहते हैं।

आत्म-चर्चा इसी प्रकार काम करती है। यह आपके अवचेतन मन को विशिष्ट दिशा-निर्देश देती है और समस्या पर काम करने को कहती है। यदि आप अवचेतन मन को सही निर्देश देते हैं, तो वह सही समाधान सुझा देगा।

ये केवल कुछ उदाहरण हैं, जो बताते हैं कि हम अपने शब्दों को जब चाहें तब आत्म-चर्चा के विशिष्ट वाक्यों में कैसे बदल सकते हैं। थोड़ा सोच-विचार करने पर हममें से अधिकांश लोग दर्जनों उदाहरण सोच लेंगे। उनमें से प्रत्येक को इसी प्रकार नए शब्दों में ढाला जा सकता है।

मैंने देखा है कि पुराने शब्दों को काग़ज़ पर लिखने से सहायता मिलती है। दोबारा पढ़ते समय यह देखना आसान हो जाता है कि यह क्यों कारगर नहीं रहा। यदि आपके पास समस्या या अवसर का कोई क्षेत्र है, जिस पर आप काम करना पसंद करते हैं, तो इसे लिखने का प्रयास करें। पुराने शब्दों का प्रयोग करें और बताएँ कि क्या ग़लत है और आप क्या करना पसंद करेंगे। फिर प्रत्येक विचार और प्रत्येक वाक्य की ओर देखें। आपने इस बारे में अतीत में अपने आप से क्या कहा है ? आप अतीत में अपने आप को जो शब्द दे रहे थे, यदि वे शंका या नकारात्मक स्वीकृति के थे, तो उन्हें एक-एक करके उलट दें, बदल दें।

जब आप नकारात्मक प्रकार की आत्म-चर्चा के शब्द बदलकर नई आत्म-चर्चा बनाते हैं, तो सही शब्द रखना महत्वपूर्ण हो जाता है। आगे दी गई जाँच-सूची से आपको यह जाँच करने में सहायता मिलेगी। इसमें बताया गया है कि आपको क्या "करना" चाहिए और क्या "नहीं करना" चाहिए।

आत्म–चर्चा की जाँच–सूची

1. क्या आपकी आत्म–चर्चा वर्तमान काल में है?

अपनी आत्म-चर्चा को सदा वर्तमान काल में ही व्यक्त करें ("मैं... हूँ" "यह ... है" आदि)। यह अध्याय संख्या बीस में बताई गई "परिस्थितिजन्य

आत्म-चर्चा" को छोड़कर अन्य सब प्रकार की आत्म-चर्चा के लिए उचित है। आत्म-चर्चा के अन्य सभी रूपों में आप अवचेतन मन के लिए जो चित्र बना रहे हैं, वह उतना ही सजीव होना चाहिए, मानो आप पहले ही अपने उद्देश्य को प्राप्त कर चुके हों।

2. क्या यह विशिष्ट है?

विशिष्ट रहें। विस्तृत विवरण बताएँ। समस्या या लक्ष्य के प्रत्येक संभावित पहलू को शब्द प्रदान करें। अस्पष्ट निर्देशों से अस्पष्ट परिणाम मिलते हैं। आप जितने अधिक विशिष्ट होते हैं, अपने आप को उतने ही विशिष्ट निर्देश भी देंगे।

3. क्या यह अवांछित साइड इफ़ैक्ट्स उत्पन्न किए बिना काम करती है?

हमेशा ऐसी आत्म-चर्चा बनाएँ, जो आपको स्वस्थ और लाभकारी ढंग से उद्देश्य प्राप्त करने की दिशा बताए। मुझे एक महिला की आपबीती याद है, जिसने मुझे बताया था कि वह पैंतीस पाउंड वज़न कम करने के लिए कुछ भी करने को तैयार है। उसका यह ढंग कारगर रहा। वह एक बीमारी का शिकार हो गयी, अस्पताल में भर्ती रही और उसका वज़न कम हो गया।

अपने आप को यह बताना अच्छा रहता है कि आपको अपने लक्ष्य तक पहुँचने से "कोई चीज़" रोक नहीं सकेगी, चाहे वह जो भी हो, लेकिन अतिरिक्त प्रोग्रामिंग के कुछ शब्द जोड़ना अच्छा ही रहता है, ताकि आपके अवचेतन मन को पता चल जाए कि आप उस लक्ष्य तक सुरक्षित और अच्छे ढंग से पहुँच सकेंगे।

आपका अवचेतन मन लक्ष्य प्राप्त करने वाला एक शक्तिशाली यंत्र है। यदि इसकी प्रोग्रामिंग सही की जाए, तो यह प्रत्येक आवश्यक काम करेगा, जिससे आपको अपने लक्ष्य प्राप्त करने में सहायता मिले। जब तक आप इसे यह नहीं बताते कि क्या करना है, तब तक यह सही-ग़लत के अंतर को नहीं जानता। अतः यह सुनिश्चित करें कि आप अपने आप

को जो शब्द देते हैं, वे अवचेतन मन से इस प्रकार काम पूरा करने को कहें, जो सभी संबंधित लोगों के लिए स्वस्थ एवं लाभकारी हों।

4. क्या इसका प्रयोग करना आसान है?

अच्छी आत्म-चर्चा सरल होती है। इसे याद करना और आवश्यकता के समय इसका प्रयोग करना आसान होना चाहिए। यदि यह आसान नहीं है, तो आप इसका प्रयोग नहीं करेंगे। सरल शब्दों का प्रयोग करें, जो स्पष्ट चित्र बनाते हों।

5. क्या यह व्यावहारिक है?

इसका अर्थ यह नहीं है कि आप सपने देखने और उन्हें वास्तविकता में बदलने के लिए आत्म-चर्चा का प्रयोग नहीं कर सकते, किंतु जो सपने आप अपने लिए देखते हैं, उनकी जड़ें ठोस ज़मीन पर टिकी होनी चाहिए। यदि आप असंभव को प्राप्त करने के लिए अपनी प्रोग्रामिंग करते हैं, तो इससे कुंठा और असफलता ही उत्पन्न होगी। अपनी सीमाओं को धकेलें, अपनी सर्वोच्च अपेक्षाओं की ओर हाथ बढ़ाएँ और अपने आप से कहें कि आप सर्वश्रेष्ठ को प्राप्त कर सकते हैं।

आपने जो सोचा था कि आप प्राप्त कर सकते हैं, आप उससे भी आगे जा सकते हैं और आपको जाना भी चाहिए। लेकिन अपने आप से चमत्कारों की गाँग न करें, जब तक कि आप यह न सीख लें कि दैनिक समस्याओं को कैसे सुलझाना है और कुछ आसानी से प्राप्त लक्ष्यों तक कैसे पहुँचना है। यदि आप सचमुच अच्छे बन जाते हैं, तो बाद में इन चमत्कारों के लिए पर्याप्त समय रहेगा।

6. क्या यह व्यक्तिगत एवं वास्तविक है?

जब आप आत्म-चर्चा कर रहे हों, तो बातचीत करें, इधर-उधर की न हाँकें। पुरानी आत्म-चर्चा को नई में बदलने का एक प्रमुख कारण अपने आप को तथ्यों से निबटने का एक बेहतर ढंग देना है। आप कहाँ थे और

कहाँ जा रहे हैं, आप इस समय कौन हैं और सचमुच क्या बनना चाहते हैं?

अतीत में जिन अवरोधों ने आपको रोका था, उन्हें दोबारा खड़े होने से रोकने का एकमात्र ढंग उनके बारे में ईमानदार होना है। उन्हें उस रूप में देखें, जैसे कि वे हैं या थे। इस समय अपनी स्थिति देखें और इस बात पर ध्यान दें कि आप कैसे बनना पसंद करेंगे।

7. क्या आपकी आत्म–चर्चा आपसे पर्याप्त माँग करती है?

हममें से प्रत्येक के लिए अपने पैर ज़मीन पर टिकाकर रखना जितना महत्वपूर्ण होता है, उतना ही महत्वपूर्ण अपने आप से उस सर्वश्रेष्ठ की आशा करना भी है, जो हम दे सकते हैं। आपकी आत्म-चर्चा आपको प्रेरित करे, आप चुनौती का सामना करें, बाधाओं को पार करें और विजेता बनें।

अवचेतन मन विजय और पराजय के अंतर को नहीं जानता। यह तो उन विचारों-आवेगों पर काम करता है, जे हम इसे देते हैं। इसलिए हम कम को स्वीकार करने की अपेक्षा जीवन में विजेता बन सकते हैं। अतः यह सुनिश्चित करें कि आपकी आत्म-चर्चा आपसे सर्वश्रेष्ठ की माँग करे।

चाहे हमारा लक्ष्य किसी दैनिक समस्या से जूझने जितना सरल हो या जीवन की दिशा में महत्वपूर्ण परिवर्तन करने जितना बड़ा हो, ऐसा कोई कारण नहीं कि हम अपने भीतर की सबसे बड़ी संभावना से कम को स्वीकार करें। आत्म-चर्चा उस सबसे महान संभावना का प्रतिबिंब होनी चाहिए, जो आप अपने भीतर संजोए हुए हैं। अपने मूल्य को कभी कम न आँकें। यह सुनिश्चित करें कि आपकी आत्म-चर्चा आपकी *सच्ची* संभावना को पहचाने और आपसे सर्वश्रेष्ठ *बनने* की आशा करे।

आप आत्म-चर्चा का किसी भी रूप में प्रयोग करें, पर इस जाँच-सूची को ध्यान में रखें। यदि आपकी आत्म-चर्चा इन दिशा-निर्देशों का पालन करती है, तो ग़लत ढंग से अपनी प्रोग्रामिंग करने की चिंता करने की अपेक्षा आप आश्वस्त रह सकते हैं कि आप अपने आप को सही दिशा दे रहे हैं और सही परिणाम पाने के लिए अपने आप को निर्धारित कर रहे हैं।

अब तक शायद आपने इस पुस्तक में बताई गई आत्म-चर्चा की तकनीकों का प्रयोग करना शुरू कर दिया होगा। और यदि आपने इस बारे में जागरूक होना शुरू कर दिया है कि आप क्या बोलते हैं और कैसे बोलते हैं, तो आप सही दिशा में आगे बढ़ रहे हैं!

अध्याय तेईस

बदलें या न बदलें

आप अभी या भविष्य में किसी भी समय परिवर्तन करने का निर्णय ले सकते हैं। मैं आपसे प्रोत्साहन के कुछ शब्द कहना चाहता हूँ। संभव है कि आप पहले से ही जानते हों कि आप क्या करना चाहेंगे। यदि स्थिति यही है, यदि आपके दिल की गहराई से आने वाली आवाज़ आपसे कहती है कि यही समय है, तो फिर यही उचित समय है।

जब शेक्सपियर ने लिखा था, "टु बी ऑर नॉट टु बी..." (बनना या न बनना) तो उन्हें शायद पता भी नहीं होगा कि उन्होंने *स्वरूप* के सार को छू लिया था। *बनना* या न *बनना*, यही मुख्य प्रश्न है। बनना या न बनना, प्राप्त करना या न प्राप्त करना, करना या न करना, इस प्रश्न का उत्तर ही हममें से प्रत्येक के भविष्य और सफलता को तय करेगा।

अपनी प्रगति की जाँच-पड़ताल करना एक अच्छा विचार है। अपने आप से यह पूछना अच्छा है कि हम कितना अच्छा प्रदर्शन कर रहे हैं। हमें अपनी आगे बढ़ने की गति को नापने, आँकने व आँकलन करने का अधिकार भी है और आवश्यकता भी। *हम कहीं जा रहे हैं या कहीं नहीं जा रहे हैं? हम काम चला रहे हैं या अपना सर्वश्रेष्ठ कर रहे हैं, जो हम कर सकते हैं? क्या हम वही कर रहे हैं, जो करना चाहते हैं या फिर हम कोई दूसरी, कोई बेहतर चीज़ करना पसंद करेंगे?* क्या हमारे स्वरूप का प्रत्येक अंश हमारी सर्वश्रेष्ठ अपेक्षाओं के सामंजस्य में है या हम उसमें कोई परिवर्तन करना चाहेंगे?

हममें से अधिकतर लोग अपने जीवन में कुछ परिवर्तन करना

चाहते हैं। ऐसे समय आते हैं, जब हम कोई छोटा-मोटा परिवर्तन करना चाहते हैं, कोई ऐसी चीज़, जो दूसरे तरीक़े से कुछ करने में हमारी सहायता करेगी या किसी समस्या से अच्छे ढंग से निबटने में सहायता करेगी। ऐसे भी समय आते हैं, जब हम कोई बड़ा परिवर्तन करना चाहते हैं, अर्थात पुराने से छुटकारा और नए का स्वागत!

यदि जीवन को "कारगर" बनाना कुछ परिवर्तन करने जितना ही आसान है, तो फिर आप क्यों नहीं करते?

क्या आप परिवर्तन करना पसंद करेंगे?

मैं ऐसे लोगों को जानता हूँ, जो घर या ऑफ़िस की किसी समस्या को दूर करने के अतिरिक्त और कुछ नहीं चाहते थे अथवा अपने बारे में या अपने जीवन में कोई छोटी सी चीज़ बदलना चाहते थे, जो विकास करने में उनकी सहायता करे और जीवन को थोड़ा अधिक आसान बना दे। मैं ऐसे लोगों को भी जानता हूँ, जो प्रत्येक चीज़ से उकता गए थे। वे अपने जीवन को बदलना चाहते थे (अलग नौकरी, नया जीवनसाथी, मकान बेचना या दूसरे राज्य में जाकर रहना) वे अपने जीवन और भविष्य को बदलने के लिए वह सब करना चाहते थे, जिसकी उन्हें आवश्यकता होती थी। मैं ऐसे लोगों को जानता हूँ, जिन्होंने अपने घर, कार या करियर बदलकर अपने जीवन को बदलने का प्रयोग भी किया था।

लेकिन उनमें से अधिकांश लोगों के लिए वह *परिवर्तन* सच्चा परिवर्तन नहीं था, वह ठीक नहीं रहा। कारण- वे अपने पुराने स्वरूप को अपने साथ ले गए थे। हृदय का परिवर्तन उतना ही नाज़ुक और अस्थाई होता है, जितना किसी नाटक में पोशाक का परिवर्तन। हो सकता है कि हम मित्र, जीवनसाथी, नौकरी या जगह बदल सकते हैं, लेकिन अपने आंतरिक स्वरूप को अपने साथ ही ले जाएँगे- वही आंतरिक पहचान, जिसने हमें दुखी किया और कष्ट पहुँचाया। हम जहाँ भी जाते हैं और जो भी नया काम करते हैं, यदि हम वहाँ पुरानी तस्वीरें साथ ले जाते हैं, तो अगली बार बेहतर प्रदर्शन करने की उम्मीद कैसे कर सकते हैं?

यदि हम अपनी मान्यता, दृष्टिकोण, भावना, व्यवहार, कार्य या

परिणाम में कोई महत्त्वपूर्ण परिवर्तन करना चाहते हैं, तो हमें आरंभ में ही यह निर्णय ले लेना चाहिए कि कमान किसके हाथ में है और होने वाले परिवर्तनों के नियंत्रण में कौन या क्या है।

अपने जीवन में हो रहे परिवर्तनों के बारे में आपकी क्या मान्यता है? क्या वे संयोग, भाग्य, परिस्थिति या व्यक्तिगत निर्णय का परिणाम हैं?

परिवर्तन या तो किसी बाह्य चीज़ का परिणाम होता है, जो *आपके साथ* घटित होता है या फिर यह आपके भीतर की किसी चीज़ का परिणाम होता है, जिसके कारण परिवर्तन उत्पन्न होता है।

बाह्य प्रभावों से उत्पन्न हुआ परिवर्तन

ऐसे परिवर्तन के साथ कोई बड़ा मनोवैज्ञानिक प्रभाव संबंधित नहीं होता, जो हमें इस तथ्य के प्रति सतर्क करे कि परिवर्तन हो रहा है। ऐसे परिवर्तन के बारे में कुछ भी अप्रिय नहीं होता। वास्तव में, इसमें कुछ भी देखने योग्य नहीं होता। यह परिवर्तन सामान्य अंदाज़ में और आकस्मिक होता है। यह बाह्य प्रभाव की निर्मम एवं अनदेखी लहरों का परिणाम होता है, जो प्रतिदिन, प्रत्येक घंटे, हमारी सोच को आकार दे रहा होता है। हमारे साथ ऐसा होने वाला परिवर्तन होता है, वह दृष्टिकोण के उन छुटपुट परिवर्तनों का परिणाम होता है, जो अपेक्षाओं, छुटपुट घटनाओं, कंपनी की नीतियों, व्यक्तिगत संबंधों, रिश्तेदारों, पारिवारिक आवश्यकताओं, अभिभावक की सत्ता, धार्मिक मान्यताओं, रामकक्षों के दबाव, सभी प्रकार के विज्ञापनों, आर्थिक प्रवृत्तियों, इंटरनेट, टेलीविज़न, रेडियो, पत्रिकाओं और समाचारपत्रों से मिलने वाली दैनिक जानकारी, सामाजिक आवश्यकताओं, राजनीतिक दृष्टिकोणों, विचित्र धारणाओं, घनिष्ठ मित्रों और आकस्मिक टिप्पणियों के द्वारा हमारी ओर आते हैं।

विचित्र बात है कि ये प्रभाव हमारे जीवन को निश्चित कर देते हैं, लेकिन क्या वे सचमुच ऐसा कर देते हैं। स्पष्ट है, यह सब बुरा या विपरीत ही नहीं होता- इनमें से कुछ आवश्यक और सही भी होता है। इनमें से कुछ थोड़े से प्रभाव सर्वश्रेष्ठ भी होते हैं, जिन्हें हम कभी पाने

की उम्मीद कर सकते हैं, लेकिन समूह के रूप में लिए जाने पर हमारे दैनिक जीवन के ये प्रभाव शायद ही कभी ऐसे होते हैं, जिनसे महान सफलता प्राप्त की जाती है। प्रायः वे किसी शोकगीत की श्रेणी में आते हैं, जिन्हें सादे अंदाज़ में लिखा जाता है, जो धीमे-धीमे कर्कश ढंग से बजता है और हमें ऊपर से नीचे की ओर धकेल देता है। इसमें कभी अच्छी तरह जिए गए जीवन के स्थाई और सुंदर सुरों की न तो कोई माँग होती है, न ही ये उत्पन्न होते हैं।

दैनिक जीवन की कंडीशनिंग हमें किसी प्रकार यह विश्वास दिला देती है कि मानव-जाति की सबसे बड़ी आवश्यकता – *सामाजिक बचाव* – प्रत्येक व्यक्ति की महान उपलब्धि है।

परिणाम यह होता है कि दूसरों की स्वीकृति पाने के लिए हम धीरे-धीरे, अनजाने में ही, कुछ भी प्राप्त न करने के लिए, केवल *बचे रहने* के लिए बदल जाते हैं। हम काम चलाते हैं। हम वह करते हैं, जिसे किए बिना काम नहीं चल सकता। हम उतनी अच्छी तरह करते हैं, जितना कर सकते हैं। हम दूसरों के साथ यथासंभव अधिकतम तालमेल बैठाते हैं, अपनी भूमिकाएँ निभाते हैं, अपने काम करते हैं, भविष्य के लिए कुछ बचाकर रखते हैं और सर्वश्रेष्ठ की आशा करते हैं। *जो सपने हमने बचपन में देखे थे, हम उन पर विश्वास करना छोड़ देते हैं।*

हमें केवल एक ही धुन बजाना सिखाया जाता है। हममें से प्रत्येक एक पूरा ऑर्केस्ट्रा है- यह विश्वास करने की अपेक्षा हमें यह विश्वास दिलाया जाता है कि हम केवल बाँसुरी हैं। हम किसी मित्र की निरर्थक गपशप सुनते हैं, तथाकथित नेताओं की बातों का अनुसरण करते हैं, अपने जीवन को किसी दूसरे के बनाए साँचे में ढाल लेते हैं, अपने सपनों को अपनी जेब में छिपा लेते हैं और अच्छी चीज़ों के आने की उम्मीद करते हैं?

इस प्रकार हम उस जीवन के द्वारा बदल जाते हैं, जो हम जीते हैं। हममें से अधिकतर लोगों के लिए यह तबाही भरा विराट परिवर्तन होता है। यह परिवेश का धीमा, लेकिन निश्चित परिवर्तन होता है – वह परिवर्तन, जो हमारे चारों ओर का संसार *हम* पर थोप देता है। हम जिसका हिस्सा बनते हैं, वह हमारा हिस्सा बन जाता है। हम जिसकी

अनुभूति करते हैं और जिसे स्वीकार करते हैं, वही हमारे भावी स्वरूप का महत्वपूर्ण हिस्सा बन जाता है।

व्यक्तिगत चयन से उत्पन्न परिवर्तन

हमारे जीवन में एकमात्र परिवर्तन - जो हममें से प्रत्येक व्यक्ति के लिए उपलब्ध है - उसे व्यक्तिगत चयन से उत्पन्न परिवर्तन कहते हैं।

क्या आपने कभी विचार किया है कि आप क्या करते हैं, कैसे जीते हैं और क्या बन रहे हैं? यह लगभग पूरी तरह आप पर निर्भर होता है। बाहरी परिस्थितियाँ भी होती हैं, जिनसे निबटना होता है, लेकिन आप उनसे कैसे निबटते हैं, यह भी किसी अन्य पर नहीं, बल्कि आप पर ही निर्भर करता है। *भविष्य में कौन सा अगला काम करने का निर्णय लेते हैं, उसी से यह तय होगा कि आप कौन सा काम करना चाहते हैं।*

आप क्या करने का निश्चय करते हैं, यह निर्णय करें। उस पर टिककर बैठ जाएँ तथा बाहरी संसार को निर्णय लेने दें। वह निर्णय ले लेगा। इस प्रकार अपने भविष्य को तय करने का निर्णय लें। आप ऐसा कर सकते हैं। प्रत्येक साँस बनाने का निर्णय लें। इस पर अडिग रहें और तब प्रत्येक साँस, क़दम, गति और उपलब्धि आपकी अपनी होगी तथा यह आपका चयन होगा।

न्यूरोसाइंस के शोध ने प्रमाणित कर दिया है कि आप अपने लिए जो तय करते हैं, जिसकी आप कल्पना करते हैं और जिसे आप ऊर्जा प्रदान करते हैं, उससे एक जीवनी शक्ति उत्पन्न हो जाएगी, जो आपके देखे हुए सपनों को वास्तविकता में बदल देगी। लेकिन हमने उस प्रक्रिया को जान लिया है, जो इसे कारगर बनाती है। *आप कैसे सोचते हैं, यह सोचना सीखें और आप अपने भविष्य को अपने लिए तय करना आरंभ कर देंगे और उसे दिशा प्रदान कर देंगे। यदि आप सीख जाते हैं कि क्या सोचना है और कैसे सोचना है, तो आप अपने आप को नियंत्रित कर लेंगे।*

जिस प्रकार दूसरों के विचारों, माँगों और प्रभावों ने अतीत में हमारे अधिकांश जीवन को दिशा दी, उसे नियंत्रित किया और मार्गदर्शन दिया, उसी प्रकार यह हमारे मस्तिष्क का व्यक्तिगत नियंत्रण है, जो अब

हमें अपने भविष्य को बदलने का अवसर प्रदान करता है।

आप बहुत कुछ कर सकते हैं। यदि आप चुनाव करें, तो आप उस दीवार को तोड़ सकते हैं, जो आपके और उस चीज़ के बीच खड़ी है, जिसे आप बदलना या प्राप्त करना चाहते हैं। आपमें ऐसा करने की इच्छाशक्ति है। आप अपने आप को वह विश्वास, दृष्टिकोण, भावना और कार्य दें, जो आपको वहाँ ले जाए, जहाँ आप पहुँचना चाहते हैं।

बड़ा फ़र्क़

हमने यह यात्रा मन की कार्यविधि और संभावित समाधानों की भूलभुलैया के साथ आरंभ की थी, जिसमें एक ऐसे उत्तर की खोज की थी, जो न केवल काम करे, बल्कि निरंतर काम करती रहे। अस्थाई सफलता अच्छी बात है, लेकिन वह चीज़ बहुत समझदारी भरी लगती है, जो अस्थाई सफलता को जीवन के स्थाई ढंग में बदलती हो। प्रतिदिन अधिक सफल ढंग से जीना एक ऐसी चीज़ है, जो हममें से प्रत्येक प्राप्त करना चाहेगा।

मुझे पूरा विश्वास है कि यह कोई जादुई फ़ॉर्मूला नहीं है।

यह कोई तुरत-फुरत समाधान का उपाय नहीं है। चाहे किसी भी समस्या या लक्ष्य का नाम लें, हम ऐसी पुस्तक या सलाह खोज सकते हैं, जो हमें बता दे कि इसे कैसे ठीक प्रकार से करना है या इसे कैसे प्राप्त करना है।

किन्हीं अर्थों में हम बहुत दूर आ चुके हैं। हमने अपनी टेक्नोलॉजी और अपनी भौतिक संपत्ति में अकल्पनीय ऊँचाइयाँ प्राप्त कर ली हैं। आज हमारे पास अधिक आरामदेह सुविधाएँ हैं, अधिक औज़ार हैं और जीवन के अधिक उपकरण हैं, जो कुछ दशक पहले अमीर राजा-रानियों के पास भी नहीं थे। चिकित्साशास्त्र और विज्ञान के द्वारा हमने धरती पर जीने की संभावना को कई वर्ष बढ़ा लिया है। कुछ पीढ़ियों पहले तक ऐसा संभव नहीं माना जाता था। हमने अपने चारों ओर के अंतरिक्ष के खोखलेपन को जीत लिया है। हमने अपने व्यवसाय, परिवेश और भाग्य के एक छोटे हिस्से का प्रबंधन करना भी सीख लिया है। लेकिन हम अब तक अपने जीवन के एक हिस्से का प्रबंधन करना नहीं सीख सके, जो

प्रत्येक वस्तु का सार है। हमने अब तक अपने मन का प्रबंधन करना नहीं सीखा है।

समाधान

अपने मन का प्रबंधन करना, उसे नियंत्रित करना और उसके संसाधनों को सही दिशा देना सबसे बड़ी चुनौती है, जिसका सामना आपको करना है।

दूसरों के प्रबंधन, अपने संसाधनों के प्रबंधन और अपने भविष्य के प्रबंधन, अर्थात सब प्रकार के प्रबंधन की कुंजी है- आत्म-प्रबंधन।

आत्म-प्रबंधन ही सुखी और उद्देश्यपूर्ण जीवन जीने तथा कुंठित व अपूर्ण जीवन जीने के बीच का अंतर है, जहाँ हम अपने ही अविश्वास की सीमाओं में बँधे रहते हैं। आत्म-प्रबंधन चरम विजय है और इसका समाधान हमारी पहुँच में है।

अब तक हम अपने सबसे बड़े शत्रु का नाम नहीं जान सके थे। वह दीवार, जो हमें अपनी संभावना के सबसे छोटे हिस्से में क़ैद रखती है। वह शत्रु और कोई नहीं, हम स्वयं हैं। ये हमारे विचार हैं, ये हमारी सोच है। यह हमारी अपनी सोच है, जिसने हमारी मान्यता के सीमित आत्म-चित्र बनाए हैं।

हमारी टेक्नोलॉजी ने हमें बहुत कुछ सिखाया है। मानव मस्तिष्क ने हमें सही दिशा दिखाई है। हमने यह सीखा है कि हम अपने साथ जो करते हैं, वह केवल संयोग से नहीं होता। हमने सीखा है कि हम कौन हैं और क्या हैं। यह आनुवंशिक प्रवृत्तियों के संयोगवश तालमेल से अधिक का परिणाम है। हमने सीखा है कि हममें से प्रत्येक के लिए इसके बाद *क्या* होता है, यह हमारे अनुमान से अधिक हम पर निर्भर करता है- यह इस बात पर निर्भर करता है कि हम क्या *सोचते* हैं।

इसलिए आत्म-चर्चा करें! सही शब्दों को पहचानें और उनका प्रयोग करें। आत्म-चर्चा को अपने प्रतिदिन की, अवचेतन को व स्वयं को दिशा देने वाली आदत बना लें। आत्म-चर्चा इस प्रकार करें, जो *अच्छी, प्रेमपूर्ण, शक्तिशाली* और *संकल्पवान* हो। प्रतिदिन सही ढंग से आत्म-चर्चा करें।

जब आप ऐसा करेंगे, तो आप स्वयं को वह महान उपहार देंगे, जो आप दे सकते हैं। याद रखें,

जो कुछ भी है, वह आप हैं,
आपके विचार, आपका जीवन, आपके साकार होते स्वप्न।
आप जो भी बनने का चयन करते हैं, वह बन जाते हैं।
आप उतने ही असीम हैं, जितनी यह अंतहीन सृष्टि।